Sibylle Mulot

Die unschuldigen Jahre

Roman

Diogenes

Umschlagillustration:
Adolf Dietrich,
›Brustbild eines Mädchens‹, 1923

Für Frederike
Pour Agathe

150/99/8/1
ISBN 3 257 06197 8

Inhalt

I

Der Anruf

An einem regnerischen Abend anfangs November sprach man im Haus der Familie Hülle über die XVIII. Olympischen Sommerspiele. Wenige Tage zuvor waren sie auf der anderen Seite des Globus in Tokio glanzvoll zu Ende gegangen. Die gesamtdeutsche Mannschaft hatte im Medaillenspiegel den ehrenvollen dritten Rang belegt, unmittelbar hinter den USA und Sowjetrußland. Da war in den Mittagsnachrichten die Meldung gekommen, in Zukunft werde es keine gesamtdeutsche Mannschaft mehr geben. Schon bei der nächsten Olympiade würden Ost und West getrennt antreten müssen, es schien beschlossene Sache zu sein, aber warum – das konnte niemand so recht erklären.

»Wieder mal so ein Alleingang«, sagte Margarethe Hülle empört.

Bei Familie Hülle wie anderswo war man auf die Goldmedaillen stolz gewesen. Man hatte Ulbricht und Konsorten drüben in der »DDR« sogar den Drill verziehen – ein bißchen Disziplin hat bekanntlich noch keinem geschadet – und war bereit gewesen, die nächsten Spiele in derselben Formation anzutreten, frei nach der Devise »Getrennt marschieren, vereint schlagen«. Nun machte Margarethe Hülle beim Abendessen ihrem Unmut Luft. Es gab wie üblich Bratkartoffeln mit süßen Gurken.

»Nachtigall, ick hör dir trapsen!« rief sie. »Das sind politische Nadelstiche! Sie denken natürlich, mit ihrem Drill können sie Platz drei auch ohne uns halten, und unser freier Westen soll sehen, wo er bleibt... Ihr werdet noch an meine Worte denken! Die Bundesrepublik alleine landet garantiert nur unter ›ferner liefen‹, bei so unsportlichen Nationen wie Frankreich und England, und genau darauf haben sie es abgesehen! Die Mauer reicht ihnen nicht! Sie wollen alles.« Marga Hülle, groß, blond, breitschultrig – »Ich bin ein Sitzriese«, sagte sie gern –, hatte in ihrer Jugend bei den Studenten gerudert und sogar für die Olympiade in Berlin trainiert. Ihr gesamtdeutsches Sportlerherz blutete.

Armin Hülle, rundlich und schlank zugleich, zehn Jahre älter als seine Frau, Ministerialbeamter und im Gegensatz zu ihr ein *Sitzzwerg*, sah es gelassener. Er pflegte die hohe Kunst des Spazierengehens. Sport war ihm schnuppe. Springreiten ließ er gelten, ansonsten zählte für ihn nur Politik. Er bewunderte den Machiavellismus des kommunistischen Regimes, dessen massive Frechheit, und wo er bewunderte, konnte er nicht hassen. Er fand, das Zerschlagen der gesamtdeutschen Mannschaft sei ein raffinierter Schachzug, den man hinnehmen müsse wie die anderen Repressalien auch, aber so schlimm sei es nun auch wieder nicht, jedes Kind könne schließlich die Medaillen von Ost und West zusammenzählen und sehen, daß man unter dem Strich doch wieder Platz drei belegte.

Die beiden älteren Töchter hörten dieser Diskussion ziemlich gleichgültig zu. Deïna und Astrid interessierten sich im Moment nicht für olympische Haarspaltereien, sondern für ihr Staatsexamen, das immer näherrückte, und in zweiter Linie für Partys und Bälle, etwas, das ihre Mutter in seliger Erinnerung »Tanzereien« nannte. Nur Mimi, die vierzehnjährige Jüngste, hielt es mit Marga Hülle. Auch sie hatte zwei Wochen lang täglich zuerst den Medaillenspiegel in der Zeitung aufgeschlagen. Warum ändern, was gut ist? Trennungen waren ihr ein Greuel. Bis vor kurzem hatte sie noch ihr Lieblings-Steiff-Tier, einen abgeschabten, kaum fingerlangen Fuchs die ganze Zeit mit sich herumgetragen.

Familie Hülle aß um halb sieben. Es war die geheiligte Stunde. Um sieben Uhr mußte das Mahl beendet und der Tisch abgeräumt sein, damit der Hausherr in Ruhe seine Nachrichten hören konnte. Mimi fragte, was man sich unter ostdeutschem Drill vorzustellen habe. »Zuckerbrot und Peitsche«, sagte ihre Mutter. – »Ach, wie im Zirkus?« – »So ungefähr. Iß deine Bratkartoffeln, sie werden kalt.« Mimi sah die Sportler vor sich, wie sie zu den heiseren Rufen eines Dompteurs von Podest zu Podest sprangen und dabei knurrten. Sie versuchte, ihr Gesicht im Malventee zu finden. Im rötlichen Tassenboden spiegelte sich ihre Nase verzerrt, mit dunklen Löchern. »Warum lassen sich denn die westdeutschen Sportler nicht dressieren?« wollte sie wissen.

In diesem Augenblick klingelte das Telefon.

»Ein Anruf«, sagte Marga erstaunt. »Wer kann das sein? Jemand, der unsere Gewohnheiten nicht kennt? Deïna, geh mal hin.«

Deïna, die der Tür am nächsten saß, stand auf. Die Familie lauschte ihr durch zwei Türen bis in die sogenannte Bibliothek hinterher, wo der Apparat stand. Wenn der Anruf nicht für Deïna war, würde sie den Betreffenden rufen. Die Zeit verstrich. Die anderen wandten sich wieder ihren süßen Gurken zu. Marga Hülle horchte. Nach einer Weile sagte sie: »Wahrscheinlich ein Mann! Sie quietscht.« Astrid und Mimi tauschten einen Blick.

»Warum quietscht sie immer so exaltiert?« wiederholte Marga mißbilligend. »Sie tut es übrigens auch bei Freundinnen. Ist es euch noch nie aufgefallen?«

»Laß sie doch quietschen«, meinte Armin Hülle unvorsichtig. Er hatte vergessen, daß er sich auf vermintem Terrain bewegte. Seine Geistesabwesenheit ließ ihn ständig wichtige Weichenstellungen verpassen oder springende Punkte übersehen. Das machte ihn zur leichten Beute für seine Frau.

»Sieh mal einer an!« rief Marga empört. »Und wer predigt immer, eine *lady* hätte keine burschikosen Umgangsformen? Und so ein exaltiertes Getue, das sie Gott weiß wo aufgeschnappt hat, vielleicht in England, bei ihrer *drama group*?«

»Das werde wohl ich gewesen sein«, sagte Hülle resigniert. »Aber vergiß nicht, ein dezentes kleines Quietschen ist unter Umständen *quite ladylike.* Deïna gibt sich Mühe. Sie ist auf dem besten Weg.«

»Und ich?« rief Mimi. »Und Astrid?«

»Astrid trägt immerhin schon Röcke«, sagte Armin Hülle. »Sie müßte ihre Zurückhaltung noch in Souveränität verwandeln, ihr ernstes Gesicht in ein bezauberndes Lächeln – nein, keine Grimasse! Um Gottes willen! Echte Heiterkeit kommt von innen. Was ihr da macht, hat mehr mit Albernheit zu tun. Eine Lady kann man nicht *spielen.* Zur Lady muß man sich erziehen.«

Deïna kam zurückgehuscht, mit fliegenden Locken und

geröteten Wangen. Sie setzte sich an den Tisch, als ob nichts vorgefallen wäre, und spießte ein Stück Wurst auf die Gabel.

»Wer war denn das?« fragte Marga.

»Lutz. Aus England.«

»Dacht ich mir's doch«, triumphierte ihre Mutter. »Hat dieser Lutz ... aus England angerufen? Das wird ihn aber teuer kommen.«

»Nein. Aus Göttingen.« Deïna versuchte, mit Tonfall und Gesichtsausdruck zu vermitteln, man möge sie in Ruhe lassen. Signale, die Marga nicht wahrnahm oder, falls sie sie wahrnahm, großzügig übersah. »Nun laß dir doch nicht alles aus der Nase ziehen! Du kannst uns doch erzählen, was es mit diesem Lutz aus Göttingen auf sich hat.«

»Dort wohnt er.«

»Sieh mal einer an! Dort wohnt er! Hatte ich mir fast schon gedacht, daß er irgendwo wohnt. Er wohnt also in Göttingen und kommt aus England.«

»Nein. Aus Göttingen.«

»Vorhin hast du gesagt, *aus England.* Ist er vielleicht Engländer? Nein, dort heißt man nicht Lutz. Also hast du ihn in England kennengelernt! Ja, eure Mutter ist nicht so dumm, wie ihr denkt. Wahrscheinlich war er auch *assistant teacher,* vielleicht sogar am selben College wie du.«

»Nein«, sagte Deïna aufrichtig bedauernd. »Er saß in York, und ich in Hull.«

»Aha. Und wie habt ihr euch kennengelernt?«

»Kennengelernt?« meinte Deïna. »Weil die Engländer einmal im Jahr alle *assistant teachers* in einen Bus packen und durch die Gegend karren.«

»Ach! Und warum ruft er jetzt hier an?«

»Weil ich ihm die Nummer gegeben habe!«

»Ist das der, der dich auf dem Fährschiff von England geküßt hat?« rief Mimi begeistert.

»Fährschiff? Geküßt? Davon hast du uns nie was erzählt.«

»Mein Gott«, sagte Deïna, »wie entsetzlich! Ein nichtgemeldeter Kuß! Nein, das war nicht Lutz.«

»So? Wer dann? Ein Wildfremder?«

»Wenn ihr so weitermacht, gehe ich runter!« drohte Deïna und meinte damit das Zimmer, das sie im Erdgeschoß mit Astrid bewohnte.

»Laß sie in Ruhe«, sagte Armin Hülle.

»Oho!« rief Marga. »Du denkst wohl, ein Küßchen in Ehren kann niemand verwehren.«

»Jawohl, das denke ich«, sagte Armin, kühn wie ein Löwe. Er dachte aber vor allem an seine Siebenuhrnachrichten. Er war in diesem Jahr sechzig geworden. Er ging der Pensionierung entgegen und schätzte seine Ruhe.

2

Lutz

Es hatte angefangen zu schneien. Mimi hörte draußen die nächtlichen Schneeschipper. Die Flocken wirbelten um die Laterne vor dem Haus. Lautlos fielen sie hinter die hohe Hecke und verschwanden. »Deïna, komm«, flüsterte Mimi und behauchte die Fensterscheibe. Der rauhe Fleck schmolz im ungewissen Licht. Die großen Schwestern standen oben in der Küche und spülten. Aber Deïna hatte versprochen, gute Nacht zu sagen.

Wenn er ganz weg ist, kommt sie! Mimi beobachtete den grünlich strahlenden Hauch. Mit einem unhörbaren Laut verschwand er – klick! –, keine Deïna. Lautlos legte sich der Schnee auf Ligusterhecken und Äste. Es gab ein Aquarell oben im Wohnzimmer, das den Schnee so zeigte, wie Onkel Paul-Christian die Luft malte – mit bläulichen Wasserflecken und ein paar Zaunlatten. Es stammte aber nicht von Paul-Christian, sondern von einem *Kriegskameraden* ihres Vaters. Mimi erschauerte bei diesem Wort.

In Rußland schneite man ein. Man lag in einem Graben, trank zehn Tage lang nur Schnee. Man wurde von der Waffen-SS herausgehauen, jemand verteilte heiße Kartoffeln mit Butter. Das wurde Papas Lieblingsessen. Schmeckte wirklich gut, fand Mimi. Am Eßtisch saß sie dem Aquarell genau gegenüber.

Die Flocken wirbelten und tanzten. In der Nachbarschaft versuchten die Schneeschipper, mit rhythmischem Kratzen die Gänge freizuhalten. Endlich Deïnas Schritt auf der Treppe. Sie streckte den Kopf zur Tür herein. »Ich muß gleich noch mal raus, streuen.«

»So lange hast du mich warten lassen!« rief Mimi vorwurfsvoll. »Ihr sollt nicht zu den Soldaten gehen!«

Deïna verstand nicht. »Was meinst du? Etwa den Ball nächste Woche? Bist du eifersüchtig? Würdest du gerne mitkommen?«

»Überhaupt nicht!« rief Mimi wütend. »Soldaten sollte es nicht mehr geben ... Es sollte sie gar nicht mehr geben. Genau wie die Kirche!«

»Was hat denn das mit dem Ball zu tun?« fragte Deïna überrascht. Die jüngere Schwester war den Tränen nahe. Was ist da los? dachte Deïna. Sie sagte: »Hör mal, ich streue jetzt. Dann komm ich wieder. Wenn du lieb bist, erzähl ich dir von Lutz. Aber wehe, wenn du dich wieder so albern verplapperst wie neulich mit dem Fährschiff.« Den Finger auf den Mund gelegt, verließ sie das Zimmer. Mimi hörte, wie sie im Vorplatz in die Stiefel stieg und trampelte.

In der Erinnerung saß sie auf dem Küchentisch am Fenster – im Raum, wo sich heute das Eßzimmer befand. Es roch nach Plätzchen, auch der Herd stand im Eßzimmer, sonderbar ... Mimi sah die alte Wohnküche deutlich vor sich, bis sich der Widerspruch auflöste: Es mußte vor dem Umbau gewesen sein, lange her, aber damals fiel der Schnee wie heute, aus gleichmäßigem Himmel in dichten Flocken. Die untere Fensterhälfte war von einer Spitzengardine verdeckt, darüber wirbelte es. Die Flocken fielen wie Soldaten, und Mimi sah, auf dem Küchentisch sitzend, zum ersten Mal: Sie kamen aus dem Nichts. Aus dem Nichts kamen Punkte, wurden zu grauen Flecken, bekamen Gesichter, sahen ins Zimmer hinein, hefteten sich handtellergroß an die Scheibe, wo sie sich zerweinten. Der Satz: »Wenn er nicht aus Rußland zurückgekommen wäre, gäbe es dich gar nicht« fiel Mimi wieder ein. Und der schreckliche Gedanke, ihr Vater wäre tot.

Der Gedanke war nicht zu widerlegen. Später verstand sie, warum. Ein zweiter Satz kam hinzu: »Wer das Schwert aufhebt, wird durch das Schwert umkommen«, ebenso endgültig, in der Kirche verkündet. Mimi begriff: Das Soldatsein hatte ihren Vater getötet, er war nur deshalb aus dem Krieg zurückgekommen, damit sie ihn noch kennenlernen konnte – sein Lächeln, seine warmen Hände –, eine Ahnung davon kriegen, wie liebenswürdig er war, bevor man ihn erschoß. Sie konnte den Erwachsenen nicht erklären, was sie glaubte: daß auf der ganzen Welt Hinrichtungskommandos unterwegs waren, in göttlichem Auftrag, um die Soldaten aufzuspüren, die nicht schon im Krieg gefallen waren. Die Kommandos gingen planmäßig vor. Jeder kam dran. Man wußte nur nicht, wann. Es war der Grund, warum ihr Vater oft so nachdenklich in seinem Zimmer saß und wartete.

Inzwischen war Mimi Atheistin geworden. Sie hatte ihrerseits Logik angewandt und den Vikar im Konfirmandenunterricht vor die Wahl gestellt: Entweder ist Ihr Gott allmächtig, dann ist er nicht *gut,* oder er ist ein gütiges Alterchen, dann ist er nicht allmächtig – und glaubte an solche dürftigen Konstruktionen nicht mehr.

Auch mußten die Hinrichtungskommandos selbst hingerichtet werden. Eine endlose Kette. Es wurde Mimi wieder schwindlig, wenn sie daran dachte. Schwindlig wie an jenem Tag, als sie über der Gardine den endlosen Schneewirbel entdeckt hatte. Unerklärlicher Schwebezustand zwischen Glauben und Nichtglauben. Obwohl sie es jetzt besser wußte (es gab überhaupt keinen Gott), behielt die Logik (Wer das Schwert aufhebt) ihre Gültigkeit. Freilich verlor die akute Bedrohung mit der Zeit an Schrecken – dadurch, daß sie nicht eintrat.

Im alten Anorak huschte Deïna über den Plattenweg ins Haus. »Wenn es so weitergeht«, sagte sie fröstelnd, als sie ins Zimmer trat, »schneit die Kaserne ein, und wir kommen gar nicht bis dorthin!« Weiß in weiß ruhte Alba Montis, die Schwäbische Alb, unter einer dichten Schneedecke, und die kleine Garnisonsstadt auf der Hochfläche rückte immer weiter fort.

»Warte nur, Singer kommt mit Schneeketten und holt euch«, rief Mimi.

»Oder mit dem Schützenpanzer!« sagte Deïna und lachte. »Also hast du keine ganz schlechte Meinung von Soldaten. Das beruhigt mich. Lutz hat zwar niemals gedient ... Übrigens, du hast ihn schon mal gesehen. Und was den jungen Mann auf dem Fährschiff angeht ...«

»Ich weiß es wieder«, sagte Mimi reuevoll. »Es war Antoine, dein französischer Brieffreund. Aber wieso kenne ich Lutz?«

»Weil ich ihn dir gezeigt habe.«

»Unmöglich!«

Deïna seufzte. »Ich gebe zu, es ist ein kleines Foto.«

»Ach... das Foto mit den *assistant teachers*«, sagte Mimi, die sich dunkel erinnerte. »Das Lehrerklassenfoto! Ich hab es so genannt, weil es komisch ist, wenn Lehrer wie Schüler auf dem Boden sitzen.«

»Genau! Und Lutz sitzt in der zweiten Reihe ganz rechts.«

Mimi sah ihre Schwester ungläubig an. »Du erwartest doch nicht, daß ich mich an die einzelnen Gesichter erinnere? Es ist ein winziges Foto! Zeig es mir noch mal!«

Deïna überlegte. »Ich will nicht, daß die andern alles mitkriegen«, sagte sie. »Ich sehe mal nach. Wenn ich es unbemerkt holen kann...« Unbemerkt konnte nur heißen, von Astrid unbemerkt aus dem gemeinsamen Zimmer. Mimi wunderte sich wieder. Der Flockenwirbel hatte nachgelassen. Flaumige Schneeschichten glitzerten im Laternenlicht. Ein gelbes Viereck fiel auf den Rasen. Deïna hatte nebenan Licht gemacht.

Es stimmte, Mimi hatte keine ganz schlechte Meinung von Soldaten. An Sommerabenden schwebte der Zapfenstreich durchs geöffnete Fenster, unendlich leise und fern. Im Winter rodelten sie neben dem Kasernengelände. Die steile Straße führte am Kaserneneingang mit den Prellsteinen vorbei und mündete in einer breiten, weniger abschüssigen Wohnstraße. Aber vor Jahren hatte Mimi mit eigenen Augen gesehen, wie ein Schlitten in hohem Tempo einen der Prellsteine rammte und seine beiden Reiter in die Luft schleuderte. Aus dem Gebäude hinter dem Gittertor kam ein Offizier gerannt? gerutscht? (er beeilte sich, seine Stiefel fanden auf dem polierten Schnee kaum Halt) und beugte sich zuerst über den Jungen, der wie betäubt liegengeblieben war, dann über den anderen, der eine Wunde am Kopf hatte. Der Offizier zog sein Taschentuch heraus und tupfte ihm das Blut ab. Währenddessen richtete sich der Betäubte wieder auf und wurde von andern Kindern auf den Schlitten gesetzt. Alles vollzog sich in völligem Schweigen. Die Kinder konnten kein Französisch, der Offizier kein Deutsch. Mimi war von seinem sonderbaren Gang, dem besorgten halben Rutschen, und der Tatsache, daß er weder Jacke noch Mantel angezogen hatte, gerührt. Das erzwungene Schweigen schmerzte. Man konnte nicht einmal danken. Nach geheimnisvollen Armbewegungen trennte sich die Gruppe. Die Besorgnis blieb auf seinem Gesicht, als er ihnen winkte, und Mimi litt Qualen. Noch Monate später hatte sie den Impuls, ihn aufzusuchen und zu melden, daß es den beiden Knaben wieder gutging. Aber es war unmöglich, solange sie seine Sprache nicht beherrschte.

Das Lichtpaket auf dem Rasen erlosch. Deïna kehrte zurück. Sie sagte: »Ich finde, man sieht ihn sehr deutlich.«

Mimi wollte etwas Freundliches sagen, aber zu ihrer Verwunderung sah sie ihn ebenfalls sehr deutlich. Die Gesichter der versammelten Junglehrer waren nicht größer als Stecknadelköpfe, aber Lutz am äußersten rechten Ende hob sich positiv durch ein Strahlen hervor, das in der Verkleinerung nicht gelitten hatte.

»Das ist er«, sagte Mimi, »ganz außen, hinter dem Kleinen. Bist du auch drauf?«

»Nein, ich hab das Foto gemacht.« Deïna seufzte. »Leider war er die ganze Zeit an einem anderen College. Bei der bewußten Wanderung kamen wir in ein Pub, zwei Kolleginnen und ich. Sie wollten unbedingt gleich weiter, es sah nach Regen aus, aber ich hatte Blasen an den Füßen und mußte ein Heftpflaster auftreiben. Da saß Lutz gemütlich an der Bar und sagte zu den andern, sie sollten ruhig vorausgehen, er käme mit mir nach. Wir haben dann eine Abkürzung übers Moor genommen.«

»Oh, wie romantisch!« rief Mimi. »Habt ihr Sträflinge gesehen?«

»Ich erinnere mich nur an Wollgrasbüschel.«

»Und dann?«

»Er fragte, warum ich so traurige Augen hätte.«

Mimi hielt den Atem an.

»Ich hab ihm gesagt, das täusche. Ich hätte nur gerade an etwas gedacht. Wie sich herausstellte, steckte er selbst in Schwierigkeiten. Deshalb hat er auch angerufen.«

»Er ist ein Spion«, tippte Mimi.

»Aber nein! Wie kommst du darauf? Er hat mir sofort alles ehrlich erzählt. Daß er zu Hause eine Freundin habe, an die er sich gebunden fühle. Seine Mutter könne die Freundin aber nicht leiden und hoffe, der Englandaufenthalt würde die beiden auseinanderbringen. Darum hatte Lutz sich vorgenommen, ihr doppelt treu zu sein. Im Lauf der Wanderung kamen wir uns immer näher. Du mußt dir vorstellen – er und ich, ganz allein, er groß, gutaussehend, sehr beredt... Nicht so wie die Brüder Heinz... Wir gingen sogar ein Stück Hand in Hand. Zum Schluß sagte er, wenn er die Verpflichtung gegenüber seiner Freundin nicht hätte... Er ließ es offen, aber es war klar, was er meinte. In der Folge haben wir zwei oder drei Postkarten gewechselt. Ganz korrekt. Für mich war er natürlich tabu. Solange diese Freundin noch herumspukte... Ich habe, ehrlich gesagt, gar nicht mehr an ihn gedacht, bis er neulich anrief. Sitzt du gut? Es war etwas passiert! Die Freundin hat einen Selbstmordversuch unternommen. Stell dir vor.«

»Meine Güte! So was tut man doch nicht«, sagte Mimi.

»Da gebe ich dir recht ... Andrerseits muß ich sagen, Grund hatte sie! Denn nachdem er wieder in Göttingen war ... Das Mädchen ist Kosmetikerin, und Lutz' Mutter, die ich mir wie eine vornehme Dame vorstelle, hat etwas gegen das Milieu. Nachdem Lutz also wieder in Göttingen war, hat er seiner Mutter zuliebe die Trennung versucht. Zu Hause fand er es vertretbarer, jedenfalls fairer als von England aus. Und tatsächlich hat er sie ja auch gefunden und ins Krankenhaus gebracht. Schlaftabletten.«

»Was für eine Geschichte«, sagte Mimi überwältigt. »Uns passiert so was nie.«

»Er sagte, er habe nun selbst eingesehen, eine Trennung sei unvermeidlich, aber unter den gegebenen Umständen fiele sie recht schwer ... Er wollte Rat und ein bißchen mit mir plaudern.«

»Ist er eigentlich attraktiv?«

»Sehr!«

»Mehr als die Brüder Heinz?«

Deïna lachte. »Das kann man gar nicht vergleichen.«

»Mehr als Singer?«

»Natürlich, du Schaf. Singer ist nett, aber er kommt für uns doch nicht in Frage. Klein, O-beinig ...«

»Mehr als Witschge?«

Deïna zögerte zum ersten Mal. »Genauso, würde ich sagen. Genau wie Alfred Witschge. Aber Lutz ist netter. Witschge schaut immer etwas arrogant – und Lutz strahlt.«

Mimis Gesicht hellte sich auf. »Das ist gut. Dann bleibt ihr wenigstens nicht bei Singer und seinen Soldaten hängen. Was macht eine Kosmetikerin?«

»Na, sie schminkt ... lackiert alten Damen die Nägel ... Ich weiß nicht genau. Lutz sagte, er denke in letzter Zeit öfter an unseren Spaziergang über das Moor, er wolle mich sehen. Ich weiß nicht, ob es was zu bedeuten hat. So, und jetzt ab ins Bett. Kein Wort über diese Geschichte. Es wäre mir sehr unangenehm.« Deïna deckte das Federbett auf. Mimi, die ihre Brille ins Etui legen wollte, verharrte plötzlich in der Bewegung. »Ich habe das Fenster im Adventskalender vergessen«, sagte sie.

»Dann mach es doch jetzt auf.«

»Nein, du verstehst nicht ... Ich hab es heute früh vergessen, weil es mich nicht mehr freut.«

»Dann laß es eben zu.« Deïna hatte es eilig. Klar, sie muß ihren Strahlemann wieder in die Schublade legen, dachte Mimi.

»Geh nur«, sagte sie großzügig. »Von mir erfährt keiner ein Sterbenswort.«

Dezember Königsmonat, mit stiebenden Schneelasten, verhüllten Ästen, dem Duft nach Tannennadeln. Mimi war nachts herumgewandert. Mit der Taschenlampe hatte sie den glitzernden Kalender an der Wand beleuchtet. Ein groß und menschlich lächelnder Nikolaus. Engel und Tiere im dunklen Zimmer. Weihnachten ein Schiff, das tropfenfunkelnd aus der Tiefe stieg. Im nächsten Jahr wie durch ein Wunder wieder aufstieg, strahlend, einmalig ... Aber der märchenhafte Glanz war fort, der Schimmer weggeflogen.

Sie erinnerte sich, wie ihre Eltern in all den Jahren die Tür zum Weihnachtszimmer geöffnet hatten, mit dem verheißungsvollen Lächeln, das jetzt nur noch rührend wirkte und peinlich... Sie schämte sich, weil sie dieselbe Bezauberung nicht mehr empfand, nie mehr verspüren würde, und suchte ihrerseits nach Schuldigen: *Sie* hatten es nicht mehr so schön arrangiert, die Kinderwünsche nicht sorgfältig genug erraten... Ach, es war schrecklich, zu sehen, wie die Feste jedes Jahr hohler gegen die Kreisbahn schlugen. Alles wurde häßlicher. Vor einiger Zeit hatte sie angefangen, überall Hakenkreuze zu sehen. Eine fixe Idee. Sie sah sie mit und ohne Brille, im Parkettmuster und in der Teppichborte, in der Anordnung kleiner Bilder an der Wand, und nun auch noch auf dem Adventskalender, in der Verteilung der Silberwolken.

»Das ist ja absurd«, murmelte sie schläfrig. »Völlig idiotisch.«

Das Schiff wanderte hinter den Horizont, versank mit seinen Lichtern. Die Welt verblühte. Gras wurde rostig. Im Traum öffnete sie eine Tür. Ihr Vater saß mit dem Rücken zu ihr und schrieb. Das Zimmer schien zu schweben in Milch- und Honigruhe. Die Fensterscheiben glänzten wie dunkle Teiche.

Der Schnee rieselte, rieselte immer weiter. Im Nebenzimmer murmelten die Schwestern. Er fiel und fiel auf nächtliche Schneeschipper, die ihn mit rhythmischem Kratzen zu bändigen versuchten. Alles Rieselnde ist wie die Zeit, dachte Mimi. Warum rieselt sie so stumpf? Wo sind sie hin, die weichen, silbrigen Nächte?

Dunkelheit kroch in den Nachthimmel. Mimi wälzte sich

im Bett herum. Ostern – genau dasselbe. Jahraltes Ausschwärmen nach bunten Eiern. Der Garten ein Jagdgrund, ein Gestrüpp, man warf sich hinein, jagend, pirschend, trampelnd. Eines Tages ist es aus. Man geht hinaus und denkt: Geh ich zuerst in den Vorgarten – oder in den Hintergarten? Der Plattenweg ist schmutzig. Da liegt ja schon ein Ei. Ein blaues. Häßliche Tintenfarbe. Sie wird wohl wieder durch die Sprünge ins weiße Eifleisch eingezogen sein...

Mimi stand auf und richtete die Taschenlampe auf das vergessene Fenster im Adventskalender. Sie öffnete es. Ein Heinzelmännchen, stecknadelgroß. Friedlich schlief sie ein.

3

Der Strom der Verehrer

Die Klausuren waren geschrieben. Der französische Brieffreund hatte Deïna zum Geburtstag ein Buch geschickt, *Les fruits d'or* von Nathalie Sarraute. Geistesabwesend blätterte sie in dem dünnen Band. »War es eigentlich ein Skandal? Ich finde, es klingt so erotisch! Wenn ich nur wüßte, ob ich nicht lauter Unsinn geschrieben habe. Was hast du für ein Gefühl bei deiner Klausur, Astrid?«

»Ich hab alles vergessen«, sagte Astrid. »Hör doch: Im Lichterglanz erstrahlt der sonnengelbe Seidencloqué. Das steppbetonte Vorderteil läßt auch nicht so schlanke Taillen ein bißchen schmaler erscheinen.«

»Na, das sieht mehr nach Cocktailschürze aus! Ist kein anderer Schnitt drin?«

»Nur ein langer Rock. Mit Seidenbluse und Jackett.«

»Dann müssen wir die anderen Hefte auch noch durchblättern«, sagte Deïna seufzend. »Wenn ich geahnt hätte, daß es so schwierig würde, hätten wir Singers Einladung gar nicht angenommen.«

»Aber«, widersprach Astrid, »es ist unser erster Ball mit langen Abendkleidern.«

»Ja, ein Bundeswehrball! Seidencloqué hab ich übrigens nirgendwo gesehen, nur einen sündhaft teuren Jersey mit Silberbegleitfaden. Hellblau, sehr hübsch.«

»Erinnerst du dich an unsere Tanzstundenkleider?« fragte Astrid. »Der quergerippte Chiffon mit den pfirsichfarbenen Streifchen?«

»Ja«, sagte Deïna. »Du hast ausgesehen wie ein japanisches Riesenbaby.«

»Wie sie uns immer anfaßte...« Astrid versank in Träumen. »Und wie die Stecknadeln pieksten... Wir könnten natürlich auch einen dünnen Wollstoff nehmen. Einfarbig Lachs oder Bordeaux.«

»Nein, ein Abendkleid soll schillern«, widersprach Deïna. »Seidentaft, Organza, Silberlamé.«

Mimi saß auf dem Sofa und hörte mit glänzenden Augen zu. Es war angenehm, wenn die Schwestern sich schminkten, kämmten, toupierten, über Schönheit redeten. Beide waren hübsch, schlank und dunkel. Deïna mehr rötlich mit Locken, Astrid mehr glatt und kühl. Ihre lackschwarzen Haare ließen sie tatsächlich fernöstlich aussehen. Mimi fand Astrid bei aller Kühle wunderschön, vollkommen, von der Welt abgegrenzt, sogar von der Luft. Sie ließ sich nicht überreden, wie Deïna fast immer, sie besaß nicht deren einhüllende Zärtlichkeit. Astrid tat nur, was sie wollte, tat es mit einer ruhigen Intensität und Distanz. Vornehm nahm sie mit ihren langen Fingern, was sie brauchte, und wuchs mit dem Objekt augenblicklich so sehr zusammen, daß es ihres war. Nylonstrümpfe, Unterröcke, Bücher – Deïna beklagte sich manchmal, aber vergebens. Die Weltordnung war immer schon neu erschaffen, man kam immer zu spät. In letzter Zeit, seit sie Juliette Gréco im Konzert gehört hatte, entwickelte Astrid eine auffällige Vorliebe für schwarze Kleidung. Schwarzer Rock, schwarzer Pulli, schwarze Strümpfe und Schuhe, ihre existentialistische Phase, hatte Marga gesagt. Mimi kannte alle Kleider ihrer Schwestern und wußte manchmal nicht, was sie schöner fand, die bunten Hüllen oder den Inhalt.

Bei komplizierten Arbeiten war früher eine Schneiderin ins Haus gekommen, ein gewisses Fräulein Janus. Sie konnte hervorragend nähen und jagte allen Töchtern Kaskaden von Schauern über den Rücken. Ihr Gesicht war tiefgelb, ölige schwarze Locken klebten einzeln an ihrem Schädel. Sie war sehr mißmutig. Alles, was sie äußerte, klang wie ein Kläffen.

»Wollen wir wetten«, giftete sie schrill, während sie gleichmäßig in die Maschine trat, »daß er diesen Winter *wieder* nicht stirbt?«

Die Wohnverhältnisse waren damals sehr beengt gewesen, und Fräulein Janus sprach von ihrem Schwager, der ihre Schwester und sie selbst in einer Zweizimmerwohnung ohne Bad tyrannisierte. »Ich sage noch zu meiner Schwester: Wollen wir wetten? Wollen wir wetten? – Wie lange komme ich jetzt schon zu Ihnen, Frau Hülle? Aber Sie werden sehen: Er stirbt mir heuer wieder nicht!«

»Warum geht denn der nicht rein«, sagte Margarethe Hülle vorwurfsvoll zu sich selbst. Gegenüber Menschen wie Fräulein Janus war sie von großem Zartgefühl. Fräulein Janus war ein armes Luder und roch nach Naphtalin. Sie hatte stechende Augen und mußte höflich behandelt werden. Ihr Motto lautete: »Geben Sie her, ich mach das schon!« – ein Ausspruch, der dem Hausschatz der Familie Hülle einverleibt worden war.

»Also, ich krieg den Faden da einfach nicht rein«, sagte

Marga mit entwaffnender Offenheit. An der Nähmaschine entstand ein giftiges Schweigen. »Glauben Sie mir, es wird schon werden«, fuhr Marga tröstend fort. »Ich meine, vielleicht findet Ihr Schwager bald eine eigene Wohnung.«

»Der? Und wovon soll er sie bezahlen? Nein, lieber helfe ich mit Rattengift nach!«

Etwas von Fräulein Janus hing in allen Kleidern – in den schottisch Karierten mit weißem Kragen, in den Samtboleros, den flaschengrünen Japankleidern fürs Konzert – ein galliger Hauch, der die Freude trübte.

»Crème Mouson«, sagte Astrid träumerisch, »weißt du noch? Bei Symphoniekonzerten ... Sie kam die Treppe herunter im kornblumenblauen Seidenkleid und roch nach Lavendel ... Und Papa stand immer schon an der Garage und sah auf die Uhr.«

»Und die selbstgenähten Petticoats ... Stundenlang haben wir Plastikreifen eingefädelt. Ich hätte so gern einen gekauften gehabt, mit knisterndem Schaumstoff und Spitzen ...«

»Ja, aber das war amerikanisch«, sagte Astrid.

Deïna versank ebenfalls in Tagträumen. Die Flügeltüren der polierten Schränke standen offen und verwiesen auf Schäferinnen, Harlekine, Kolumbinen. Man hatte ihr eine Stellung angeboten. Eine *Vorstellung.* Endlich fand sie das entsprechende Kostüm. Schimmernd wie gepreßter Schnee, aufspringend und glockig, die Falten blank und hart, die Säume wie Tüll, worin der Schmutz ablief und erstarrte. Walroßzahn ist von eisiger Helligkeit, hatte sie gelesen. Kein Meister vergangener Jahrhunderte hätte es künstlich geschwärzt. Kolumbine war ihr Ideal. Und Iphigenie. Und Florence Nightingale. Und Albert Schweitzer und Degas.

»Mein Gott, wie der Rock fiel«, bemängelte sie nachträglich. »Und beim Tanzen verschoben sich die Reifen! Dabei war doch der Witz, daß er wie ein Regenschirm abstehen sollte. Aber ja; wenn man etwas selber machen konnte, wurde nichts gekauft.«

»Angenommen, wir gingen einfach in unseren alten kurzen Abendkleidern?« erkundigte sich Astrid vorsichtig. »Ich in meinem schwarzen, du im weißen?«

»Nein«, sagte Deïna energisch. »In langen!«

Margarethe Hülle hatte früh angefangen, ihre Garderobe selbst zu schneidern, nachdem ihr die eigene Mutter vor jedem Ball, jedem Examen, vor Hochzeit und Beerdigung den immer gleichen Rat erteilt hatte: Zieh ein Dirndl an und mach ein freundliches Gesicht. Offenbar fanden Margas zahlreiche Verehrer die selbstgeschneiderte Garderobe todschick – jedenfalls geizten sie nicht mit Rosensträußen, Komplimenten, Briefen und Heiratsanträgen. Es waren gutaussehende Männer darunter. Ihre Fotos wurden zusammen mit den Familienbildern in einem Kasten aus bemaltem Blech aufbewahrt, der innen spiegelte.

»Ach, Dr. Schäffler, reizender Kerl«, sagte Marga dann. »War nicht der Richtige. Mußte ihm leider absagen. Später ist er gefallen. Oh, Freiherr von Leisenberg! Mit den einundzwanzig Rosen. Als ich Scharlach hatte und im Krankenhaus lag. Armer Kerl! Heute Kriegsinvalide. Und dieser jüdisch aussehende Herr war Rassenforscher. In Biologie haben sie immer die blonde Helene vermessen, sie galt als besonders arischer Typ. 1938 ist sie in die Staaten ausgewandert. Von diesem Herrn stammt auch der siebenundzwanzigseitige Brief, in dem er von meinen germanisch blauen Augen schwärmte. Ich habe ihm natürlich abgeschrieben. Und im Postskriptum: Meine Augen seien grün. Da kam dieser dreiunddreißigseitige Brief, er habe ›meerblau‹ gemeint, eigentlich blaugrün, also grün. Und schon der Name: Roderich Frercks!« Glanzvoll zog die Männerwelt früherer Zeiten durch das Merklinger Wohnzimmer. Ein Schauspieler, ein Biologe, ein Bergingenieur. Endlich der Richtige: Armin Hülle, Dozent für Lehrerbildung. Über Liebe wurde seltsamerweise nie gesprochen. Etwas anderes schien viel wichtiger zu sein. »Man muß immer korrekt bleiben«, sagte Marga Hülle. »Man darf keine falschen Hoffnungen wecken. Man muß rechtzeitig absagen. Auch wenn es schwerfällt.«

Astrid zählte ihre eigenen Verehrer. »Bei der Rotkreuz-Freizeit vor acht Jahren hat ein Realschüler versucht, mich zu küssen. Er hieß ›das Sumpfhuhn‹. Dann, als ich in Heidelberg war, ein Student. Ich hab ihn ›Crapule‹ getauft, er ließ sich gern die Locken kraulen. Was aus ihm geworden ist, weiß ich nicht. Dann Heinz junior, unser Peterchen. Ihr kennt ihn ja. Ach, ich bin mit Peterchen nicht unzufrieden. Wenigstens ist er *gentleman.*«

Die Brüder Heinz hatten irgendwann in grauer Vorzeit beschlossen, sich um die Schwestern Hülle zu kümmern, der ältere um Deïna, der jüngere um Astrid. Sie studierten dieselben Fächer und sahen gar nicht übel aus. Der jüngere Heinz war sehr musikalisch und konnte jedes Musikstück erkennen – sogar die Russen. Mimi mochte die beiden gern und grübelte darüber nach, was Astrid wohl mit *gentleman* gemeint hatte. Warum war Peter Heinz ein *gentleman*? Und warum gefiel das Astrid? Sehr bald kam Mimi auf die Lösung. Die Brüder Heinz erzählten niemals Witze. Schon gar keine unanständigen. Es war alles ein wenig langweilig. Deshalb hatten Deïna und Astrid auch beschlossen, den Brüdern Heinz nichts von ihrer Einladung zum Bundeswehrball zu erzählen.

»Ich mache mir keine großen Hoffnungen«, sagte Deïna. »Aber wir können mal was anderes ausprobieren. Meinst du nicht?«

Astrid nickte. Ein wenig skeptisch, wie immer.

4

Die Marks'

Advent wurde *en famille* gefeiert, mit Margas Schwester Huberta, die wie jedes Jahr an einem der Sonntage auf der Durchfahrt hereinschaute.

Während Deïna den Tisch schmückte, fragte Marga beiläufig: »Sag mal, Deïna … Was hat dir eigentlich der ältere Heinz zum Geburtstag geschenkt?« Die Frage schoß wie ein Lasso auf Deïna zu und wickelte sie ein. Marga war Spezialistin für solche Fragen. Immer so harmlos-nebensächlich, daß man sie beantworten mußte, und so indiskret, daß man das Gleichgewicht verlor. Sie kamen unerwartet, was ihre Wirksamkeit erhöhte, und waren nicht in freundlicher Absicht gestellt. Sie entsprangen anderen Motiven. Kontrolle, Einschüchterung, Triumph.

Diesmal laß ich mich nicht reinlegen, dachte Deïna. Ein vielfach gefaltetes Päckchen Seidenpapier lag vor ihr auf dem Tisch. »Hältst du mir den Finger drauf?« fragte sie die kleine Schwester. Mimi verließ bereitwillig ihr Strickzeug und kam vom Sofa herüber. »Hier festhalten. Achtung, ich ziehe!« Eine federleichte Seerose entfaltete sich und wurde auf einen der Teller gelegt.

»Hallo, ich hab dich was gefragt!« sagte Marga.

Deïna überlegte. Sie hatte Zeit gewonnen, aber keine Lösung gefunden. Gegenfrage, Abwehr, offene Verweigerung – nichts half. Es war schwierig, Margas Neugier zu entkommen. Sie verfügte über die Aufmerksamkeit einer Katze gegenüber der Maus und über die Kraft der Boa constrictor, ihr Opfer herunterzuziehen, zu lähmen und zu töten. Deïna wurde schon wieder von Ekel ergriffen. Wache Gier sickerte aus der Person, die man jetzt nicht anschauen mochte. Irgendwo im Raum saß sie und tat uninteressiert. Deïna konnte sich nicht erinnern, wann sie ihre Mutter zuletzt hatte lachen hören. Höchstens aus Schadenfreude, oder perlend für Gäste.

»Stör mich nicht«, sagte Deïna streng. »Ich sitze hier und falte Seerosen... Es ist ziemlich schwierig. Die dünnen Servietten rutschen immer weg.«

»Wie bitte?« rief Marga irritiert. »Deswegen kannst du doch antworten! Tu nicht so komisch!«

»Finger hier drauf«, sagte Deïna, nervöse Blicke auf Mimi werfend. »Vorsicht, ich ziehe... jetzt!«

Marga konnte es kaum glauben. »Na? Wird's bald? Nein? Was ist denn in dich gefahren?«

»Nein«, sagte Deïna.

Fassungslos ging Margarethe Hülle aus dem Zimmer. Ihre Schritte dröhnten vor Wut.

Ich habe..., dachte Deïna undeutlich, mit der Seerose in der Hand, ihr *nicht* geantwortet... Ein Triumphgefühl ergriff sie. Gleichzeitig Angst vor Margas Sanktionen.

Zur gleichen Zeit saß Armin Hülle an seinem Sekretär. Er schaute durch die Stores und dachte an Margas Schwester Huberta. Wieder ein Jahr herum. Hilflos zog er die Schultern hoch. Sie würde kommen und auf die Beamten schimpfen. Eine Art Feldwebel. Ihre Gesichtszüge zitterten vor verhaltener Wut. Oder war es Schüchternheit? Nein, Wut und Zorn, denn sie schrie ja. Sie betrat das Haus, und gleich paßte ihr vieles nicht. Zwei eingebildete Nichten, die sich schminkten. Ein höflicher, aber ausweichender Hülle, typisch Beamter. Eine schweigsame Mimi, die ihren Gedanken nachhing und in jedem Fall auf seiten der Schwestern stand. Und alle lasen unentwegt Bücher. Lesen war der Müßiggang, der aller Laster Anfang war. Mit schriller Stimme setzte Huberta auseinander, auch die Klassiker seien bei Lichte betrachtet nur eine Bande arbeitsscheuer Nichtstuer gewesen, das Leben bestünde aus Zupacken, Pflichterfüllung und Alltag. Ein echter Mann lese nicht, lesende Männer seien dekadent. Das bezog Armin auf sich. In Hubertas Anwesenheit kam er sich regelmäßig auch so vor.

Er erinnerte sich an die Zeit, als er die zahlreiche Verwandtschaft seiner Frau kennengelernt hatte. Marga war eine geborene Marks gewesen, aber »mit k und s«, wie diese Familie unaufgefordert hinzusetzte, um nicht mit den x-Marx' verwechselt zu werden. Sie waren meist blond und traten selten einzeln auf. Sie rotteten sich gern zusammen. Lautes Schnattern, Kreischen, Schulterklopfen und Lachen erfüllte den Raum, den sie besetzten – ein allgemeines Prusten, Schnauben, Knuffen, Dröhnen. Ausrufe wie »Ha! Mein Lieber, gut, daß ich dich mal sehe!« oder »Mit dir hab ich noch ein Hühnchen zu rupfen!« flogen über den Lärm. Lautlos legten sich Hände von hinten über Brillen, rissen vorn an Jackenknöpfen, drohten mit Fingern, piekten in Brustbeine, kniffen in Wangen und Ohrläppchen. Man konnte sich leicht vorstellen, wie jeder Marks mit jedem Marks in Quasipermanenz ein Hühnchen rupfte, ein Wörtchen redete oder den Blick tief in die niederträchtige Verwandtenseele senkte und dabei wissend erklärte: »Mir machst du nichts vor, mein Lieber, *ich kenne dich*!«

Es lag etwas Herzhaftes in der Art, wie die Marks' sich gegenseitig intimer Verhöre unterzogen – mit brüllender Lautstärke auch in der Öffentlichkeit, ein anderes Register stand ihnen nicht zu Gebote. Ihre Wortwahl hatte Armin damals entzückt. »Dem werden wir mal die Hammelbeine langziehen!«, »Dem zeig ich, was eine Harke ist!« – bodenständiges Spruchgut. »Extrawürste werden nicht gebraten« – die Formel jeder echten Gemeinschaft. Margas Vater, sein zukünftiger Schwiegervater, hatte als Jüngling noch Gedichte geschrieben, sich aber in den zwanziger Jahren in seinem Büro mit der Flinte auf die Lauer gelegt und den andrängenden Spartakusmob mit den Worten begrüßt: »Kommt rauf, ihr Feiglinge, wenn ihr euch traut!« Als Wahlspruch der Familie Marks hätte man das Motto »Bangemachen gilt nicht« einsetzen können.

Politisch lagen sie nicht auf Armins Linie, wie auch ihre Sprache nicht die seine war. Als er mit seinen Eltern zur Verlobung aus dem Süden anreiste, wirkten die Pfarrersleute neben der blonden Übermacht im Saal wie zwei verirrte alte Rabenvögel. Was ihn an seinen zukünftigen Verwandten so entzückte, war die Vermutung, dieser springlebendige Clan habe gewissermaßen einen eigenen parallelen Nationalsozialismus entwickelt – aber der Eindruck trog. Denn die Marks' erkannten ja das Wichtigste nicht an, das Führerprinzip, und wußten selbst immer alles besser. Es waren ausgesprochene Querulanten. Ihre geheime Sehnsucht ging dahin, sich möglichst oft den Mund zu verbrennen. Warum das so war, wußte Armin nicht. Er wußte nur, daß es gefährlich war, wenn sie mit lauter Stimme ihre Meinung auch dort verkündeten, wo sie von der offiziellen abwich. Aus derlei Temperament erwuchs Widerstand. Prinzipiell ließ sich seine Verwandtschaft in kein Bockshorn jagen und stellte sich unentwegt auf die Hinterbeine. Erst nach dem Krieg fand man sich gemeinsam auf seiten der Konservativen wieder; aber Hülles Temperament war inzwischen abgekühlt, er war harmoniebedürftig geworden. Nun litt er unter Hubertas Dragonertum schon rein akustisch. Er war zufrieden, daß er Marga genommen hatte. Für eine Marks war sie ungewöhnlich leise.

Huberta kam immer sonntags. An diesem Tag hatte er wenig Ausweichmöglichkeit. Natürlich konnte er spazierengehen, der Arzt hatte es ihm ja empfohlen, und er tat es auch heute wieder. Auf diese Weise wurden Hubertas Besuche mit Anstand verkürzt. Außerdem hatte er sich mit Paul-Christian verabredet. In Anwesenheit eines zweiten Gastes würde Huberta ihm weniger zusetzen, hoffte er. Er schob die Stores beiseite. Paul-Christian war gerade am Gartentor angekommen und sah zu ihm herauf. Armin Hülle bedeutete ihm, er käme gleich.

Mimi hörte Stimmen aus dem Zimmer ihrer Schwestern im Erdgeschoß. Deïna klang vorwurfsvoll.

»Vierteljahrhundert! Einerseits sagt sie, daß ich jetzt ein Vierteljahrhundert alt geworden bin, andrerseits läßt sie mich noch nicht in Ruhe.«

Mimi glitt durch den Türspalt ins Zimmer. Beide Schwestern saßen mit angezogenen Beinen auf Astrids Bett. Mimi wählte das andere Bett und kroch unter die Decke. Sie roch Deïnas Parfüm und betrachtete den Betthimmel, den Deïna mit Fotos und Kunstpostkarten beklebt hatte. Das hölzerne Klappbett war wie ein kleines Haus. Deïna liebte Barockperlen. Eine ausgeschnittene Farbseite aus einer Illustrierten zeigte die unregelmäßigen Perlmuttkugeln der Größe nach geordnet in flachen Porzellannäpfen. Sie hingen über ihr und glänzten, als wollten sie gleich herunterfallen.

»Sie meint es doch nicht böse«, sagte Astrid. »Was *hat* er dir denn geschenkt, Fritzchen Heinz?«

»Fängst du auch schon an«, sagte Deïna. »Nichts, weil ich mit ihm Schluß gemacht habe.«

»Du hast was?«

»Es blieb mir nichts anderes übrig! Er hielt es für nötig, mir einen Heiratsantrag zu machen. Ich habe nein gesagt. Daraufhin war er beleidigt und meinte, es wäre besser, wir würden uns nicht mehr sehen.«

Astrid fiel so schnell keine Antwort ein. Nach einer Weile sagte sie halb betäubt: »Du hast einen Heiratsantrag ... du hast einen richtigen Heiratsantrag abgelehnt ... Das muß ich erst mal verdauen.«

»Was würdest du tun, wenn *dein* Heinz – wenn Peterchen auf diese dämliche Idee käme?«

»Ich weiß nicht ... Ich weiß nicht ...« Astrid klapperte vor Aufregung ein wenig mit den Zähnen. Heiraten war das Wichtigste. Es ragte wie eine Mischung aus Lebensaufgabe und Lottoglück vor ihr auf, türmte sich wie ein Riesenberg. Die Mutter hatte die Aufgabe mit Bravour bewältigt. Astrid betrachtete dies mit leiser Wehmut, mit Angst und Neid. Wußte man denn, ob es ihr selbst auch gelang? Ob sie jemals einen Mann so weit bringen konnte?

»Wie froh bin ich, wenn wir nächstes Jahr von hier wegziehen«, sagte Deïna ärgerlich. »Egal, wohin sie uns versetzen.«

»Aber ich«, sagte Mimi, »bin nicht froh. Ihr laßt mich allein in dieser Hölle zurück.«

»Kleine Einschleicherin«, sagte Deïna zärtlich. »Du wirst sehen, die Zeit vergeht so schnell... In vier, fünf Jahren bist du selber weg.«

»Eine Ewigkeit.«

Vier Schläge schallten plötzlich aus dem Heizkörper an der Wand neben der Tür. »Da klopft sie schon wieder...« sagte Deïna. »Huberta ist ihr allein wohl zu unangenehm. Sie braucht uns, als Kanonenfutter.«

Huberta war eine Art wandelnde Zeitbombe mit Explosionsgarantie. Mimi hatte herausgefunden, daß sie immer und unter allen Umständen explodierte, meist noch am Kaffeetisch, seltener beim Mantelanziehen im Flur. Sie hatte sich selbst so präpariert und eingestellt. Ihr Besuch war ein festes Ritual. Sie wurde mit allem Respekt empfangen, vom Auto ins Haus geleitet und zu ihrem Platz geführt, wo sie zunächst einmal gar nichts sagte. Vor Wut leise zitternd – schien es Mimi –, saß sie stumm hinter ihrer Kaffeetasse. Das erforderte, daß man sie unterhielt, wohl wissend, daß sie alles mißbilligte, was man sagte. Die Unterhaltung drehte sich um die Marks-Verwandtschaft, dieses Minenfeld. Man mußte wissen, wer die Guten, wer die Bösen waren. Dies konnte sich innerhalb eines Jahres drastisch ändern. Hubertas eigene Söhne, zwei bedrohlich lebenstüchtige Kraftprotze, waren immer die Guten. Die Kinder der meisten Verwandten dagegen waren faul, dekadent und lasen zuviel.

»So wie deine Hübschen«, stieß Huberta hervor. »Wo sind sie übrigens? Kriegt man sie noch zu sehen?«

»Wir haben früher auch gelesen«, meinte Marga.

»So? Kannst du dich erinnern, daß Vatern je gelesen hätte?«

»Natürlich«, sagte Marga.

»Und was hat er deiner Ansicht nach gelesen?« Der Ton wurde schärfer.

»Briefe, die ihn nicht erreichten«, zählte Marga auf. *»Die Heilige und ihr Narr.«*

»Das hat er nie gelesen.«

»Doch, ich habe es später auch gelesen.«

»So, wirklich?«

»Erlaube mal ... Ich werde doch noch wissen, was ich gelesen habe«, sagte Marga.

»Du hast vielleicht etwas *darüber* gelesen, in der Zeitung oder so.«

»Ach! Nun schlägt's aber dreizehn! Und *Effi Briest*? Das haben wir auch gelesen.«

»Ich nicht.«

»Für dich sind Klassiker ja faule Nichtstuer.«

Die Explosion stand kurz bevor. Aber eine zu frühe Explosion hatte für beide Seiten unangenehme Folgen. Stundenlanges beleidigtes Schweigen bis zur festgesetzten Abfahrtszeit, erzwungene Versöhnung aus ebendiesem Grund, nein, für diesen Fall gab es eine Reihe aufschiebender Maßnahmen, die vorübergehend noch einmal Einigkeit stifteten. Politische Fragen wurden aktiviert. Deutschlands Zukunft in erster Linie. Oder: Wie wichtig war Ägypten? Warum war Ägypten niemals so wichtig, wie man es gern gehabt hätte? Und Israel daher weiterhin ungestraft so frech? Wer würde den Rüstungswettlauf gewinnen? Was war vom Ausspruch eines Kosmonauten zu halten, der nach seiner Rückkehr aus dem All angab, er habe den lieben Gott nicht gesehen? Seit kurzem stand in Gestalt der Spiegelaffäre noch ein Spezialthema zur Verfügung, das Politik und Privates aufs angenehmste miteinander verquickte. Ein Mitglied der Familie Marks – horribile dictu! – war zusammen mit dem stellvertretenden Chefredakteur des *Spiegel* in ein spanisches Gefängnis geworfen worden. Auf Betreiben des Verteidigungsministers, wegen mutmaßlichen Landesverrats. Wie sich später herausstellte, zu Unrecht. Wie beurteilte man dies? Es lag auf der Hand. Marga und Huberta waren sich hierin einig, ganz einig. Mochte Verteidigungsminister Franz Josef Strauß in diesem einen Fall möglicherweise mal unrecht gehabt haben (bedauerlicherweise mußte er deswegen sogar zurücktreten!) – im ganzen genommen war der *Spiegel* so erzböse und Franz Josef Strauß so engelsgut, daß dem Verwandten im Prinzip ganz recht geschehen war. Lieber einmal zuviel Prügel – er selbst würde schon wissen, warum! – als einmal zuwenig. Hinzu kam, daß es nur ein Vetter zweiten Grades war, dem man ohnehin nicht so recht über den Weg traute.

»Es soll aber Dinge geben, die selbst dem *Spiegel* heilig sind«, sagte Marga zu ihrer Schwester. »Die man auch in

Hamburg nicht mit Schmutz bewerfen darf. Das hat mir der Vetter beim letzten Familientag erzählt.«

»Als da wären?«

»Gott und die Mutterschaft. Denk doch mal! Gott und die Mutterschaft... Es könnte einen direkt mit dem *Spiegel* versöhnen.« In diesem Augenblick traten Deïna, Astrid und Mimi ins Zimmer.

»Da seid ihr endlich... Wo habt ihr gesteckt?«

»Unten«, sagte Deïna artig.

»Wenigstens im Advent könntet ihr mal was Nützliches tun«, sagte Huberta mit verhaltenem Zorn. »Andere Kinder singen.«

»Deïna und Astrid waren letzte Woche auf einem Ball«, zwitscherte Marga. »Erzählt doch mal! Habt ihr eine Eroberung gemacht?«

»Ach nein, die sahen ja alle aus wie Maikäfer«, sagte Deïna abwehrend. »Es war ein Bundeswehrball.«

»Meiner war ein besonders langer Maikäfer«, berichtete Astrid. »Er hat den ganzen Abend kein Wort zu mir gesagt. Glaube ich jedenfalls. Er blickte hoch über meinen Kopf in den Saal wie ein melancholischer Leuchtturm.«

»Was nun? Maikäfer oder Leuchtturm?«

»Unten Käfer. Oben Turm.«

Huberta warf Marga einen vielsagenden Blick zu. Wenn deine Hübschen weiterhin so wählerisch sind, hieß dies, wird bald kein Hahn mehr nach ihnen krähen.

»Und dafür die langen Abendkleider«, sagte Marga ärgerlich. »Komisch, bei uns war irgendwie mehr los!«

»Ja, meine Liebe, wir hatten Brüder! Brüder! Das haben deine Töchter nicht.«

»Willst du damit sagen, daß es meine Schuld ist? Von wegen! Das Geschlecht bestimmt der Mann! Wenn wir hier wenigstens anständige Nachbarn hätten! Leider Fehlanzeige. Alles sehr einfache Leute.«

Familie Hülle war von einfachen Leuten umzingelt. Man erkannte sie an ihren Fernsehapparaten. Aber auch daran, daß sie ihre Kinder frühzeitig in die Fabrik schickten und ihre Omas beim ersten Sonnenstrahl in den Garten setzten, um sie bei unaufhörlich dudelnder Radiomusik zur Heimarbeit anzuhalten. Sie entzündeten die Weihnachtskerzen bereits am 23. Dezember – elektrische Kerzen natürlich –, denn sie waren unbeherrscht und konnten nicht warten. Sie besaßen den technisch letzten Schrei immer als erste, anstatt ihre Kinder länger zur Schule zu schicken. Aber dafür waren die einfachen Menschen eben zu geldgierig und zu materialistisch.

»Hollywoodschaukel im Garten und keine inneren Werte«, sagte Marga abschließend.

Für Huberta wurde es Zeit zur Attacke. Unruhig rasterte sie bereits die Luft über dem Kaffeetisch, auf der Suche nach einer Lücke für ihre aufgestaute Explosionsenergie.

»Du mit deinem unausrottbaren geistigen Hochmut«, zischte sie. »Immer mußt du alles lächerlich machen und an allen herummeckern.«

»Ich?« schrie Marga auf. »Erlaube mal, *du* bist doch diejenige, die an allem etwas auszusetzen hat!«

»An euren Nachbarn hab ich gar nichts auszusetzen.«

»Natürlich nicht! Aber an deiner Verwandtschaft! Da kannst du stundenlang herummeckern!«

»Weil du immer so tust, als ob du was Besseres wärest!«

»Sieh mal einer an! *Ich* tue, als ob ich was Besseres wäre! Und wer streicht seine Söhne immer so heraus, obwohl sie mehrfach die Schule wechseln mußten und schließlich *ohne Abitur* abgegangen sind?«

Ohne Abitur war wie staatenlos. Wie vaterlandslose Gesellen.

»Doch nur, weil ihr sonderbarer Deutschlehrer sie auf dem Kieker hatte!« rief Huberta getroffen. »Er war ja erwiesenermaßen nicht ganz richtig im Kopf! Außerdem ungerecht und faul!«

»Mit anderen Worten, ein Beamter.«

»Jawohl, aber das hast du gesagt! Wo man hinschaut, nichts als Skandal!«

»Ich möchte mal wissen, wieso du von Beamten nicht reden kannst, ohne sie schlechtzumachen! Das ist doch eine fixe Idee!«

»Na, und du? Nenn du mir eine Familie in Merklingen, über die du nicht Anekdoten erzählst, die du nicht lächerlich machst! Nenn mir *Freunde*!«

Marga Hülle verstummte vor Schreck. Meine Güte, dachte Mimi, das ist wirklich schwierig! Wer ist denn *nicht* lächerlich, außer uns? Nach Margas Definition war Familie Hülle die einzig nichtlächerliche weit und breit, und Mimi war stolz darauf. Es brachte aber eine gewisse Schieflage mit sich. Denn das gutbürgerliche Milieu, auf das es ankam, wurde in der Fünfzigtausend-Einwohner-Stadt ganz allein von Familie Hülle repräsentiert, und Mimi dachte manchmal sehnsüchtig an andere Städte, wo statistisch gesehen ja auch eine ähnliche, also gleichwertige Familie leben mußte, und wie man an die wohl herankäme.

Natürlich gab es auch in Merklingen Menschen, die, oberflächlich betrachtet, wie Familie Hülle aussahen; aber bei näherer Prüfung haftete ihnen ein Rattenschwanz lächerlicher Kleinigkeiten an, der den Umgang mit ihnen erschwerte oder unmöglich machte. In manchen Häusern wurde nicht gelüftet. In anderen fehlten die richtigen Bücher. Oder Bücher überhaupt. Andere wiederum waren *zu* musisch. Gerade musische Menschen begingen oft die schrecklichsten Fauxpas – wie jene Malerin, die bei ihrer Ausstellungseröffnung ins Fettnäpfchen trat, weil sie ungeniert von »wir Künstlerinnen« sprach. Bei jedem Ereignis dieser Art wurde der Katalog »Mißgeschicke musischer Menschen« von Margarethe genüßlich auf den neuesten Stand gebracht. Und wenn es keine Mißgeschicke gab, wie bei dem weißhaarigen Schriftsteller, der friedlich in einem Reihenhaus um die Ecke wohnte und dessen Bücher im ganzen Land bekannt geworden waren, dann genügte die Art, wie Marga die Titel seiner Bücher aussprach, um ihn für alle Zeiten lächerlich zu machen. *»Sterbende Jaacht!«* sagte sie. Damit meinte sie Jagd. *»Gazelle grün!* Und *Der Schlußball!* Oh, ja, der *Schlußball!«* Es war der Schlußball, der ihren besonderen Unmut erregt hatte. Er spielte in Merklingen, und der Autor hatte seiner textilverarbeitenden Heimatstadt darin den despektierlichen Decknamen »Neu-Spuhl« verpaßt.

Wo war die Ausnahme? Am Kaffeetisch dachte man fieberhaft nach. Oberstudienrat Oßmann? Nein. Er hatte eine katholische Frau, die rheinisch sprach. Außerdem blickten seine blauen Augen so seltsam introvertiert an seiner langen Nase herunter, die die Eigenschaft hatte zu glänzen, daß man meinen konnte, er wäre selbst katholisch. Sein ältester

Sohn hatte eine Mesalliance geschlossen, wie man sich erzählte, und Oßmann liebte nicht nur Rilke – das hätte man ihm nachgesehen –, sondern auch die Versepen von Carl Spitteler. Aber vielleicht ... Landgerichtsrat Dopff? Ja, Onkel Albrecht! Den lieben langen Tag schied er Ehen. Er sah aus wie ein Faun. Er trug Knickerbocker, weinrote Fliegen und weiße Ärmelgummis. Seine Stimme war randvoll gesättigt mit Bosheit und ganz brüchig. Sonderbar kieksend sprang sie zwischen zwei Oktaven hin und her, und seine Frau Erika sprach nach über fünfundzwanzig Ehejahren genauso.

»Dopffs«, sagte Mimi.

»Welche Dopffs?«

»Landgerichtsrat Dopff. *Das* sind Freunde.«

»Natürlich, Onkel Albrecht!« Marga war ausgesprochen erleichtert. Schon kehrte ihre natürliche Unbefangenheit zurück, zusammen mit einem Anflug berechtigter Empörung. »Ganz reizender Mensch, unser Landgerichtsrat. Von altem Schrot und Korn. Obwohl, er hat diesen sonderbaren Tick ... Er sammelt ja Papstfotos. Paul VI. Mit dem Scherchen, das er an seiner Uhrkette trägt, schneidet er sie überall aus, sogar beim Zahnarzt im Wartezimmer. Niemand weiß, warum – Dopffs sind natürlich Protestanten. Hugenotten, wenn ich mich nicht irre. Na ja, papale Kleptomanie. Nein, er nennt es *selbst* so! *Ich* rede ihm da doch nicht drein ... Na, und dann Familie Pauli ... Oberstudienrat Oßmann ... liebe Güte, da gibt es viele! Wirklich, Huberta, ich weiß nicht, wie du auf die Idee kommst, wir hätten keine Freunde.«

»Und Paul-Christian«, rief Astrid.

»Natürlich, Paul-Christian! Ah! Wenn man den Esel nennt...«

Tatsächlich streckte Paul-Christian vorsichtig den Kopf zur Tür herein und sagte: »Ein Anruf für Deïna.«

Ein Seufzer der Erleichterung entrang sich Mimi und Astrid. Für diesmal war die Explosion vereitelt. Marga begriff, daß ihr Mann und Paul-Christian vom Spaziergang längst zurückgekehrt waren und sich offenbar seit geraumer Zeit im anderen Zimmer versteckt hielten.

»Kinder!« rief sie. »Wir wollten doch den Adventskranz anzünden! Huberta, so lange kannst du sicher noch bleiben!«

Es wurde festlich. Das Kaffeegeschirr wurde abgeräumt, der Adventskranz auf den Tisch gestellt. Deïna rannte während ihres Telefonats geheimnisvoll ein paarmal die Treppe auf und ab und trat schließlich strahlend wieder ins Zimmer.

»Wer hat denn angerufen?« wandte sich Marga beiläufig an Paul-Christian.

»Ein gewisser Lutz König«, antwortete dieser arglos.

»Ah! Wieder dieser Lutz.«

»Er kommt mit«, sagte Deïna unvorsichtig. Mimi sah, wie ihre Augen glänzten. Eine Welle von Zärtlichkeit überspülte sie.

»Er kommt mit wohin?«

»Skilaufen!«

»Deïna und Astrid gehen über Silvester eine Woche ins Kleine Walsertal«, erläuterte Marga. »Astrids Freundin ist mit von der Partie. Wie heißt sie – Heike?«

»Ja.«

»Und was hat dieser Lutz nun genau vor?«

»Ich habe ihm die Telefonnummer von unserer Pension gegeben«, sagte Deïna. »Ganz einfach... Er bestellt sich ein Zimmer und fährt auch hin.«

»Über Silvester?« fragte Mimi. »Ihr seid doch früher immer erst im Januar... Soll das heißen, daß ich Silvester ganz alleine hier...«

»Im Januar war alles ausgebucht«, sagte Deïna. »Was ich noch fragen wollte, Tante Huberta... Wie war der Schnee in Klosters?«

»Recht ordentlich. Konnte nicht klagen. Aber hier liegt fast noch mehr. Und wer ist dieser junge Mann, dieser... Lutz?«

»Ein Kommilitone«, sagte Marga rasch.

»Du kennst ihn?« bohrte Huberta nach.

»Sein Vater leitet das Institut für...«, sagte Deïna, »na, irgendein Geschichtsinstitut.«

»Aha. Ein Beamter.«

»Wir wollten doch noch singen«, sagte Marga. »Mimi hat *Kommet, ihr Hirten* auf der Blockflöte geübt. Deïna, marsch, ans Klavier...«

Schon nach dem ersten Ton bemängelte Huberta: »Euer Klavier ist verstimmt.«

5

Ein Winterball

Die Tanzenden bildeten einen Wirbel auf dem Parkett, als die Musik überraschend aussetzte. In der plötzlichen Stille hörte man Rufe und Gelächter. Gehorsam ließen die Herren ihre Tänzerin los und schlugen einer anderen auf die Schulter.

Mimi stand auf der Galerie. Durch ein Glas ihrer Schmetterlingsbrille, die sie in der Hand hielt, betrachtete sie den Merklinger Winterball. Die Festhalle war als Tanzfläche hergerichtet. Ringsherum standen lange Tische, mit Tannengrün und Lametta geschmückt. Dort entdeckte sie die Eltern. Armin Hülle saß entspannt lächelnd da wie ein alter Römer. Marga Hülle redete auf ihre Nachbarin ein und ähnelte der blonden Frau auf dem florentinischen Porträt, deren Haare so straff zurückgekämmt waren, daß ihr Gesicht weder Freundlichkeit noch Lächeln durchließ.

Auf der Tanzfläche suchte Mimi nach den Schwestern. Die Musik schwieg. Deïna schien in der Bewegung stillzustehen. Sie trug das Etuikleid aus weißem Chiffon und lächelte ihrem Tänzer zu. Es war Witschge! Der begehrte Alfred Witschge hatte sie aufgefordert! Ganz in der Nähe wartete Astrid mit Peterchen Heinz. Sie trug ihr schwarzes Cocktailkleid und die schwarzen Schuhe mit den weißen Schleifen.

»Neue Runde!« rief der Kapellmeister und gab das Zeichen. Die Musik setzte ein, alle tanzten. Nur Deïna und Witschge nicht. Sie blieben stehen und sahen zu Boden.

Was haben sie denn? dachte Mimi. Astrid schien sich das auch zu fragen. Sie manövrierte ihren Tänzer direkt neben Deïna und hielt an, während die Paare um sie herum in wirbelnde Bewegung gerieten. Mimi sah, wie alle vier lachten. Deïna, von Witschge gestützt, zog einen Schuh aus und hielt ihn in die Höhe. Der Absatz war gebrochen. Astrid sagte etwas zu Peter Heinz, schlüpfte aus ihren Queenies und bot sie Deïna an. Anschließend verließ sie das Parkett auf Strümpfen.

Deïna tanzte vergnügt in den geliehenen Schuhen. Sie waren flacher als ihre eigenen, aber Deïna glich es durch besonders aufrechte Haltung aus. Sie lächelte Witschge an. Witschge mit dem roten Karmann Ghia. Gutaussehend, groß, Jurist. Mimi wußte, daß er bei beiden Schwestern in hohem Ansehen stand. Er war elegant und witzig und wollte hoch hinaus, was auch immer das heißen mochte. Es war sehr freundlich von Astrid, Deïna die Schuhe zu leihen. Andrerseits – Astrid versäumte nichts. Peterchen Heinz stand, mit Deïnas Schuhen bewaffnet, wie ein Wachsoldat hinter dem Stuhl am Rand der Tanzfläche, auf den sie sich gesetzt hatte. Sie schien erleichtert, dankbar für die Ruhe. Mimi konnte es gut verstehen. Der Abklatschtanz, den die meisten Menschen so schätzten, erschien ihr unheimlich. Wie die Reise nach Jerusalem. Immer ein Stuhl zuwenig. Die Spieler waren gezwungen, sich zu drängeln und zu schubsen, bevor sie endgültig ausschieden.

Witschge und Deïna paßten gut zusammen. Sie hatten

beide dasselbe elegische und spöttische Lächeln. Es war ein Vergnügen, ihnen zuzusehen. Sie hielten sich irgendwie gegenseitig in Schach. Als die Musik wieder aussetzte, hoffte Mimi, sie würden einfach weitertanzen. Aber sie ließen einander los, Deïna blieb stehen und wurde bald abgeklatscht, und Witschge verabschiedete sich ironisch mit einer Armbewegung, als wäre er ein Musketier.

Astrid saß noch immer auf ihrem Stuhl, Peter Heinz stand dahinter. Auf Strümpfen konnte sie natürlich nicht weitertanzen. Was für ein Mißgeschick! Zwei Schwestern und ein Paar Schuhe. Mimi dachte plötzlich daran, wie Witschge im Frühjahr Deïna besucht hatte und beide dick vermummt auf den oberen Balkon gestiegen waren, um die ersten Sonnenstrahlen auszunutzen. Da hatte sie instinktiv mitgehen wollen. Mitgehen und hören, was die beiden zu besprechen hatten. Aber Marga Hülle hatte Mimi im Flur abgefangen und sie gezwungen, den Anorak wieder auszuziehen. »Nein, Mimi, du darfst die jungen Leute nicht stören! Die wollen unter sich sein!«

Unten an der Treppe zur Galerie sah Mimi plötzlich Alfred Witschge herankommen, mit einem dunkelhaarigen jungen Mann, der ihr bekannt vorkam. Sie spähte durch das Brillenglas und dachte: Er sieht aus wie Singer. Sie hatte ihn einmal kurz gesehen, als er die Schwestern zum Ball abgeholt hatte, damals hatte er Uniform getragen. Sie ließ die Brille in der Rocktasche verschwinden und stellte sich steif ans Geländer. Nun bildeten die Tanzenden eine körnige Masse, wie auf einem Foto von der Mondoberfläche. Die Tische verschwammen zu weißen Strichen. Dunkle Schemen bewegten sich dazwischen wie eine neue Tierart.

»Illusionisten«, hörte sie Witschge sagen, »reisen mit schwerem Gepäck.« Er war etwas außer Atem, vom Tanzen oder vom Treppensteigen. »Die Großen brauchen einen Eisenbahnzug! Kalanag zum Beispiel... er konnte mit seinen Apparaten ein ganzes Auto von der Bühne verschwinden lassen. Mitsamt dem Bikinimädchen auf der Kühlerhaube...«

»Und wer ist es, der heute abend zaubert?« fragte sein Begleiter.

»Och, irgendein Hobbymagier ... Ein Augenarzt aus Indien. Bunte Tücher und Täubchen und so.«

Die beiden blieben dicht neben Mimi am Geländer stehen. »Voilà«, sagte Witschge und wies nach unten. »Sogar der Oberbürgermeister ist gekommen! Dieser sportliche und etwas vierschrötige Herr am ersten Tisch. Hat er heute seinen Eröffnungshandstand schon gemacht?«

Mimi prustete heraus.

»Oh, hallo, Mimi!« sagte Witschge. »Beinahe hätte ich dich übersehen! Siegfried, das ist die jüngste der drei Schwestern Hülle. Mimi, das ist Siegfried Singer.«

»Wir kennen uns doch«, sagte Singer. »Mit deinen Schwestern hatte ich neulich das Vergnügen... Oder muß ich Sie zu dir sagen?«

»Nein«, sagte Mimi steif. Sie gaben sich die Hand, und Mimi drehte sich wieder zum Geländer.

»Ja, unser OB«, sagte Witschge. »Er macht ihn überall. Im Albverein... Im Altenheim... Neulich sogar bei der Eröffnung einer Kunstausstellung. Sollte er jemals ein Standbild bekommen, muß es ein Handstandbild sein. Und wen haben wir da? Professor Bueschl! Den großen Philosophen.«

Mimi protestierte. »Er ist nicht groß! Er ist klein!« Das wußte sie, denn Bueschl wohnte bei ihnen um die Ecke. Sie dachte an die Anekdote, die ihre Mutter in die Welt gesetzt hatte. Angeblich marschierte Bueschl, wenn das Ehepaar miteinander spazierenging, oben auf dem Bürgersteig, Frau Bueschl unten im Rinnstein. »Und dann sind sie noch nicht gleich groß!« hatte Marga bemängelt. »Dabei trägt sie ganz flache Schuhe!« Ihr eigener Mann war laut Personalausweis zwei Zentimeter größer als sie selbst. Darauf war sie sehr stolz.

»Also wenn man Bueschl so ansieht«, sagte Witschge, »denkt man nicht, daß der zierliche alte Herr eine Rede zur Bücherverbrennung gehalten hat. In einem Saal voller SA-Studenten, in Berlin.«

Singer pfiff durch die Zähne.

»Wann war das eigentlich?« fragte Mimi.

»Wie!« sagte Witschge. »Weißt du das nicht? Weißt du nicht, wann die Reichskristallnacht war? Wo seid ihr denn in Geschichte?«

»Beim Zweiten Punischen Krieg.«

Witschge wechselte das Thema. Er legte Singer die Hand auf den Arm. »Astrid hat wieder Schuhe an ... Dort tanzt sie. Mit dem jüngeren Heinz, ihrem *cavaliere servente.*«

»Der Heinzelmann ist ein *gentleman*«, verteidigte Mimi die Schwester.

Witschge lachte. »Was verstehst denn *du* davon?« sagte er neckend. Dann stieß er sich vom Geländer ab und schlenderte langsam mit Singer weiter. Im Weggehen hörte Mimi ihn sagen: »Ich geh dann noch auf einen Sprung in den Klub.«

In milde Farbnebel gehüllt, tastete sie sich die andere Treppe hinunter. Die Kugeln auf dem Geländer blitzten. Das Parkett war voller Menschen. Sie sah Hautstücke, Leberflecken, Wirbelsäulen, beflaumte Arme, magere, in Goldstoff gehüllte Schultern, die feinen Sehnen einer Achselhöhle. Gesprächsfetzen erreichten ihr Ohr: »... einen Italiener geheiratet! Stellen Sie sich vor! Sie heißt jetzt *Laible Donizetti* ...« – »Haben *Sie* die *Westside Story* gesehen?« »Nein, *Porgy und Bess* ...«

Merklingen war ein Kaff. Zu guten Theaterstücken, Filmen und großen Ausstellungen mußte man wegfahren. Tatsächlich traf man die Merklinger häufig in München, Zürich und Stuttgart an. Der Fairneß halber mußte man sagen, daß Merklingen ein Kellertheater besaß, für das Mimi an freien Nachmittagen in der Stadt Plakate austrug, und einen Jazzclub, und diesen Winterball. Er fand jedes Jahr im Dezember statt, als Höhepunkt der Saison, und verknüpfte Ball mit Wohltätigkeit und Kleinkunst. Mimi war schon zum zweiten Mal dabei. Während sie halb blind durch die Menge irrte, hoffte sie, Witschge und Singer vor dem Ausgang noch einmal zu begegnen.

Am Tisch ihrer Eltern war die Unterhaltung in vollem Gange. »Wart *ihr* schon dort?« fragte Marga Hülle. »Sie soll sehr schön sein.«

Erika Dopff malte mit den Händen Rundungen in die Luft: »*Solche* Trauben stehen davor, solche Trauben! Wegen Bild zwo-zwo-sechs fahren doch alle hin!«

»Wieso, was ist Bild zwo-zwo-sechs?« wollte Marga Hülle wissen.

»Ein Renoir«, sagte Erika Dopff.

»Eigentlich zwei«, präzisierte ihr Gatte, die Augen halb geschlossen. »Zwei Nackerte am Fluß.«

»Huch, Albrecht, wie du das sagst... Man könnte glauben ... Aber deswegen fahren *wir* nicht nach München, Armin, gell?«

»Nein, meine Liebe, natürlich nicht!«

Marga erinnerte sich an etwas. »Damals, im Haus der Kunst ... War es bei unserer Hochzeitsreise? Natürlich schaute man sie sich an... Ihr sicher auch? Man ging durch die Säle und sagte: *So* entartet ist es doch gar nicht! Man war ja fast ein bißchen enttäuscht! Denn Nolde ist doch sehr hübsch, und Barlach, liebe Güte, da sind wir von den Abstrakten heute anderes gewöhnt...«

Jemand kam und rief: »Sie tragen die Stühle nach vorn! Wer einen guten Platz will, muß sich beeilen!«

Das Licht im Saal erlosch. Nur die Bühne blieb schwach erleuchtet. Still und leise nahmen die indischen Musiker neben dem Vorhang Platz und stimmten ihre Instrumente.

»Los, setz die Brille auf!« hatte Deïna ihrer kleinen Schwester zugeflüstert. »Sonst muß *ich* dir wieder alles erzählen! Stell dich nicht so an!«

Mimi reagierte gekränkt. »Im Kino setz ich sie ja auf... Nur privat nicht. Weil es doof aussieht.« Sie schaute sich um. »Übrigens, es stimmt nicht, daß *jeder* Mensch einen Makel hat«, sagte sie zu Deïna. »Dort drüben sitzen zwei Klassenkameradinnen von mir, die sind hübsch, intelligent, gutsichtig *und* sportlich! Was haben die für Mängel? Oder du? Oder Astrid?«

»Es gibt ja auch verborgene«, flüsterte Deïna. »Vielleicht haben sie einen schlechten Charakter.«

Mimi fiel etwas ein. »Was hast du jetzt für Schuhe an?« fragte sie neugierig.

»Meine alten... Hier, ich bin mit den alten Tanzschuhen hergekommen und hatte sie in der Garderobe abgegeben.«

»Wie praktisch... Du denkst an alles«, sagte Mimi bewundernd.

Die Musik setzte ein und begann das Publikum zu verzaubern. Mimi hatte noch eine Frage. »Deïna... Psst! Was ist ein *cavaliere servente*?«

»Ein Hausfreund«, sagte Deïna lächelnd. »Man könnte auch sagen, ein Haustier...« Sie kicherten, bis Marga ihnen mahnend etwas zuzischte.

Die Musik verstummte. Die Bühne wurde ganz dunkel. Die indischen Tänzer verlöschten mitten in einer bizarren Bewegung, und in einer Wolke aus orangenem Dunst erschien Dr. Prabhat K. Chatterjee wie aus dem Boden gewachsen. Er trat an die Rampe und hob grüßend beide Hände.

»My ten assistants«, sagte er und bewegte die Finger.

Das Publikum begriff.

Zehn kleine Männerchen, die auf der Straße standen und zögerten. Chatterjee machte ihnen ein Angebot, redete ihnen gut zu. Sehr bald war das Werbegespräch beendet, und Chatterjee schüttelte sich selbst die Hand. »My ten little soldiers«, nickte er und schwenkte die herkulischen Fingerchen.

Eine Frau materialisierte sich aus dem Dunkel.

»My female assistant«, sagte er.

Das Publikum begriff *nicht.*

»Meine Assisten*tin*«, wiederholte er auf deutsch.

Sofort reichte sie ihm ein Paket Karten. Chatterjee zog es wie eine Ziehharmonika auseinander, ließ Fontänen in die Höhe springen und einzelne Karten wie Sterne am Firmament hängenbleiben. Über seinem goldenen Kaftan trug er ein magisches Auge. Auf seinem Turban funkelte eine gefiederte Agraffe.

Nun trat er mit einem schwarzen Köfferchen an die Rampe. »I need a volunteer«, sagte er energisch.

Mehrere junge Leute sprangen auf.

Chatterjee öffnete den Kasten und zeigte allen den Inhalt: eine schön verzierte Reisepistole.

»Are you mutig?« fragte er.

Die Aufgestandenen lachten kampflustig. Einer setzte sich wieder hin, worauf das Publikum lachte. Ein anderer stand zusätzlich auf.

»Okay then«, rief Chatterjee. »You need a wallet. Eine Brieftasche. Aus Sch-schweinsleder.«

Enttäuscht murmelnd setzten sich ein paar Freiwillige.

»Yes«, fuhr der Zauberer animiert fort, »*and* you have to be married.«

Damit waren alle jungen Männer aus dem Spiel. Proteste wurden laut. Einer hielt seine Hand hoch und rief: »Engaged! Engaged!«, aber es nützte nichts.

Mimi sah zu ihrer Verwunderung ihren Vater im Mittelgang stehen. Tatsächlich erfüllte er alle Bedingungen.

»Was muß ich tun?« rief er gutgelaunt.

»Mir geben Ihren Ehering!«

»Oha«, sagte Hülle, »und dann?«

»Ich schieße es!« rief Chatterjee. »In Ihre Brieftasche in Ihre Brust.«

»Ach!« seufzte Marga Hülle.

Eine Zeitlang sah es so aus, als bekäme Hülle seinen Ehering nicht ab.

»Hochhalten! Hochhalten!« riefen die Umsitzenden.

Gehorsam hielt Armin Hülle die Hand in die Höhe.

Mit einem silbernen Tablett kam die Assistentin die Stufen herunter und schwebte auf Hülle zu. Sie trug einen dunkelroten Sari. Auf dem Tablett stand ein Becher, in den der Ring hineinfiel. Es gab einen scheppernden Klang. Sofort kehrte sie mit ihrer Beute zur Bühne zurück.

Chatterjee fischte den Ring heraus, hob ihn hoch und lud ihn in seine Pistole. Dann zielte er.

Er zielte lange. Zwischendurch setzte er die Waffe ab und bat das Publikum feierlich, sich mit ihm zu konzentrieren. Ein festliches Gefühl ergriff die Menge. Da zog ein angesehener Bürger nach fünfundzwanzig Jahren zum ersten Mal seinen Ehering ab und vertraute ihn einem indischen Zauberer an, einem Augenarzt, der in Europa auf Tournee ging, um für seine Klinik zu sammeln. Nun sollte dieser Ring wie Amors Pfeil in des Bürgers Herz, oder besser gesagt, in seine Brieftasche zurückbefördert werden, abgefeuert von einem riesigen goldenen Cupido mit schwarzem Schnurrbart.

Auf der Bühne knallte es. Chatterjee hatte geschossen. Der alte Hülle stand unerschüttert mit herabhängenden Armen an seinem Platz und rührte sich nicht.

Es war, als ob man im Saal eine Seite umgeschlagen hätte. Die Köpfe in den vorderen Reihen drehten sich, Gesichter sahen ihn fragend an.

Hülle fuhr mit der Rechten in sein Jackett. Zum Vorschein kam die Brieftasche. Natürlich unversehrt. Er durchsuchte sie und fand seinen Ring. Er hielt ihn hoch und lächelte.

»Is this your wedding ring?« wollte Chatterjee wissen.

»Jawohl«, sagte Hülle, nachdem er hineingesehen hatte, »Namen und Datum stimmen.«

»Thank God«, sagte Chatterjee.

»Thank *you*«, sagte Hülle schlagfertig.

Lachen, Applaus. Die Lichter im Saal gingen an, die Leute standen auf und strömten nach draußen.

Im Foyer hatte Mimi ihren Vater bedrängt. »Da war doch ein Trick dabei! Wie habt ihr es gemacht? Bitte! Bitte!« Es war aussichtslos. Ihr Vater strich ihr über den Kopf, lächelte und schwieg. Plötzlich sah sie, wie Singer auf ihre Mutter zuging. Er machte eine Verbeugung und sagte: »Ich freue mich, Sie wiederzusehen, gnä' Frau.«

Deïna, die sich gerade mit Astrid unterhalten hatte, drehte sich um und fragte: »Wo ist eigentlich Witschge abgeblieben? Wo steckt er?«

»Vor der Zaubervorstellung ist er weggefahren.«

»Ach, wie schade«, sagte sie enttäuscht und wandte sich Astrid zu. »Hast du gehört? Nun kannst du nicht mehr mit ihm tanzen.«

»Sind Sie mit Witschge irgendwie verwandt?« wollte Marga wissen.

»Nein«, gab er zur Antwort, »wir kennen uns von früher. Vom Bund.«

»Ach! Und wo haben Sie gedient? Wollen Sie uns nicht mehr darüber erzählen?« fragte Armin Hülle.

»Lieber Himmel, du mußt den jungen Mann doch nicht in der Pause zu einem Vortrag verdonnern«, tadelte Marga ihren Gatten. »Kommen Sie lieber am Sonntag zum Mittagessen! Und bringen Sie Ihren Freund Witschge mit. Er ist herzlich willkommen.«

»Danke, danke sehr«, sagte Singer.

»Liststraße achtzehn. Sie kennen doch List, den großen Sohn unserer Stadt? Nein, nicht den Pianisten! Sondern Friedrich, den Ökonom! Neckar schiffbar bis Cannstatt und so weiter. Wenn Sie von der Stadt kommen, fahren Sie zunächst Richtung Krankenhaus...«

»Aber Mutti, Singer kennt doch den Weg«, unterbrach Deïna stirnrunzelnd.

»Ach ja, natürlich! Ich werde langsam vergeßlich. – Und hier ist unsere Jüngste«, rief Marga. »Mimi, sag Herrn Singer schön guten Tag!«

Zum zweiten Mal an diesem Abend streckte Mimi Singer die Hand entgegen. Sie sah nicht genau, wo seine Augen waren, und ließ den Blick verlegen abirren.

»Wie eiskalt ist dies Händchen«, zitierte Margarethe. »Von wem ist das? Na, Mimi? Puccini! Aber nicht, daß Sie denken, wir hätten unsere Tochter nach *La Bohème* genannt...«

»Um wieviel Uhr?« fragte Singer. »Ich meine, am Sonntag...«

Die Pausenklingel schrillte.

»Punkt zwölf Uhr essen die Schwaben«, sagte Margarethe. »Es hat so was Plebejisches. *Wir* essen um eins.«

6

Luftgeister

Am Sonntagvormittag nach dem Zauberabend betrachtete Mimi, halb über dem Eßtisch hängend, das aufgeklappte Löschblatt, das mit dunklen Punkten und Klecksen übersät war, den Amöben der Tintenwelt. Holzsplitter steckten quer in der weichen Masse, rötliche Fasern ringelten sich zu Fragezeichen und Ösen.

»Was malst du, Onkel Paul-Christian?« fragte sie und folgte der blauen Spur, die der Maler mit seinem Kugelschreiber über den Briefblock zog. »Was soll das werden?«

»Ein Segelschiff.«

»Seh ich nicht.«

»Es steht ja auf dem Kopf für dich«, bemerkte Astrid, die neben dem Maler saß.

»Man denkt, daß die Minenspitze aufleuchtet«, sagte Mimi, »jedesmal, wenn du einen Strich machst. Ein winziger hellblauer Funken. Aber es könnte auch eine Täuschung sein.«

»Hast du Lupen in den Augen?« fragte der Maler. »Mir ist das noch nie aufgefallen.«

»Wie kommt es, daß du Luft malen kannst?« wollte Astrid wissen. »Ich meine... du ziehst einen Strich, drunter liegt das Schiff, und plötzlich sieht es so aus, als ob ein Himmel über dem Ganzen ist.«

»*Du* bist doch der Luftgeist«, sagte der Maler. Er ließ seine Hand wenige Zentimeter vor ihrem Arm abprallen. »Siehst du? Ich kann dich nicht berühren. – Ein Himmel sieht aus wie Himmel, wenn irgendwo eine Flügelspitze zu sehen ist.«

Astrid entdeckte die Möwe am Bildrand. Bin ich ein Luftgeist? dachte sie verwundert. Sie war gewohnt, daß man etwas anderes von ihr sagte: »Stille Wasser gründen tief.«

»Astrid hat hohle Knochen, wie ein Vogel«, stellte Mimi fest.

»Leichte«, korrigierte Astrid. »Hohl sind sie bei dir auch.«

»Das meine ich ja«, sagte Mimi. »Man hat sich gewundert, daß sie so wenig wiegt, obwohl sie so groß ist.«

»Was für ein Vogel bist du denn?« fragte der Maler und strichelte an der Takelage.

»Natürlich eine Elster«, rief Mimi. »Die schwarzweißen Schuhe... Und die Haare mit dem grünlichen Glanz.«

»Für mich wäre sie etwas viel Geheimnisvolleres. Der Rabe ›Nevermore‹.« Paul-Christian gab dem Wort einen schaurigen Klang.

»Dabei bin ich nur eine harmlose kleine Amsel«, sagte Astrid. »Stoßt mich bitte nicht vom Dach.«

»Warum? Bist du noch nicht flügge? Als Kind warst du übrigens rundlich«, erinnerte sich Paul-Christian. »Ich weiß noch genau...« Er verstummte. Deïna mit ihrem Lockenkopf war leicht zu zeichnen gewesen. Warm und schlicht wie Brot. Astrid dagegen blieb, obwohl sie vorbildlich stillsaß, für ihn rätselhaft. Er hatte sie »die Wasserabweisende« getauft. Sie war undurchdringlich, unergründlich.

»Auf Fotos komme ich mir auch heute noch dick und rund vor«, meinte Astrid.

»Das hat wenig zu bedeuten.« Paul-Christian hielt die Zeichnung von sich ab. »Die ersten Fotografierten müssen sich sehr häßlich vorgekommen sein. Tränensäcke, Falten, pechschwarze Haare – überhaupt fotografierte man am Anfang nur die Toten, weil man nicht wußte, ob es schädlich war.«

»Wieso schädlich?«

»Den Toten konnte doch nichts mehr passieren! Und für die Lebenden war es eine Enttäuschung. Verglichen mit den Pastellen, den Miniaturen, diesen farbigen Schmeicheleien ... Trotzdem glaubte man den Fotos sofort. Und warum? Ich werd's euch sagen. In den schwarzen Kästen saßen keine Maler.«

Die Zeichnung war fertig. Paul-Christian malte Seestücke und Landschaften in spätimpressionistischer Manier. In seiner Jugend war er zur See gefahren und hatte von einem Schiffsunglück ein steifes Bein behalten.

Stimmen im Flur. Die Hausherrin schien in Bedrängnis.

»This was eigentlich ... the Besenkammer«, hörte man Marga in höchster Not, »a very small room! Die Küche war dort, wo jetzt das Eßzimmer ist, too big for a kitchen, wir haben das geändert und eine Durchreiche einbauen lassen. Vor allem wegen des Eßgeruchs. Eßgeruch ist etwas Fürchterliches. Finden Sie nicht auch?«

Die zweite Stimme – gesetzt, weiblich, nicht mehr allzu jung – hatte die Botschaft verstanden.

»Daß die Küche so klein ist, macht ihm nichts aus. Er

findet sich zurecht. *Look, Prabhat, over here!* Alles, was er braucht, ist ein großer Topf. Und eine Pfanne. Und Zwiebeln und Öl. Das Huhn und die Gewürze hat er mitgebracht.«

»Wenn ich das gewußt hätte… Ich habe mir sagen lassen, der indische Reis sei mit unserem deutschen gar nicht zu vergleichen…«

»Lassen Sie nur«, beruhigte die gesetzte weibliche Stimme, »er findet sich überall zurecht. Isn't it, Prabhat?«

»Yes, my dear.«

»Kleine Küchen…«, setzte Marga Hülle zu ihrer Verteidigung an, »haben den Vorteil, daß sie Wege verkürzen! Eine Hausfrau geht, wie man heute festgestellt hat, viele Kilometer pro Tag…«

Die Stimmen entfernten sich Richtung Salon.

Marga Hülle gehörte zu den Menschen, die mit energischen Schritten über unsichere Planken in Rohbauten eindringen, um herauszufinden, ob der Architekt gepfuscht hat. Wetterseite, Nord-Süd-Ausrichtung, Raumaufteilung – alles unterlag ihrem prüfenden Blick. In letzter Zeit hatte sich im privaten Hausbau die Unsitte immer mehr verbreitet, Küche und Wohnzimmer zusammenzulegen, genauer gesagt, die Trennwand zwischen Küche und Eßzimmer einfach *wegzulassen*, mit fatalen Folgen für Kochvorgang und Eßgeruch. Margarethe hatte ursprünglich damit geliebäugelt, Architektin zu werden. Sie hatte angefangen, Mode zu studieren, vertauschte es aber nach zwei Semestern aus praktischen Gründen mit einer Ausbildung zur Grundschullehrerin. Eine Frau brauchte für den Notfall einen Beruf. Dieser

Notfall war zum Glück nicht eingetreten; sie hatte keinen ihrer angestrebten Berufe je ausüben müssen.

Natürlich kamen ihre weitgefächerten Interessen der Familie zugute. Das schmale Elternhaus ihres Gatten hatte sie nach dem Tod der Schwiegereltern gründlich umgemodelt. Die Küche zog in die Besenkammer. Dadurch wurde ein Zimmer gewonnen. Die beiden weiteren Zimmer, quadratisch und etwa gleich groß (das heißt, gleich klein), erweiterte sie zu einem Salon, indem sie die Zwischenwand herausbrechen ließ. Die entstandene Öffnung versah sie mit Milchglasschiebetüren, die sich rechts und links in den Wandresten versenken ließen. Auf Nimmerwiedersehen, wie sich herausstellte, weil sie dort klemmten. Im linken Raum befand sich Armins Arbeitszimmer, die sogenannte Bibliothek mit dem wertvollen alten Sekretär, mit Regalen und Halbregalen, darin sämtliche deutschen und englischen Klassiker. Die Franzosen fristeten ein eher unbeachtetes Dasein auf einem der unteren Regalbretter. Mimi hatte es nach Lektüre von Choderlos de Laclos, Voltaire, La Rochefoucault und Stendhal das »Geistbrett« getauft. Rechter Hand, auf der Südseite mit der schönen Nachmittagssonne, befand sich der eigentliche Salon, mit bequemen Sesseln, einem Samtsofa, einer Stehlampe und Margas Damenschreibtisch. Die Bücher im Hängeregal darüber trugen Titel wie *Wer die Nachtigall stört* oder *Wenn die Mondwinden blühen,* und in einem der mauvefarbenen Samtsessel saß jetzt eine Dame mittleren Alters mit einem geradezu unzüchtig hervortretenden Kugelbauch. Sie hatte fröhliche dunkle Kirschenaugen und einen entspannten Gesichtsausdruck.

»Mumikoki!« sagte Marga. »Das hat man jedenfalls vor

dem Krieg gesagt! Sie können sich sicher noch dran erinnern, Fräulein Dr. Schnitzler?«

Sie gab der etwa fünfundvierzigjährigen Schwangeren Zeit, die Spitze mit dem Alter zu begreifen. Dann flüsterte sie: »Es ist die Abkürzung für ›Mutter mit kommendem Kind‹. Mu-mi-ko-ki!« Mit ihrer normalen Stimme fragte sie weiter: »Wann soll das freudige Ereignis denn stattfinden? Wollen Sie Dr. Chatterjee wirklich heiraten?«

»Warum nicht?«

»Haben die Inder nicht Vielehe?«

»Das weiß ich nicht«, sagte Fräulein Schnitzler. »Wenn wir hier genügend Geld verdient haben, gehen wir nach Indien.«

Marga grübelte. »Und Ehescheidung? Kennen die Inder Ehescheidung? Oder verstoßen sie ihre Frauen? Werden sie nicht sogar verbrannt?«

»Marga, bitte!« sagte Hülle. »Das hängt doch wirklich ganz davon ab! Verbrannt werden *nur* die Witwen. Übrigens ... habe ich Ihnen meine Töchter schon vorgestellt? Astrid, Mimi – dies ist Fräulein Dr. Schnitzler aus dem Kultusministerium. Sie betreut Dr. Chatterjee auf seiner Rundreise. Darf ich vorstellen ... Marianne, das heißt Mimi, unsere Jüngste ... Astrid, die mittlere ... Und unser Freund Paul-Christian, seines Zeichens Maler.«

»Angenehm«, sagte die dunkeläugige Dame.

Der Tisch war ausgezogen worden und mit dem guten Porzellan gedeckt.

»Hol doch mal jemand Deïna«, sagte Margarethe Hülle. »Ich kann natürlich auch an die Heizung schlagen.«

»Was machen Ihre Töchter eigentlich?« wollte Fräulein Schnitzler wissen.

»Sie gedeihen. Nicht wahr, Armin, wenn wir gefragt werden, was wir im Leben erreicht haben, sagen wir immer: drei blühende Töchter und eine Ölheizung.«

»Aber was *machen* sie?«

»Für den Notfall braucht eine Frau einen Beruf«, sagte Marga. »Das ist, was ich immer predige. Deïna steht kurz vor dem Staatsexamen fürs Lehrfach, sie war ja über ein halbes Jahr in England. Auch Astrid macht Examen. Bald treten sie ihre erste Stelle an.«

»Und Marianne?«

»Oh, die kommt nächstes Jahr in die Tanzstunde! Im Moment will sie Tierärztin werden.«

Deïna kam die Treppe herauf.

»Was ist? Essen wir schon?« Sie schob eine kleine Welle von Zärtlichkeit vor sich her.

»Chatterjees Verlobte ist mitgekommen«, flüsterte Mimi aufgeregt. »Du mußt sie sehen!«

Deïna duftete nach Seife. Sie zögerte noch ein wenig, warf einen Blick in den Spiegel mit dem modernen Messingrahmen, öffnete die Zimmertür und vollzog ihren strahlenden Auftritt.

7

Die Hülle‹

Singer war pünktlich um eins in der Liststraße angekommen und hatte den Volkswagen unter einem alten Birnbaum geparkt, der seine kahlen Äste über den Bürgersteig ausspannte.

Die Siedlung stammte aus den dreißiger Jahren. Hohe Hecken umschlossen winzige Grundstücke. Am Ende der Straße ragte das Wahrzeichen der Stadt auf, ein blauer Vulkan, ebenmäßig wie ein Produkt aus Menschenhand. Er hieß ›Der Gleichen‹ und schien die Gegend wie eine Mauer abzuschließen. Nach neuesten erdgeschichtlichen Erkenntnissen war er niemals ausgebrochen. Im entscheidenden Moment war ihm die Lava im Halse steckengeblieben und versteinert. Heute leuchtete er zartlila aus seiner Schneedecke wie ein Männerkopf mit schütterem Haar.

Singer nahm die beiden Blumensträuße vom Rücksitz. Er ging durchs Gartentor und hielt Ausschau nach einer Mülltonne. Blumenhändler waren nicht davon abzubringen, ihre Ware in dünnes glattes, innen rauhes Papier einzuschlagen und mit zwei Stecknadeln zu verschließen. Dieses Papier und die Nadeln mußte man laut Benimmregeln wieder loswerden, bevor man den Strauß überreichte. Suchend ging er ein paar Schritte hinter das Haus. Tatsächlich stand die Mülltonne hinter einem Mauervorsprung. Er entfernte das

Papier des einen Straußes und knüllte es zusammen. Im offenen Fenster des ersten Stockwerks erschien ein schnurrbärtiger Mann mit einem Topf. Es roch nach Gebratenem, nach fremden Gewürzen. Singer entschied sich, den zweiten Blumenstrauß nicht auszuwickeln. Schließlich hing ein Briefchen dran. Und seinen guten Willen hatte er gezeigt.

Im ersten Stock wurde er von Margarethe Hülle aufs wärmste begrüßt. »Wir wollten gerade anfangen! Witschge kommt wohl noch? Ich wage mich momentan nicht in die Küche. Dr. Chatterjee hat gekocht...«

Singer wurde ins Eßzimmer geschubst. Er blieb auf dem versiegelten Parkett stehen. Der Tisch war für viele Personen gedeckt. An der unteren Schmalseite saß der alte Hülle und lächelte ihm freundlich zu. Neben ihm eine Dame, die Singer nicht kannte, und ein magerer Herr mit Kasperlkopf, der auffällig zwinkerte. Auf der anderen Seite betrachtete ihn Astrid freundlich, aber kühl, und Deïna ziemlich geistesabwesend. Zwischen den Schwestern hatte man zwei Plätze freigelassen – wahrscheinlich für ihn und Witschge gedacht. Resolut drehte Singer sich um und überreichte der Herrin des Hauses seinen Blumenstrauß. Es waren Astern und Chrysanthemen, mit Asparagus dazwischen.

»Für Sie«, sagte er.

»Wie schön! Ein Winterblumenstrauß für mich altes Weib! Entzückend!«

»Und dieser hier ist von Witschge. Für die jungen Damen!«

»Oh! Was ist denn da drin?«

»Das weiß ich nicht, gnä' Frau! Ich wollte ihn nicht aufmachen.«

Geschickt zog Margarethe die Nadeln aus dem Papier und legte sie auf den Schrank. Unter dem Papier kam eine knisternde Cellophanhülle zum Vorschein, darin zwei braune Zweige mit eigenwillig abgeknickten weißen und rosa Blüten.

»Ah! Orchideen!«

»Leider ist Alfred verhindert. Ich glaube, er hat ein Briefchen...«

»Darf ich's haben?« fragte Deïna und streckte die Hand aus.

»Familie Hülle«, las Margarethe. »Das bin ich.«

Singer wurde neben Deïna gesetzt, Mimi links neben ihn gescheucht. Chatterjee kam mit einem dampfenden Topf ins Zimmer und löste bei Margarethe den Reflex aus, seinen Inhalt ordentlich in mehrere Porzellanschüsseln umzufüllen. Sie konnte nur mit Mühe davon abgehalten werden. Endlich saßen alle.

Mimi hatte sich geweigert, das Tischgebet zu sprechen. »Warum immer ich! Lies uns lieber den Brief von Witschge vor!«

»*Uns* sagt sie! Blasphemie! Quod licet Iovi ... Aber schön, von mir aus! Ich wünsche gesegnete Mahlzeit.«

Der Reis war vorzüglich, braun und fett. Singer hatte so etwas noch nie gegessen. Margarethe Hülle schlitzte den Brief mit einem goldenen Brieföffner auf und las: »Hiermit wird die Mädchenblüte um Vergebung angefleht. Mein Freund Siegfried Singer wird mich gewiß würdig vertreten. Auf ein andermal, und hoffentlich bald, Ihr Alfred R. Witschge.«

Die Karte wanderte um den Tisch herum.

»Siegfried Singer?« fragte Margarethe. »Ist dieser Name nicht... Also früher in Frankfurt, da gab es mal einen Siegmund Singer. Erinnerst du dich, Armin? Sie haben ihren Kindern gern germanisch klingende Vornamen gegeben...«

»Singer ist ein hiesiger Name«, sagte der alte Hülle.

»Aber im *Wälsungenblut*, da heißen die Geschwister doch Siegmund und Sieglind... Sie kennen das *Wälsungenblut*?«

»Leider nein, gnädige Frau.«

»Ach! Aber Thomas Mann mögen Sie? Er ist natürlich nicht jedermanns Fall.«

»Ich kenne leider wenig von Thomas Mann«, sagte Singer. »Außer Professor Unrat, natürlich.«

Es entstand eine kleine Stille.

»Aha«, sagte Armin Hülle nach einigen Sekunden. »Und was macht Ihr Herr Vater?«

»Er ist auch bei der Bundeswehr«, sagte Singer. »Das heißt, er war.«

»Nun, das ist ja nicht das Schlechteste«, meinte Armin Hülle nach einer Weile.

Mimi beäugte Singer unfreundlich von der Seite. »Wie kann man denn heute noch Berufssoldat sein?«

»Mimi, bitte!« rief Marga Hülle. »Dein eigener Onkel... mein Bruder... Sie haben ihn 1956 natürlich sofort wieder geholt...«

»Ja, aber Onkel Bernhelm ist alt!«

»Was sind denn das für komische Ansichten! *Dulce et decorumst pro patria mori!* Na? Wo sind die Lateiner? Was heißt das? Süß und ehrenvoll ist's, fürs Vaterland zu sterben! *Decorumst* wird immer zusammengezogen, aus *decorum est*, obwohl es ein wenig lächerlich klingt, das muß ich zugeben … Aber wie hat die selige Schoeps, ihres Zeichens Direktorin unsres wundervollen Frankfurter Fichtegymnasiums für Mädchen, immer gesagt? ›Eher lernt eine Kuh Sanskrit als die Marga Marks Latein‹, ach, das waren noch Zeiten … Übrigens, ein Leutnant entspricht einem Studienrat und ein Hauptmann einem Oberstudienrat! Mein Bruder Bernhelm ist Major. Darf ich fragen, was Sie sind?«

»Oberleutnant, seit vorgestern«, sagte Singer. Strahlend nahm er die Glückwünsche in Empfang.

»Warum hat er seine Uniform nicht an?« fragte Mimi feindselig. »Auch noch Versteck spielen!«

»Gib mir doch bitte mal das Salz!« sagte Marga.

Mimi kniff die Augen zusammen und suchte auf dem Tisch herum.

»Na bitte! Es steht direkt vor dir. Warum hast *du* deine Brille nicht auf?«

»Aber wir dürfen offiziell in Zivil ausgehen«, rief Singer. »Es ist erlaubt. Mein Bruder hat sich für zwölf Jahre verpflichtet.«

»Eine richtige Soldatenfamilie«, sagte Hülle. Es klang wohlwollend, als müsse er eine gewisse Herablassung überspielen.

Herr, schick mir ein anderes Thema, dachte Singer. Er hörte, wie Deïna zu seiner Rechten anfing, in gedämpftem Ton mit Chatterjee auf englisch zu konversieren. »Wovon ist ›Mimi‹ eigentlich die Abkürzung?« fragte er Margarethe Hülle.

In der nächsten halben Stunde bekam er eine Menge Familiengeschichten zu hören. Deïna hatte bei Geburt einen Turmschädel gehabt. Der schöne Name, den sie sich ausgedacht hatten, eben ›Deïna‹, konnte auf dem Standesamt erst durchgesetzt werden, als Armin Hülle aus dem Stegreif den urgermanischen Namen ›Deginharde‹ dazuerfand. Bei Astrid, die keinen Turmschädel gehabt hatte, waren sie erfahrener vorgegangen, und bei Mimi bestand die Schwierigkeit der Namensgebung darin, daß gleich zwei rivalisierende Verwandte, kinderlose natürlich, in ihr fortleben wollten.

»Mein lieber Mann hat nämlich zwei kleine Basen, die wie alle Hülles ziemlich degeneriert sind... Nein, Armin, widersprich mir nicht, deine Familie ist objektiv betrachtet schon etwas merkwürdig! Es hat keinen Zweck, das zu leugnen! Diese Selbstmorde auf dem Dachboden, und der Jugendzucker, und die Frauen fast alle in der Anstalt gelandet, angeblich, weil sie zuviel strickten, in Wirklichkeit, weil sie von ihren Männern nichts wissen wollten! Und wenn es nur die Basen gewesen wären, aber er hatte außerdem noch drei unverheiratete Tanten, die in Stuttgart eine Fremdenpension führten, für reiche Maharadschas und Stammesfürsten! Jawohl, Herr Chatterjee, wir haben noch eine ganze Menge alter Decken mit Spiegelchen und eine bronzene Elefantenglocke... Und Armins zwei Bäsle waren so winzig, daß man im Dorf erzählte, ihr Vater habe sie im Bierseidel aufgezogen.«

»Eigentlich entspricht ein Fähnrich einem Assessor«, sagte Hülle und richtete seine blaugrünen Augen in die Ferne. »Oder einem Referendar, wie man's nimmt...«

»Mein lieber Mann war ja schon Professor, als sie ihn als einfachen Gefreiten eingezogen haben, können Sie sich das vorstellen...«

»Und die eine Base hieß Clarissa und die andere Marianne«, bemerkte Deïna und verdrehte die Augen.

»Ja. Beide waren schrecklich eifersüchtig aufeinander. Stellen Sie sich vor, sie waren sogar mit demselben Mann verlobt! Deïna, übersetz doch mal, es ist unhöflich, Herrn Chatterjee ohne diese Geschichte zu lassen.«

»Natürlich nicht gleichzeitig«, fuhr Margarethe nach einer Weile fort. »Zuerst hatte Clarissa ihn sich geangelt, die ältere von beiden. Es handelte sich um einen jungen Doktor der Philosophie, der mit seinem Puma – du kannst Tiger übersetzen – bei seiner Mutter in Oschatz lebte. Oschatz liegt in Sachsen.«

Singer begann, an dieser Erzählweise Gefallen zu finden. Er stellte sich einen schattigen Biergarten mit gelbgestrichenen Bänken vor, zwei Glaskrüge mit gefangenen Trollteufelchen, und neben der Bank, hochmütig in die Sonne blinzelnd, ein Puma.

»Clarissa und der Doktor verlobten sich zu Beginn des Ersten Weltkriegs, mit der Absicht, zu heiraten, sobald er aus wäre. Und er dauerte vier Jahre! Und so ein Raubtier frißt ja so viel! Jedenfalls gab Clarissa nach einiger Zeit auf. Ein paar Jahre später, kurz nach der Inflation, probierte Marianne ihr Glück. Der Puma war inzwischen verstorben. Aber die Mutter lebte noch. Aus irgendeinem Grund hat auch diese Verlobung nicht geklappt. Angst vor der Ehe! Jawohl, Marianne machte *Angst vor der Ehe* geltend, ich bitte Sie! Schließlich wanderte der Doktor der Philosophie nach Amerika aus.«

»Wolltest du nicht erzählen, wieso...«

»Danach wohnten die beiden Schwestern vierzig Jahre

lang unter einem Dach zusammen, es war schlimmer als das Spanische Hofzeremoniell! Ewig hatte man eine von ihnen tödlich beleidigt. Wir haben Mimi schließlich nach beiden genannt, also Clarissa Marianne, aber Marianne als Rufnamen unterstrichen, weil Clarissa an erster Stelle kam.«

»Natürlich«, schloß Margarethe Hülle nach kurzer Pause, »war Clarissa trotzdem schrecklich beleidigt, und Mimi konnte Marianne nicht aussprechen, sie sagte Mimi.«

»Iß, meine Liebe!« meinte Armin Hülle besorgt.

»Jaha, du bist natürlich schon wieder mit essen fertig! Mein Mann ißt so schnell.«

»Wofür steht eigentlich das R?« fragte Mimi unvermittelt. Singer schreckte aus seinen Gedanken hoch.

»Für Roger. Verstanden«, sagte er.

»Alfred R. Witschge? Der heißt doch nicht Rodscher.«

»Ach so... Das weiß ich nicht.«

»Roderich«, sagte Deïna grinsend.

»Rodegast«, setzte Astrid nach.

»Ich hatte mal einen Verehrer, der hieß...«, begann Margarethe wieder, aber ihr Mann sagte: »Du *ißt* jetzt.«

Nachdem Margarethe zum Schweigen gebracht worden war (sie aß übrigens gern, gab kleine Laute des Wohlbehagens von sich und rief: »Ja, wenn *ich* beim Kochen so viel Fett nehmen würde wie Herr Chatterjee!«), begann der alte Hülle an ihrer Stelle zu plaudern. Deïna übersetzte. Ihr Englisch klang in Singers Ohren hochprofessionell. Aber sie war ja auch über dem Kanal gewesen. Offenbar eine Familientradition. Hülle erzählte, er habe in den zwanziger

Jahren in London studiert und in einer Fremdenpension gewohnt, in der auch zwei junge Inder logierten.

»Reizende Menschen«, sagte er zu Chatterjee. »Jeder von ihnen hatte einen *boy.* Sie waren so unermeßlich reich, daß man sich das kaum vorstellen kann. Eins habe ich in England gelernt: Das Beste, was man im Leben finden kann, ist eine *lady.*«

»Ich bin eine *lady*«, protestierte Margarethe Hülle. »Weißt du noch, damals in Florenz... Der Italiener, der mir bewundernde Blicke zuwarf... Er sagte deutlich etwas, das wie *castello nata* klang. Ich bin ja ziemlich groß und blond, das fiel dort unten natürlich auf, aber ich fand es doch sehr schmeichelhaft.«

»Und was soll *castello nata* heißen?« erkundigte sich Fräulein Dr. Schnitzler.

»*Castello nata*? Haben Sie kein Latein gehabt?« fragte Marga Hülle leicht erstaunt. »*Castello nata* heißt schloßgeboren.«

»Ich unterrichte an der Volkshochschule Italienisch«, sagte die Angesprochene. »*Castello nata* gibt es nicht.«

»Ach! *Castello nata* gibt es nicht? Ich habe es ganz deutlich gehört! Zwei Italiener gingen im Sonnenschein in Florenz hinter uns her. Einer warf mir bewundernde Blicke zu und sagte in anerkennendem Ton: *Castello nata.* Es war übrigens windig.«

»Es gibt viele italienische Wörter, die so ähnlich klingen«, sagte die Zweiflerin ungerührt. »Wer weiß, was er gesagt hat. *Che bella giornata* vielleicht.«

»Fragen wir einmal anders herum«, sagte Hülle diplomatisch. »Was würde *schloßgeboren* auf italienisch heißen?«

Singer bewunderte den Umkehrschluß. Ihm fiel zu *schloßgeboren* nach längerem Nachdenken nur der Küchenjunge in Dornröschen ein. Bei Marga Hülle dagegen öffneten sich die Schleusen der Gelehrsamkeit.

»Man muß doch unter den Dichterworten suchen!« rief sie. »Die rosenfingrige Eos! Die kuhäugige Hera! Die schaumgeborene Venus! Na, wie heißt *schaumgeborene Venus* auf italienisch?« Ihre blonden Haare sträubten sich angriffslustig.

»Venere, nata dalla spuma«, übersetzte Fräulein Dr. Schnitzler gelassen.

»Ach!« rief Marga triumphierend. »Das kann man zusammenziehen! *Spuma nata!*«

»Warum wollen Sie denn unbedingt schloßgeboren sein?« fragte Chatterjees Verlobte lächelnd.

»Aber das will ich doch gar nicht!« rief Marga empört. »Ich habe lediglich gehört, wie jemand hinter mir *castello nata* gesagt hat.«

»Tschénito«, sagte Armin Hülle in einer plötzlichen Eingebung und in seinem angestammten Dialekt, »es muß *tschénito* heißen! Wie *primotschénito*, der Erstgeborene. Hat der Italiener vielleicht *castello tschénita* gesagt?«

»Castello nata.«

Paul-Christian meldete sich zu Wort. »Könnte *Castello nata* nicht etwas ganz anderes heißen? Königliche Erscheinung, oder so?«

»Ah, hier spricht der Kavalier! Danke, lieber Paul, daß Sie mir beispringen... Das ist die wahre dichterische Freiheit!«

Singer hörte gespannt zu. Wo war er hingeraten? Aber

die Töchter, außer Mimi, schienen sich nicht zu amüsieren. Deïna sah irritiert vor sich hin. Astrids grüne Augen hatten einen Schleier bekommen, wie die Nickhaut über den Augen eines müden Vogels.

»Kinder!« rief Marga Hülle plötzlich. »Wißt ihr überhaupt, was heute für ein Tag ist? Heute ist unser Hochzeitstag! Vor sechsundzwanzig Jahren...«

»Ach, wie schön«, sagte Fräulein Dr. Schnitzler. »Da hat Prabhat, ohne es zu wissen, das Festmahl gekocht.«

»Die Ehe ist das A und O. *Ich* würde meinen guten alten Armin sofort wieder nehmen. Und er mich auch. Nicht wahr?«

8

Der Richtige

Reizende Menschen«, sagte Hülle, nachdem die Gäste abgefahren waren. Marga brachte ihm den Tee. Mimi hatte sich mit einem Buch hinter der halb herausgezogenen Schiebetür verschanzt und lauschte.

»Aber doch etwas blaustrümpfig, dieses Fräulein Dr. Schnitzler«, sagte Marga. »Seit wann betreut sie Dr. Chatterjee übrigens? Seit einem halben Jahr? *O tempora, o mores!* Sie ist im sechsten Monat!«

»Dabei wirkt sie recht glücklich und zufrieden«, sagte Hülle zerstreut und blätterte den Merklinger Generalanzeiger vom Wochenende durch.

»Glücklich und zufrieden? Sie ist geradezu renitent vor Glück! Na ja, jung gefreit, nie gereut. Armin, ich mache mir Sorgen«, seufzte Marga.

»Warum, meine Liebe?«

»Wegen Deïna und Astrid! Normalerweise sucht man sich während des Studiums einen Mann! Das haben die beiden verabsäumt. Denn die Gebrüder Heinz... Na ja. Mimi nennt sie die Heinzelmännchen. Und in drei, vier Monaten gehen sie von der Uni ab. Gott allein weiß, wohin unsere Mädels versetzt werden! Könntest du nicht mal mit jemandem vom Oberschulamt reden? Jedenfalls sind die Männer an den Schulen immer schon verheiratet!«

»Hast du«, fragte Armin etwas aufmerksamer, »einen Anfall von Torschlußpanik?«

»Ich sehe nur weiter in die Zukunft! Gottvertrauen ist eine feine Sache – meine eigene Mutter war in dieser Hinsicht unglaublich leichtsinnig, sie hat erst mit siebenundzwanzig Jahren geheiratet – aber ehe man sich's versieht, ist das Alter da. Bei Frauen schneller als bei Männern.«

»Hier steht, daß Irmgard Bueschl sich verlobt hat«, sagte Hülle und reichte Marga das Zeitungsblatt.

»Was! Sieh mal einer an, das Irmele... Professor Bueschls Älteste! Dabei ist sie ein Jahr jünger als Deïna!«

Armin versank in Nachdenken. Ein Schrei von Marga riß ihn wieder heraus. »Das wird ihrem Vater aber gar nicht gefallen!« rief sie. »Das paßt ja wie die Faust aufs Auge!«

»Was, meine Liebe?«

»Youssouf Bouaké, cand. ing. – klingt das nicht nach Elfenbeinküste? Oder Senegal? Offenbar ein Technikum-Student! Unser Merklinger Technikum muß in Afrika einen fabelhaften Ruf besitzen.«

Hülle lachte, weil er an Bueschls *Germanische Urseele* dachte, einen Sammelband, den der kleine Philosophieprofessor herausgegeben hatte. »Na ja ... Kleine Blutsauffrischung. Hat noch keinem geschadet.«

»Das sagst du nur, weil du persönlich nicht betroffen bist!« rief Marga pikiert. »Muß das frische Blut von so weit her kommen? Es ist doch eine völlig andere Kultur! Bleibe im Lande und nähre dich redlich! Natürlich gibt es auch gebildete Schwarzafrikaner. Leopold Sedar Senghor zum Beispiel. Er dichtet sogar. Und trotzdem zucke ich jedesmal zusammen! Man sieht nämlich ihren *Kopf* nicht, wenn sie auf der Straße im dunklen Anzug mit weißem Hemd herumspazieren. Wie eine umgedrehte Fata Morgana! Eine Art Loch in der Landschaft...«

»Ich weiß, meine Liebe, ich weiß...«

»Bei schwarzen Katzen hab ich das auch ... Eigentlich sonderbar, diese Entwicklung. Der älteste Sohn von Oßmann heiratet eine Kellnerin... Die eigenen Eltern wurden zur Hochzeit nicht einmal eingeladen ... Und Dagmar Laible ehelicht einen Müllkutscher, aus Kalabrien oder Sizilien ... Unsere Jugendlichen werden so komisch, Armin! Das hätten *wir* unseren Eltern nicht angetan!«

»Donizetti ist kein Müllkutscher«, sagte Armin geduldig. »Wie oft hab ich dir schon erklärt, er arbeitet bei Daimler-Benz.«

»Und *Youssouf*... Klingt das nicht arabisch? Irmeles Verlobter – ist er am Ende Moslem? Bueschl selbst ist ein alter Heide. Ihm wird das nicht soviel ausmachen. Gibt's dort unten eigentlich Christen? Natürlich, die Belgier haben ja missioniert. Vielleicht ist Youssouf wenigstens katholisch.«

»Witschge ist es jedenfalls bestimmt«, meinte Armin Hülle anzüglich.

Marga war verblüfft. »Denkst du? Woher willst du das wissen? Hat er darüber gesprochen?«

»Das nicht... Aber er trägt so bunte Krawatten.«

»Mein Gott, Armin! Das ist doch kein Kriterium! Witschge trägt bunte Krawatten! Natürlich trägt er bunte Krawatten. Das ist heute Mode.«

»Er trägt *breite* bunte Krawatten. Glaube mir, er hat etwas Katholisches. Ich kann es den Menschen ansehen.«

»In diesen Dingen bezweifle ich deine Autorität nicht«,

sagte Marga. »*Du* kommst schließlich aus dem Pfarrhaus. Wir in Frankfurt hatten mehr den geschärften Blick für ... Woran erkennt man die Katholiken?«

»Schwer zu sagen ...«, meinte Armin. »Sie haben oft so was Frommes im Blick. Sie sind schwärmerisch, braungebrannt und heimtückisch.«

»Du bist ja ein richtiger Experte ... Aber wenn es stimmt, daß Witschge katholisch ist ... ist dies vielleicht der Grund dafür, daß er sich in letzter Zeit so rar macht?«

»Ich weiß nicht, ob es der Grund ist ... Ich weiß nur, daß ich es gar nicht schlimm finde.«

»Ach! Wo er so charmant ist! Und so gute Manieren hat! Schade, daß er heute nicht kommen konnte. Also mir täte es leid«, sagte Marga. »Vor allem, weil sonst nichts auf weiter Flur zu erkennen ist ... Die Oßmann- und die Dopff-Söhne haben sich niemals für Astrid und Deïna interessiert. Das ist doch sonderbar, findest du nicht?«

»Überhaupt nicht sonderbar!« rief Armin. »Wenn man sich zu gut kennt, ist der Stallgeruch zu ähnlich. Unangenehm ähnlich. Je besser sich die Eltern verstehen, desto unwohler fühlen sich die Kinder. Glaubst du vielleicht, die wollten uns als Schwiegereltern haben? Na also. Sogar im Busch praktiziert man Exogamie.«

»Ja, aber maßvolle Exogamie«, rief Marga, »ich will keinen afrikanischen Schwiegersohn! Einen netten protestantischen Deutschen aus dem Norden müßte man finden!«

»Im übrigen«, sagte Armin, »bin ich sehr froh, daß sich der älteste Sohn von Oßmann *nicht* um Deïna oder Astrid bemüht hat, sondern seine Kellnerin geheiratet. Sonst wären wir heute um einiges ärmer.«

»Ich weiß, er war dir nie geheuer. Nachträglich muß ich dir recht geben. Wer konnte denn auch ahnen, daß Jergen sein Studium abbrechen würde, um eine Banklehre zu machen! Um in die freie Wirtschaft zu gehen!«

»Das ist schlimm, aber ich meine etwas anderes. Habe ich es dir noch nicht erzählt? Er hatte seine Eltern zu einer Aktienspekulation überredet, und nun stellt sich heraus, sie haben alles verloren...«

»Alles verloren?«

»Was sie eingesetzt hatten. Ein paar tausend Mark.«

»Mein Gott, das ist ja fürchterlich! Die freie Wirtschaft ist ein Dschungel! Einen netten deutschen Beamten müßte man finden.« Marga dachte intensiv nach. Schließlich fragte sie: »Was hast du gegen die Brüder Heinz?«

»Gegen die Brüder Heinz? Nichts ... Gar nichts ...«, sagte Armin verwundert. »Ich dachte, *du* hättest etwas gegen sie ... Sie sind fleißig, anständig, kommen aus einer ordentlichen Familie...«

»Einer ordentlichen schwäbischen Familie. Sie reden den ganzen Tag Dialekt...«

»Um ehrlich zu sein, sie schweigen ihn«, meinte Armin Hülle leicht verärgert. Er mochte dieses Thema nicht. Es machte ihn nervös. Als er Marga kennengelernt hatte, konnte man hören, wo er herkam. Die Marks' dagegen entstammten dem hohen Norden und sprachen ein reines Hochdeutsch. Kurz nach der Hochzeit hatte Marga begonnen, an seiner Aussprache herumzumäkeln. Später, in den fünfziger Jahren, als sich abzeichnete, daß er immer wieder öffentliche Reden würde halten müssen, war sie energisch darangegangen, zu korrigieren, was sie am meisten störte –

das von ihm so gern verwendete Wort »Mnsch«. »Daran hört man, daß du aus Merklingen kommst!« hatte sie behauptet und lange an seiner Aussprache herumgefeilt. Sagte er »Mensch«, hörte Marga »Minsch«. Erst sein wild entschlossenes »Mänsch« klang ihr wie ein hochdeutsches »Mensch« im Ohr. Im Lauf der Zeit hatte sie noch viele andere Wörter ausgebessert. Bis Armin den Eindruck bekommen hatte, er spreche seine Sprache nicht mehr, sondern irgendeine Hybridform.

»Also gut«, sagte Marga gerade. »Einen netten protestantischen Deutschen, beamtet und *wenn möglich* aus dem Norden. Und im Notfall... die Gebrüder Heinz.«

»Du tust gerade, als ob das Leben für Astrid und Deïna zu Ende wäre! Es geht erst los! Deïna ist vierundzwanzig, Astrid dreiundzwanzig! Sie haben ja kaum etwas von der Welt gesehen!«

»Also, das stimmt nicht! Immerhin hat Astrid schon ein Semester in Heidelberg studiert, Deïna war sogar in England, und sie ist fünfundzwanzig geworden! Hast du das wieder vergessen? Du nimmst alles zu sehr auf die leichte Schulter«, rief Marga.

»Ich weiß, daß noch viele Gelegenheiten kommen werden. Wir sind doch nicht in Indien! Dort verheiratet man Kinder untereinander! Aber nicht hier!«

Marga schwieg.

»Auf die Gefahr hin, daß du es nicht gerne hörst...«, fuhr Armin Hülle fort, »man kann auch gar nicht heiraten. Unsere Töchter haben einen Beruf, sie können sich ernähren. Sie sind volljährig.«

»Wundert mich nicht, daß du es so auffaßt... In deiner

Familie wurde ja auffällig wenig geheiratet. Wenn ich nur wüßte, warum ... Selbst deine eigene Mutter wollte ursprünglich nicht heiraten... Deshalb konnte sie auch nicht kochen und mußte sich als junge Pfarrfrau von den Nachbarinnen alles zeigen lassen... Schon ein wenig merkwürdig, meinst du nicht? Möchtest du noch Tee?«

»Gerne«, sagte Hülle, der nicht zugehört hatte. Er konnte jederzeit routiniert auf Margas Fragen antworten, gewissermaßen wie im Schlaf. Er dachte gerade an seine eigenen Germanen im Schrank. Nicht nur Professor Bueschl hatte welche. Er dachte auch an seine Mutter, komisch, warum? Er sah sie als junges Mädchen, ein rötlichbrauner zarter Typ, ungefähr wie Deïna, wie warmes frisches Brot, es machte ihm Freude. Die Szene auf dem Dachboden. Er spielte Theater, zehnjährig, im Ersten Weltkrieg, und seine Mutter, im Kittelschurz, rief ungeduldig: »Isch's no net aus?« Worauf er den Kopf zum Vorhang hinausstreckte und sagte: »Aber Mama! Glei wird-er g'hängt! Der Spion!« Sie hatte gelacht und gesagt: »Na isch's was anders, na bleib-i no!«

Sein Pfarrervater hatte derweil, vom Tag der Mobilmachung an, die Dorfburschen mit Stöcken auf dem Kirchplatz exerzieren lassen ... Um sie besser auf den Schützengraben vorzubereiten. Und er, Armin, hatte selbst gar nichts tun können... Bei Kriegsende war er vierzehn. Zwei Jahre später steckten sie sich im theologischen Seminar bereits das Hakenkreuzabzeichen ans Revers, die andern Pfarrerssöhne auch, erst offen, dann, als es verboten wurde, unter dem Kragen, wie Verschwörer... Wann war das gewesen? 1920. Im Jahr darauf flog er aus dem theologischen

Seminar, weil er die Rede zur Heftverbrennung gehalten hatte. Zur Hebräischheftverbrennung. »Dies soll die Sprache Gottes sein? Ins Feuer! Mit uns redet Gott deutsch!« Dabei hatte ihn der Ephorus belauscht. Man verwies ihn des Instituts, und er durfte endlich auf ein weltliches Gymnasium gehen. Mußte nicht mehr Pfarrer werden...

»Hast du was gesagt, meine Liebe?« fragte er zärtlich und prophylaktisch.

»Nein«, sagte Marga, »aber hier steht, daß sie in unseren ehemaligen Kolonien noch immer Kaisers Geburtstag feiern. Obwohl er seit Jahrzehnten abgedankt hat.«

»Sie hängen eben an uns«, sagte Hülle geistesabwesend. Seine Gedanken kehrten zu Bueschl zurück. Wenn Bueschl einen schwarzen Schwiegersohn verdient hatte, dann er selbst auch... Schließlich war er nur deshalb nicht so stark kompromittiert, weil er über fünfzehn Jahre jünger war als Bueschl. Der angesehene Philosophieprofessor war zu Beginn des Dritten Reichs ein Mittvierziger gewesen, Armin Hülle kaum dreißig. Bueschl hatte sehr bald ein politisches Amt übernommen, das Parteischulungsamt des Alfred Rosenberg. Und er selbst hatte damals überhaupt erst angefangen zu publizieren... Kurios genug, stand Hülles Œuvre nun über viele Stellen in der eigenen Bibliothek verteilt. Seine Dissertation zum Beispiel unverfänglich bei den historischen Werken. Die Christgermanen dagegen schon im hauseigenen Giftschrank, hinter der Holztür der abgeschlossenen Kommode. Dort schmorte auch Hülles erste Literaturgeschichte, mit der er sich 1943 habilitiert hatte... Die zweite, nach dem Krieg verfaßte und als Schulbuch weit verbreitete, stand dagegen schon wieder vierzehnfach an einem Ehrenplatz im hellen Tageslicht, für jede Auflage ein Exemplar.

Kurz nach Kriegsende war Professor Bueschl für sein Amt hart bestraft worden. Drei Jahre Internierungshaft. Sein Vermögen beschlagnahmt. Publikationsverbot. Sonderbar. Dabei waren Bueschls Werke ganz unideologisch, fand Hülle, gewissermaßen fachphilosophisch. Neues durfte Bueschl nicht mehr schreiben, aber seine alten Bücher wurden in wissenschaftlichen Verlagen mittlerweile wieder anstandslos nachgedruckt. Sie hatten sich als ebenso zeitlos erwiesen wie ihre Gegenstände: Nietzsche, Bachofen, Kant... Armin Hülle zog unbehaglich die Schultern hoch. Bei ihm sah es anders aus. Er hatte so voller Begeisterung geschrieben, so aktuell, so modern... Und nun schien es, als habe Propagandaminister Goebbels heimlich an seinen Texten mitgeschrieben... seine Bücher irgendwie mit Fermenten versetzt, die sie nach Verfallsdatum besonders schnell hatten altern lassen. Es hatte ihm übrigens nicht geschadet. Papier erwies sich zum wiederholten Mal als geduldig. Er war unbelastet aus der ganzen Sache hervorgegangen, eben weil er kein politisches Amt bekleidet hatte. Sehr bald wurde er von der Kultusbehörde übernommen; er schrieb auch weiter. Vorsichtiger diesmal, und sachlicher. Schade, daß man seinen Kindern nicht vermitteln konnte, warum man verehrt hatte, was man verehrt hatte! Aber mit Vätern, Professoren und Politikern war es wie mit der Liebe – wer keinen Umgang mit den fraglichen Personen gehabt hatte, konnte sich kein Bild von ihrer Aura, ihrem Lächeln, ihrer Wichtigkeit machen, von ihren vollen Hörsälen. Vielleicht würde die Generation von Astrid und Deïna später einmal Vorbilder nur aufgrund glasklarer, streng rationalistischer Formulierungen lieben. Das war dann ihre Sache, nicht mehr die seine. Es war auch ganz allein ihre Sache, wen sie heirateten. Einen Hans oder Youssouf oder Siegfried, es war ihm vollständig egal. Hülle mußte lachen, wenn er daran dachte. Aber etwas blieb ihm unsympathisch. *Eine* Abneigung war zu tief verwurzelt... Keine Witschges hier im Haus! Katholiken paßten ihm gar nicht. Das mußte er Marga noch einmal klarmachen.

Er öffnete den Mund, sah aber, daß seine Frau aus dem Zimmer gegangen war. Er stand auf, streckte sich und schlenderte in sein Arbeitszimmer hinüber. Mimi saß zusammengekauert mit einem Buch hinter der Glastür auf dem Boden.

»Was liest du denn da?« wollte er wissen.

Mimi sah auf und strahlte ihn an. »Tucholsky«, sagte sie. »*Panther, Tiger und Co.* Kennst du Tucholsky, Papa?«

»Natürlich«, sagte Armin, bückte sich und strich ihr übers Haar. »Natürlich...«

9

Witschge

In der letzten Woche vor Weihnachten versuchte Astrid, *den Witschge zu tanzen.* »Ich dachte, ich wäre es mir schuldig«, sagte sie quasi rechtfertigend zu Mimi. »Ich wollte herauskriegen, ob er etwas für mich empfindet.«

Sie hatte den Lesesaal der Unibibliothek betreten. Die Pendeltüren schlossen sich mit leisem Schmatzen. Hinter den Glasscheiben versanken die Fächer mit den Ausweisen. Stille breitete sich aus. Astrid glitt in die Unterwasserwelt. Wie Tiefseetaucher schwebten die Leser hinter ihren Leuchten, die Tische waren die Korallenbänke. Astrid knipste ihre Lampe an, drückte den grünen Schirm nach unten und setzte sich. Was für ein Kontrast zur lärmenden Cafeteria.

Sie schlug die althochdeutsche Grammatik auf und starrte aufs Papier. Zu Hause, bei Margas Dauerkonversation, kam sie nicht zum Lernen. Hier war es die Stille, die sie in Trance versetzte.

Nach einiger Zeit fing das Blut an, in ihren Adern zu rauschen. Schwindel breitete sich aus, wie immer, wenn sie allein war. In den acht Monaten, als die ältere Schwester in England gewesen war, hatte Astrid wie eine Besessene die doppelte Anzahl Seminare besucht, die doppelte Anzahl Scheine gemacht, um Deïnas Vorsprung einzuholen und gleichzeitig mit ihr ins Endexamen zu gehen. Sie riskierte eine schlechtere Note, wollte aber auf keinen Fall ein ganzes Jahr *hinterherhinken.* Ihr Leben zerfiel in zwei Teile. Die größere Tagesmenge erlebte sie, um sie Deïna zu erzählen. Was die Leute zu ihr gesagt hatten, was sie im Botanischen Garten gesehen, in Illustrierten gefunden und welche Vorsätze sie gefaßt hatte, all das gehörte Deïna. Der kleinere Teil bestand aus geheimen Gedanken, die nicht zur Disposition gestellt werden konnten – aus Anwandlungen von Kritik, selbstsüchtigen Regungen, gegen Deïna gerichteten Strategien. Es war der intensivere Teil. Manches davon, Bruchstücke, konnte sie immerhin Mimi mitteilen. Astrid war sicher, daß jeder Mensch solche geheimen Kontinente hatte. Deïna sagte ihr schließlich auch nicht alles.

Trotzdem war es erstaunlich und beneidenswert, wie offen Deïna dem Leben gegenüberstand. Sie brachte der ganzen Welt sofort vollstes Vertrauen entgegen, ohne abzuwarten, ob diese Substanz richtig plaziert sei. Sie schob den Stoff, von dem sie offenbar im Überfluß besaß, einfach über den Ladentisch, um später erst innezuhalten und die Kundschaft zu prüfen. Sie konnte sehr wütend werden, wenn man ihr Vertrauen mißbrauchte. Aber das kam selten vor.

Astrid hatte in ihr Heft gekritzelt: »Du bist meine gleichgesinnte Seele.« Dann strich sie den Satz aus und verbesserte: »Ich betrachte dich und noch ein, zwei Freundinnen als gleichgesinnte Seelen.« Dann machte sie ein Sternchen bei »Freundinnen« und setzte »Heike« an den Rand.

Während sie in den dämmrigen Lesesaal starrte, fiel ihr der *Metzgersgang* wieder ein. Er stand grünlich glimmend und gerastert wie in der Suchlinse einer Kamera vor ihr im Raum. Eines Nachmittags hatte sie dem allseits umschwärmten Hans Strohmaier die Wohnungstür geöffnet. Hans war Deïnas Tanzstundenherr, er hatte sie zum Abschlußball aufgefordert. Nun wollte er mit ihr spazierengehen, aber sie war nicht zu Hause. »Sie ist weggegangen«, hatte Astrid gesagt und fasziniert in seine Augen geschaut. Nimmt er mich denn gar nicht wahr? dachte sie. Ich kann Deïna einen Abend lang ersetzen, wenn es sein muß! Sie trat einen Schritt vor die Glastür. »Ach«, sagte der junge Mann mit sonderbar unbewegtem Gesichtsausdruck, »schade. Da habe ich einen Metzgersgang getan!« Mit diesen Worten drehte er sich um und verschwand. Ohne zu fragen, wann Deïna heimkäme, ohne eine Nachricht zu hinterlassen und vor allem ohne die jüngere Schwester eines Blickes zu würdigen. Zurück blieb Astrid in tiefem Nachdenken über die seltsame Redensart und über die Tatsache, daß sie, Astrid, offenbar nicht existierte... Schließlich hatte sie flehentlich die Hände ausgestreckt und, als sie ihre eigene Geste bemerkte, beschämt die Glastür geschlossen. Der Metzgersgang. Sie wußte bis heute nicht, warum ein vergeblicher Gang so hieß, und nahm sich vor, bei Gelegenheit einmal nachzuschlagen. Kopfschüttelnd fuhr sie mit dem gläsernen Nummernstab auf der Tischplatte hin und her.

Als Deïna aus England zurückgekehrt war, wurde sie von einer Briefflut begleitet. Es war unglaublich, wie leicht sie Kontakte schloß. Sie tauschte mit Hinz und Kunz Adressen, und Hinz und Kunz schrieben ihr! Da war der junge Franzose, den sie erst auf dem Fährschiff Richtung Heimat kennengelernt hatte, aber gleich so intensiv, daß er ihr alle drei Wochen einen langen Brief schickte. Von diesem Lutz aus Göttingen kamen zwei oder drei Postkarten, und schon hatte Deïna ihn mit zum Skilaufen eingeladen! Ein Engländer, Mr. Edwards, schrieb ihr regelmäßig, und sie schrieb zurück. Deïna ließ Astrid an all dem teilhaben. Ihre geheimen Kontinente waren irgendwie zugänglicher. Sehr bald glaubte man sie zu kennen. Deïna war weniger von Astrid abhängig als umgekehrt. Niemals hätte sich Deïna mit dem Gedanken herumgequält, daß alle Menschen dieser Erde besser wären als sie selbst – Astrid tat dies ständig.

Irgendwann riß sie sich zusammen. Die Tische ringsumher waren schwach besetzt, es war fast Mittagszeit. Wenn ich Witschge finde, dachte sie, tippe ich ihm lässig auf die Schulter und frage ihn, ob er auch in die Mensa geht. »Na? Schon gegessen?« Oder noch besser: »Ich hab mir einen Kaffee verdient. Kommen Sie mit?« Solche Sätze waren unverbindlich, menschenfreundlich und verrieten gar nichts.

Ein paar Reihen weiter vorn entdeckte Astrid tatsächlich einen großen und einen kleinen Mann, die dicht nebeneinandersaßen. Der große hatte einen Mohairpulli um die Schultern geschlungen, der kleine war Siegfried Singer. Durch Singers Anwesenheit wurde alles eher unkomplizierter, aber das Problem bestand nun darin, daß sie nicht zufällig an den beiden vorbeigehen konnte, weil sie so weit vorne saßen.

Ich schlage einfach irgend etwas an der Stirnwand nach, dachte Astrid. Sie nahm Notizblock und Stift aus der Handtasche und ging nach vorn. Ihr enger schwarzer Rock zwang sie zu kleinen Schritten. Sie trug eine weinrote Lambswoolstrickjacke, darunter einen weinroten Pullover: das Twinset, zu dem die Perlenkette gehörte. Aber die lag gerissen in ihrer Schmuckkassette, sie hatte heute früh Deïnas graurotes Halstuch genommen. Dazu schwarze Strümpfe und spitze schwarze Schuhe. Sie war korrekt gekleidet, fürchtete aber, düster zu wirken. Sie trug kein buntes Stirnband, keine dieser grünen oder gelben Blusen. Wenn man schwarze Haare hatte, war es besser, helle Farben zu tragen, aber dafür war es jetzt zu spät. Überhaupt, Lambswool und Mohair – paßte das zusammen? Und Singer? Der war leider zu klein. Wieder einmal registrierte Astrid bedauernd, daß viele Männer auf dieser Welt für sie nicht in Frage kamen, weil sie selbst so groß war. Witschges teure Klamotten verlangten als Ergänzung so etwas wie Angora, fiel ihr ein. An der Stirnwand angekommen, hatte sie die Wahl zwischen A »Theologie« und B »Biologie«.

Sie griff einen grünen Band aus einer langen lexikalischen Reihe und legte ihn auf das Stehpult. Von dort hatte man einen ausgezeichneten Blick über den Saal. Was noch besser war: Man selbst wirkte fleißig und beschäftigt, seriös beschäftigt. *Handbuch der Vögel Mitteleuropas* las sie. Die Luftgeister. Rabe, Amsel, Elster, hatte Mimi sie genannt. Auf *einen* Vogel waren die beiden nicht gekommen: den, der nicht fliegen konnte. Davon mußte es in Mitteleuropa doch ein paar geben? Oder nicht? Existierte nur der Vogel Strauß?

Tauchender Fischadler, hieß eine Bildunterschrift. Bussard im Fluge. Astrid schaute zerstreut in den Lesesaal. Sie sah Witschges Locken. Die Art, wie er den weichen Pulli umgeschlungen hatte, erschien ihr verführerisch. Sie war sicher, daß Deïna einfach von hinten auf ihn zugegangen wäre und ihm ohne jedes Federlesen auf die Schulter geschlagen hätte. Warum brachte sie es nicht fertig? Singer hatte kurzgeschnittenes schwarzes Haar, das oben auf dem Kopf etwas spärlicher wuchs. Das braune Gesicht hielt er gesenkt. So vertieft könnte ich niemals sein, dachte sie plötzlich mit leisem Neid.

In diesem Moment sah Witschge auf. Blitzschnell senkte Astrid ihren Blick. Als Balzruf »hi hi joid joid joid«, las sie, aber auch »wuit wuit wuit« beziehungsweise »gliü hü hü hü hü ü«. Das Paarungsverhalten des *Milvus milvus* war ein Genuß für jeden, der schon einmal mit Bewußtsein einen roten Milan nisten oder kreisen gesehen hatte.

Sie stützte die Stirn in beide Hände, um die aufsteigende Röte vor dem Saal zu verbergen. Also auch hier. Auch hier wieder nur Balzen, Turteln, Sich-Paaren. Wuitwuitwuit. Igitt, igitt, igitt. Sie schlug den Namen des Verfassers nach – Urs Glutz von Blotzheim – und war perplex. Aber warum sollten Ornithologen nicht genauso selbstverständlich zum *Glutz von Blotzheim* greifen wie Germanisten zum *Kluge/Götze* und *Wentzlaff-Eggebert*?

Das Althochdeutsch der Vögel! Sie mußte es einfach so betrachten. Ein majestätisches Geräusch war es, wenn das Männchen nach getaner Arbeit mit rauschenden Schwingen vom Horst abflog, las Astrid, und dabei sein »tiüüüüü-trillillilli-tschi!« hören ließ. Dies hatte ein namenloser Ornithologe im Jahr 1935 für die Nachwelt festgehalten. Sie hörte ein leises Geräusch im Saal und hob den Kopf. Singer war dabei, vom Horst abzufliegen. Er stand schon, schob seinen Stuhl an den Tisch, beugte sich vor und löschte die Lampe. Aber Witschge schien nicht mitzugehen, er blieb sitzen. Singer flüsterte ihm etwas ins Ohr. Witschge nickte, Singer ging. Kurze Zeit später schmatzten und wetzten die

Pendeltüren, als hätten sie den jungen Mann mit Appetit verspeist.

Jetzt, dachte Astrid. Ich muß es einfach versuchen. Sie stellte den grünen Band wieder ein. Ihr war schwindlig, und ihr war schlecht.

Eine halbe Stunde später saß Astrid mit Witschge im Gutsgasthof auf einer kleinen Anhöhe vor der Stadt. Aus dem Fenster hatte man einen Blick ins tief verschneite Tal. Das Essen in diesem beliebten Ausflugslokal bestand aus unnatürlich rosafarbenen Rippchen, Sauerkraut, Sülzwurst und Kartoffelsalat, alles Speisen, die Astrid nicht mochte. Der Wein kam aus Südtirol, der Ofen glühte.

»Komisches Dorf«, sagte Witschge kauend. »Lauter heimliche Dichter.«

Astrid nickte. »So was hab ich noch nie gesehen. Jeder hat sein Grabgedicht.« Auf halber Höhe lag der kleine Dorffriedhof im Schnee, und sie waren auf Astrids Wunsch einen Augenblick hineingegangen.

»Wie war das mit der Leidenschaft?«

Astrid blätterte in ihrem Notizbuch. »Denn ihre Seele war nicht ohne Leidenschaft/ Sie war gut & stolz, voll edler innrer Kraft...«

»Ziemlich holprig«, sagte Witschge. »Und wie hieß sie?«

»Anna Nachtnebel«, las Astrid. »Die Leute heißen hier alle so komisch... Archus, Serafin, Walburga, Philomina...«

»Die Leidenschaft der Anna Nachtnebel! Dahinter verbirgt sich ein Roman. Finden Sie nicht? Und dieses ›denn‹! Als ob ein Streit vorausgegangen wäre. Schließlich sagt einer der Verwandten: Aber Anna darf doch in den Himmel, denn ihre Seele war nicht ohne Leidenschaft. – Und wie endet der Spruch?«

»Was sie getragen an Qualen durchs Leben/Ihr letzter Seufzer hat der Welt vergeben.«

»Ziemlich düster«, sagte Witschge. »Wahrscheinlich wieder die Verwandten. Man hat ihr das Leben zur Hölle gemacht. Oder der Gatte. Dahinter steckt eine Geschichte. Ah, wer kommt denn da! Eins muß man Singer lassen: Er ist ein guter Pfadfinder.«

Astrid drehte sich um.

Im pelzbesetzten Anorak trat Deïna hinter Siegfried Singer zur Tür herein. Ihre Wangen waren vor Kälte gerötet. Astrid merkte plötzlich, daß sie auf dem Friedhof nasse Füße bekommen hatte. Leider hatte sie ihre Stiefel nicht aus dem Garderobenschrank des Deutschen Seminars geholt, aus lauter Angst, Witschge fünf Minuten warten zu lassen.

Deïna nahm die Kapuze ab und schüttelte die Locken. »Eine reizende Überraschung!« Sie strahlte Witschge an. »Ich hoffe, wir stören nicht?«

»Nein, überhaupt nicht«, sagte Witschge zuvorkommend. »Wir sprechen über Dorfpoesie. Ich wußte nicht, daß Ihre Schwester ein Faible für traurige Dorfgeschichten hat.«

»Du?« sagte Deïna. »Seit wann?«

»Ich habe ihn heute mittag ganz zufällig im Lesesaal getroffen«, sagte Astrid. »Ich wollte eigentlich nur in die Mensa...«

»... Aber es kam anders«, sagte Witschge. »Siegfried und ich hatten uns hier oben verabredet. Ihre liebe Schwester hat eine, ich möchte sagen, morbide Vorliebe für Friedhöfe...«

»Das ist doch nicht morbide«, protestierte Astrid. »Die

ganze Welt besteht aus Landschaft. Immer nur Landschaft. Auf dem Friedhof hat man endlich was zu lesen.«

»Das scheint für euch sehr wichtig zu sein«, bemerkte Singer, der Mantel und Anorak auf dem Flur aufgehängt hatte.

»Natürlich«, rief Deïna, in leichte Alarmbereitschaft versetzt. »Wir kommen aus einem Haus mit Büchern. Und was die Materialisten auch sagen – ich laß mir meinen Kant nicht rauben!«

Witschge brach in Gelächter aus. »Köstlich! Sie läßt sich ihren Kant nicht rauben... Und Sie, Astrid? Wie steht's bei Ihnen?«

Astrid brütete eine Weile vor sich hin. »Ich weiß nicht«, sagte sie. »Ich mag Sartre und Camus. Aber das Philosophikum hab ich nur mit Drei geschafft.«

»Astrid hat ihre Sprüche«, sagte Deïna. »Sie peitscht sich mit Lebensweisheiten. Sie schreibt sie auf Zettel, wie zum Beispiel ›Von nichts kommt nichts‹, und hängt sie übers Bett.«

Witschge und Singer lachten gleichzeitig. »Das ist gut«, rief Witschge. »Von nichts kommt nichts – überm Bett!«

»Parmenides«, sagte Deïna strafend. »Die ›Lehre vom Sein‹! Wir können den Spieß auch umdrehen. Was sind denn Ihre zentralen Werte? Der Karmann Ghia und das Bürgerliche Gesetzbuch?«

»Ich habe keine«, sagte Witschge friedlich. »Der Mensch hat keine Seele, also gibt es auch keine Werte.«

»Der Mensch hat...?«

»Komisch, das geht rum«, sagte Astrid. »Gestern hat jemand zu mir gesagt, er sei jetzt sicher, daß ich keine Seele hätte. Und warum? Nur weil ich Beethoven mag und Eulen sammle!«

»Heutzutage darf man keine Seele haben, sonst wird man verrückt«, sagte Singer.

»Für mich ist sie noch immer unsterblich«, rief Deïna. »Gibt's hier auch Glühwein? Was soll ich zu essen nehmen, Gaisburger Marsch oder Rippchen mit Kraut? Ich glaube, Rippchen geht schneller.«

»Wollen wir den Test mit ihnen machen?« schlug Witschge vor. Singer nickte mit glänzenden Augen.

»Es darf aber nicht zu lange dauern«, wandte Deïna ein. »Ich habe nachher Kolloquium.«

»Laß es sausen«, bat Astrid. »Hier ist es gemütlich und schön warm.«

»Es dauert nicht lange«, versicherte Witschge. »Man kann ihn allerdings nur einmal im Leben machen. Ihr müßt ehrlich sagen, ob ihr ihn schon kennt.«

»Was für ein Test denn?«

»Wir nennen ihn den Wald-Test.«

Deïna und Astrid wechselten einen Blick. »Ihr wollt mit uns im Wald einen Test machen, den man nur einmal im Leben machen kann?«

»Nein, nicht im Wald... Dort wäre es viel zu kalt. Eher auf der Couch. Ich brauche nur einen Bleistift und ein Stück Papier...«

»Ich weiß nicht...«

»...Und ihr müßt antworten, was euch als erstes in den Sinn kommt. Möglichst schnell, auch das Komische.« Witschge riß ein Blatt aus seinem Kollegheft und faltete es in der Mitte. Links schrieb er ein großes A, rechts D.

»Anno Domini«, sagte er. »Astrid und Deïna. Die erste Frage heißt: Jede von euch betritt einen Wald. Wie sieht er aus?«

»Hoch«, sagte Deïna dezidiert, »licht, ein schöner Laubwald. Ich mache einen Sonntagsspaziergang.«

»Finster«, sagte Astrid. »Dichtes Unterholz. Ich habe Angst.«

»Am Weg ist ein Holzstoß«, fuhr Deïna fort. »Buchen. Schön gestapelt.«

»Wenn ich allein hineingehe, verirre ich mich«, sagte Astrid.

Witschge wartete geduldig und machte sich Notizen. »Noch was?«

Die Mädchen schüttelten den Kopf. »Vögel ...« Deïna schloß die Augen. »Sie zwitschern.«

»Brombeeren«, sagte Astrid. Brombeer*kinder* hatte sie sagen wollen, aber als zu albern verworfen. Hübsche Beerenkinder, mit großen dunklen Augen, wie im Kräuterquartett.

»Gut«, sagte Witschge und zog einen Strich. »Nächste Frage: Jede von euch findet einen Schlüssel. Wie sieht er aus? Was macht ihr damit?«

Die anderen Gäste warfen zwischen zwei Bissen Kraut amüsierte Blicke auf die kleine Gesellschaft – den hingebungsvoll kritzelnden Witschge, den eifrig zuhörenden Singer, die konzentriert durchs Fenster starrenden Mädchen. Was die Probandinnen nicht wußten, war, daß sie soeben im Begriff waren, ihr Innerstes preiszugeben, denn »Wald« stand für »Welt« und verriet, ohne daß sie es merkten, eine Menge über sie selbst und ihr Lebensgefühl. Das

Verrückte, dachte Witschge, ist, daß die Ergebnisse immer stimmen. Oder nein, sie »stimmen« nicht, sie sind glaubhaft, plausibel. Sie scheinen die Antwortgebenden genau zu charakterisieren, jedenfalls in ihrer augenblicklichen Verfassung. Deïna mit ihrer Kathedrale, in der die Bücher schön gestapelt am Rand standen und die Vögel zwitscherten, war bereits eine Art Sonntagsschullehrerin, eine Mischung aus Priesterin und Gemeindeschwester. Ihr im Wald aufgelesener Schlüssel war klein und silbrig und wurde später von ihr im Fundbüro abgegeben – Schlüssel stand für »Problemlösung« –, während Astrids Schlüssel verrostet und unhandlich war und so unheimlich, daß sie ihn wieder wegwarf.

»Jetzt findet ihr mitten im Wald eine Behausung. Wie sieht sie aus?«

»Ein Mooshüttchen!« rief Deïna. Sie hatte im Werkunterricht begeistert kleine Häuschen aus Tannenzapfenschuppen verfertigt, mit Moos auf dem Dach, Fensterkreuzen aus Streichhölzchen und einem Silberpapierteich daneben.

»Aber leider«, sagte sie, »ist es zu klein, zu eng ... Ein Zwergenhäuschen. Ich knie nieder und schaue durchs Fenster. Dann geh ich weiter.«

Interessant, dachte Witschge. Dieses Haus stand für die Vorstellung, die sich der Proband von der eigenen zukünftigen Familie machte.

»Hütte oder Haus«, sagte Astrid, »die Tür ist offen, ich gehe hinein, aber es ist kalt. Unfreundlich. Eine Jagdhütte. Mit steinernem Ofen. Die Fensterläden sind zu.«

»Machen Sie kein Feuer?« fragte Witschge. Er erntete

einen befremdeten Blick von Siegfried Singer. Einmischung war streng verboten.

»Entschuldigung, vergessen Sie's«, sagte Witschge und zog einen Strich.

»Wenn Deïna mir Brennholz gibt«, sagte Astrid lächelnd, »von ihrem Stapel am Rand.«

Sonderbar, dachte Singer. Selbst wenn sie lächelt, ist sie ernst.

»Darf ich noch was ergänzen?« fragte Deïna.

»Natürlich... Vor der Auflösung jederzeit...«

»Es ist ein Waldheim... eine Hasenschule, wie im Kinderbuch. Mit Tischen und Stühlen.«

»Fertig?«

»Fertig.«

»Ihr kommt zu einem Wasser. Wie sieht es aus?«

Deïna schwieg. Ihre Wangen hatten sich gerötet. Daher begann Astrid. »Ein Bach, eher schmal... einer, bei dem man sich ärgert, daß er durch die Wiese läuft, weil man nasse Füße kriegt... Ich folge seinem Lauf aufwärts, wo er nur ein Rinnsal ist, und springe drüber.«

»Und bei dir?« fragte Witschge Deïna gespannt. »Verzeihung, bei Ihnen?«

»Bei mir ist es ein klarer Gebirgsbach, munter, mit quellgoldenen Ringeln, der an manchen Stellen schäumt, dann wieder breit in seinem Bett fließt... Er glitzert, ich tauche die Hand hinein...«

»Donnerwetter«, sagte Singer und tauschte mit Witschge einen Blick. »Als Zustandsbeschreibung sehr schön«, lobte dieser. »Sonst noch was?«

»Ich dachte zuerst an einen See«, sagte Deïna, »einen

Waldsee, in dem ich schwimme … aber das erschien mir dann zu gefährlich.«

»Also Waldsee?« wollte Witschge wissen, bereit, das Geschriebene auszustreichen.

»Nein«, sagte Deïna mit glänzenden Augen. »Man weiß nicht, was unter der Oberfläche lauert… Gebirgsbach.«

»Ich würde wirklich gern wissen, was das bedeutet«, sagte Astrid. »Hat es eine Bedeutung? Was für eine?«

»Gott, ich muß ins Kolloquium«, rief Deïna, die auf die Uhr gesehen hatte. »Wer fährt mich zurück? Ihr könnt uns die Auswertung auf dem Weg nach unten erklären. Daß ich einen schlechten Charakter habe, weiß ich schon. Eitel, überheblich, selbstsüchtig, schwach…«

»Es ist kein Hexenwerk«, sagte Witschge und machte der Bedienung ein Zeichen. »Man kann ihn selbst deuten. Wald bedeutet einfach Welt, Haus die spätere Familie, der Schlüssel verrät, wie man Probleme anpackt, und das Gewässer… das steht für Sex.«

Es entstand eine Pause.

»Wir haben die Grenze vergessen«, rief Singer plötzlich. »Nach dem Bach kommt eine Grenze, wie man sie sich vorstellt und so weiter.«

»Darf ich mal den Zettel haben«, bat Astrid.

Witschge falzte das Blatt und riß es säuberlich auseinander.

»Ach«, sagte Deïna und stieß ihre Schwester unter dem Tisch an, »halb so wild… Ich mache solche Tests alle zwei Wochen in der *Brigitte.* Ein amüsantes Spiel.«

»Aber…«, begann Astrid, »ich sehe nicht ein, was diese Symbole mit der Wirklichkeit zu tun haben sollen…«

»Freud«, rief Deïna, »ist es etwa ein Test von Freud? Und ›Grenze‹, was bedeutet das?«

»Sie müssen sie erst beschreiben. Sonst ist der Witz weg.«

»Nein, das mach ich jetzt nicht mehr... Erst will ich wissen, was sie bedeutet.«

»Sie bedeutet natürlich den Tod«, sagte Astrid.

Witschge hatte bezahlt und begleitete die Mädchen den steilen Fußweg hinunter. Singer schwang seinen Autoschlüssel um den Zeigefinger und pfiff.

»Interessant, daß Sie Tod sagen«, meinte Witschge. »Sie scheinen ja bereits unter Todesängsten zu leiden, wenn Sie sich von der Gruppe absondern, um allein durch ein Wäldchen zu gehen.«

»Ich weiß nicht, wie ich das finde«, sagte Deïna stirnrunzelnd und betrachtete ihre Stiefel, die sich bergab zu verselbständigen schienen, »auf der einen Seite wißt ihr genau, wer wem ins Restaurant vorangeht und den Mantel abnimmt, auf der andern Seite stellt ihr harmlosen Zeitgenossen solche Fallen. Das ist moralisch sehr anfechtbar.«

»*Seid* ihr so harmlos?« fragte Witschge.

»Also das ist der Gipfel!«

»Nein, das ist das Tal.«

Sie waren bei den Parkplätzen angekommen.

»Fahren Sie zur Uni zurück?« wandte sich Deïna mit hypnotischem Blick an Singer. »Nehmen Sie uns mit?«

»Aber gern...«

Sie verabschiedeten sich ziemlich kühl von Witschge. »Ich möchte wissen, was diese Grenze bedeutet«, fing Deïna in Singers Auto an. »Wo hat er übrigens den Test her?«

»Er hat ihn auch mit mir gemacht«, sagte Singer. »Es ist

ein Partyvergnügen. Richtige psychologische Deutung geht natürlich anders.«

»Wie denn?«

»Ganz anders. Ich werde euch das bei Gelegenheit mal erklären. Meine Grenze war eine Selbstschußanlage«, sagte Singer. »Also Demarkationslinie, Stacheldraht, Wachttürme und der ganze Pipapo.«

»Pipa-was?«

»Der ganze Kram.«

»Und bedeutet sie Tod?«

»Ja.«

»Also, darunter kann ich mir nichts vorstellen«, sagte Deïna achselzuckend. »Für mich ist das dichter Nebel. Lassen Sie uns an der Unibibliothek raus, ja?«

Astrid war unterwegs still gewesen, und Deïna brannte darauf, mit ihr alles »durchzusprechen«. An das Kolloquium dachte sie nicht mehr. Sie wollte in der Cafeteria mit Astrid und ohne Singer in Ruhe eine Zigarette rauchen. Singer suchte einen Parkplatz. »Ich gehe auch in die Bibliothek«, sagte er.

»Was tun Sie da eigentlich?« forschte Deïna. »Warum sind Sie nicht in der Kaserne?«

»Ich sitze an meiner Winterarbeit«, sagte Singer bescheiden. »Ein Referat. Wir bekommen dafür Noten. Manchmal hilft es bei der Beförderung. Vor allem ist es eine gute Vorbereitung für die Heeresauswahlprüfung.«

»Scheint mir eine feine Sache«, sagte Deïna. »Und die Themen?«

»Dürfen wir uns selber stellen«, sagte Singer. »Ich habe ›Staaten ohne Soldaten‹ genommen.«

»Das würde Mimi freuen!« rief Deïna. »Sie müssen mal mit ihr drüber reden. Gibt es viele Staaten ohne Soldaten?«

»Nein«, sagte Singer verlegen. »Übrigens soll ich vom baumlangen Hauptmann Grüße an Fräulein Astrid ausrichten. Damit ich's nur nicht vergesse.«

»Mein stummer Leuchtturm?« fragte Astrid.

»Er war ganz begeistert und meinte, er könne sich den nächsten Ball in derselben Besetzung vorstellen. Ich übrigens auch.«

Sie verabschiedeten sich. Singer betrat die Bibliothek, Astrid und Deïna gingen über die matschige Straße zum Seminar. »Immer die Falschen!« platzte Deïna heraus. Astrid fragte: »Was war denn das? Ein Test?«

»In der Mensa machen sie unentwegt welche... Es ist die große Mode.«

»Nein«, sagte Astrid. »Ich meine ... war es ein Eignungstest? Suchen sie auf diese Art ihre Freundinnen aus?«

»Ich weiß nicht ...« Deïna sah auf ihre Armbanduhr. »Komm, laß uns einen Kaffee trinken gehen!«

»He, dein Kolloquium!« Astrid blieb mitten auf der Straße stehen.

»Ach... das hätte ich glatt vergessen... Inzwischen hab ich keine Lust mehr. Aber du hast recht. Die Pflicht ruft... Bis heute abend dann! Ich denke, ich nehme den Fünfuhrzug.«

Sie warfen sich eine flüchtige Kußhand zu.

Immer vor Weihnachten mußte Mimi in den Dämmerstunden an *Nußknacker und Mausekönig* denken. Es war das unheimlichste Buch, das sie je gelesen hatte. Sie fragte

Astrid: »Sag mal... ist es wirklich so, daß du glaubst, alle anderen seien *besser* als du?« Astrid sah sie erstaunt an. »Natürlich! Wieso? Wie ist es denn bei dir? Etwa anders?«

Mimi überlegte. »Ich denke immer, die anderen wären *gleich*. Also *wie* ich. Besser oder schlechter hab ich noch nie gedacht. *Anders* auch nicht. In meiner Vorstellung renne ich immer auf die andern zu wie ein schwanzwedelndes dummes Hundchen. Gleich werden wir uns prächtig amüsieren und großartig verstehen, denke ich. Bis ich irgendwann merke, es stimmt nicht... Es funktioniert nicht. Die andern sind anders, oder ich. – Was glaubt Deïna?«

»Daß sie die Prinzessin ist«, sagte Astrid und lachte. »Wenn jeder offenbar was anderes empfindet – dann glaubt Deïna vielleicht, die anderen wären schlechter. Mir ist es jedenfalls nicht gelungen, den Witschge zu tanzen. Umgekehrt hatte ich den Eindruck, daß er ganz fürchterlich mit uns Schlitten gefahren ist ... Aber warum? Hab ich ihn irgendwie beleidigt? Ach, was soll's. Ein Metzgersgang. Wenn ich mit ihm befreundet wäre, hätte ich nur Angst.«

»Angst wovor?«

»Daß er mich gleich wieder verläßt ... Daß ich nicht genüge.«

»Das klingt aber nicht nach Liebe«, sagte Mimi. »Nur – was ist das überhaupt?«

10

Frau und Mutter

Am Sonntag nach Weihnachten fuhren ihre Töchter mit Ski und Gepäck ab. Deïna wie immer übertrieben winkend, fand Marga, Astrid zusammengeklappt wie ein Taschenmesser hinten im Auto und Freundin Heike am Steuer. Nettes Mädchen, aus guter Familie. Schlank und zierlich wie eine Eskimoprinzessin, schräge Augen, Pelzmütze. War es klug, dieses Wesen mitzunehmen? Wo doch Lutz ... »Aber Astrid hat durchblicken lassen, Heike wäre so gut wie verlobt«, sagte Marga gerade ins Telefon. Sie schaute durch die Stores auf die nassen Schneemassen. Soeben schlich Mimi über die schwarzglänzende Straße ins Haus zurück, ohne das Gartentor zu schließen.

»Natürlich hätte ich gern gewußt«, sagte Marga zur Freundin, »wie alt er ist ... Wann er Examen macht ... Immerhin scheint das elterliche Milieu zu stimmen, das ist heutzutage schon viel wert. Wie? Was? Du kennst ja Deïna. Sie tut so geheimnisvoll. Als ob ihre Mutter ihre schlimmste Feindin wäre. Tieftraurig ist das. Tieftraurig ...«

Erika Dopff am andern Ende hob das Positive hervor. Zweifellos würden die Töchter sich gut erholen. Kraft schöpfen für das Mündliche. In ein paar Wochen war es soweit. Kinder, wie die Zeit vergeht! Und Deïna gab dort oben sicher eine hervorragende Figur ab. Alle rühmten, sie sei eine glänzende Skiläuferin, eine Nixe am Hang. Ja, es war Marga auch zu Ohren gekommen. Natürlich mußte man von solchen Komplimenten immer gleich die Hälfte abziehen. Aber sonderbar – es war Mode geworden. Immer mehr Leute machten Urlaub im Schnee, fuhren über Silvester in die Berge. Familie Pauli auch schon, schade. Man hatte im vergangenen Jahr so nett zusammen gefeiert. »Aber *ihr* kommt doch zu Silvester?« fragte Marga die Freundin. »Nein, nichts Besonderes. Wir trinken Glühwein und machen es uns gemütlich.«

Nachdem sie den Hörer aufgelegt hatte, blieb sie eine Weile an ihrem Schreibtisch sitzen. Sie dachte an Familie Pauli – da stimmte einfach alles. Er: Kavalier der alten Schule. Sie: furchtbar nett und patent. Sie kam aus derselben Stadt wie Marga, war ebenfalls aufs Fichtegymnasium für Mädchen gegangen. Und handwerklich so begabt! In ihrer kargen Freizeit restaurierte sie Antiquitäten. Eine geborene von Wille, aber ganz ohne Dünkel. Die beiden Töchter ebenfalls reizend, patent, beide schon verheiratet, die älteste sogar mit erstem Kind, bei manchen Leuten ging eben alles glatt!

Die Töchter Pauli waren ganz normale junge Mädchen, Kindergärtnerinnen, nicht überkandidelt, ohne Mucken und Tücken. Die Schwiegersöhne – reizende junge Männer. Dort herrschte immer fröhlicher Betrieb, ungefähr so wie früher bei ihr zu Hause. Jeder trug etwas zur Gemeinschaft bei, organisierte, reimte, dachte sich Überraschungen aus, feierte Feste... Während sie praktisch die einzige war, die hier ein wenig Leben in die Bude brachte. Die anderen hatten keinen Mumm, keinen Schwung oder verpulverten ihn anderswo. Jedesmal, wenn Marga Bilanz zog, ihre Knochen numerierte, wie sie es nannte, kam sie zu demselben Schluß: Man hatte den Krieg überlebt, drei gesunde Kinder bekommen, ein Haus geerbt, aber in diesem Haus war nichts los.

Die allgemeine Lage war auch nicht rosig. Das halbe Land war futsch. In Thüringen verlief die Grenze. Ein Großteil der Verwandtschaft war dadurch abgeschnitten. Immer wenn sie daran dachte, packte sie die kalte Wut beziehungsweise, in der Weihnachtszeit, das heulende Elend. Was konnte die Verwandtschaft dafür? Nichts. Sie mußte es nur ausbaden, das war alles. Marga mußte plötzlich an Fräulein Janus denken, an deren ungeliebten Schwager. So was gab's natürlich auch. Aber sie, Marga, Huberta und all die anderen, *liebten* ihre Verwandten. Hatten sie schon vor dem Krieg geliebt und würden jetzt damit nicht aufhören, Stacheldraht hin, Stacheldraht her. Armin stand der ganzen Sache kühler gegenüber. Das hing damit zusammen, daß er überhaupt keine Verwandtschaft in der Zone hatte. Überhaupt die Süddeutschen! Na! Die hatten ihr wahres Gesicht gezeigt! War Marga bei Kriegsende etwa freiwillig nach Merklingen gezogen? Nein, nur, weil das Haus der Schwiegereltern Zuflucht bot. Man sprach immer davon, die Süddeutschen wären so gemütlich, so verträglich und nett – von wegen! Dieser Volksstamm verhielt sich feindselig, kaltherzig, abweisend, mürrisch, gefühlsroh, eingebildet, dünkelhaft und hoffärtig, besonders Flüchtlingen gegenüber. Man war geizig, herablassend, unchristlich, mißtrauisch, unfreundlich bis zur Ver... – bis dorthinaus. Dabei konnten die Flüchtlinge für ihr Schicksal genausowenig wie die Menschen in der Zone. Sie putzten genauso gut wie die

Schwaben, wenn nicht sogar besser. Es war eine Unverfrorenheit, zu glauben, man habe die Sauberkeit und Gründlichkeit für sich gepachtet, die berühmte »Pünktlichkeit« – nicht etwa in der Zeit, sondern in den Tiefen des ewig zu putzenden, ewig zu scheuernden schwäbischen Raumes. Eigentlich merkwürdig, dachte Marga. Auch ihre Schwiegereltern, die Pfarrersleute, hatten strenggenommen kein geistiges Interesse gehabt. Es ging nur ums Putzen, Essen, Aufräumen, Einkochen, kurzum, ums »Sach«. »Das Sach will gepflegt sein«, hatte ihr die Schwiegermutter wöchentlich einmal mahnend vorgehalten. Richtig deutsch war das nicht. Und im Schwäbischen Kochbuch stand der Satz: »Es sind die Lebern gut, wenn sie nicht mehr rot sehen.« Die Sprache Luthers war das nicht! Wenigstens ihrem Armin hatte sie die schlimmsten Dialektausdrücke abgewöhnen können. Es gab manche Dinge, mit denen man billigerweise zufrieden sein mußte. Daß Armin beruflich wieder Fuß gefaßt hatte. Daß die CDU an der Regierung war und so weiter. Mit anderen Dingen dagegen würde sie sich niemals abfinden, nicht mit der süddeutschen Herzenskälte, nicht mit der deutschen Teilung. Plötzlich fiel ihr der Brief wieder ein, der vor ein paar Tagen angekommen war. »Immer mehr wird mir bewußt, daß unsere Wäsche mit den Initialen unserer Großmutter gezeichnet ist«, hatte die Cousine in ihrem Weihnachtsbrief geschrieben. Das war ein verschlüsselter Aufschrei, weil man nicht mehr reisen konnte. Marga brauchte nicht lange über die Auflösung nachzudenken. Über drei Jahre stand die Mauer in Berlin, und die Großmutter, auf die angespielt wurde, hieß *Karoline Zengge.* Ja, so war die Wäsche gezeichnet. K–Punkt, Zett–Punkt. Marga hatte sehr wohl verstanden. Man konnte der Cousine hoffentlich keinen Strick draus drehen. Keiner wußte, wie die Großmutter als Mädchen geheißen hatte, und im Notfall konnte sie sich auf die andere Großmutter herausreden, deren Initialen keinen Sinn ergaben, jedenfalls keinen verfänglichen.

Sie dachte an die Töchter dieser Lieblingscousine dort drüben. Wohlerzogen, nett, hilfsbereit. Keinesfalls dumm, erstaunlicherweise hatten sie studieren dürfen, schwierige Fächer wie Mathematik und Biologie, und trotzdem waren sie nicht so hochnäsig wie Deïna und so muffig wie Astrid! Was hatte sich bloß in ihre Familie eingeschlichen? Wäre es mit Söhnen anders gewesen? Wären die mehr nach ihr, Marga, geraten?

Müßige Frage. Zum Glück kam wenigstens Paul-Christian heute abend vorbei. Mit ihm konnte man reden, er war ein rührend altmodischer Mensch, mit dem gewissen Scharfblick, den sie selbst auch besaß. Dem Blick des Malers! Jedenfalls lag er meist auf ihrer Linie. Sie sah sofort, wenn etwas nicht stimmte. Sie sah, wenn ein Haus verbaut war. Ihr Gespür für Proportionen war untrüglich. Sie sah ja auch die Ähnlichkeiten in Gesichtern, darin konnte ihr keiner etwas vormachen, darin war sie Meisterin. Ihr detektivisches Gespür registrierte noch den leisesten Hauch einer Ähnlichkeit, und die Leute gaben ihr in der Beziehung immer recht. Nur Armin nicht, weil er sie ärgern wollte.

Es stimmte, daß Deïna durch eine Laune des Zufalls wie die junge Königin von England aussah! Dieselben Locken, dieselben Rosinenaugen im empfindlichen Gesicht, derselbe große Mund – Marga sah das alles und sprach es aus, denn sie war eine ehrliche Haut. Oh, Deïna hatte es gar nicht gut aufgenommen! Man hatte ihr eine Zeitlang den Spitznamen »Die Queen« verpaßt, was ihr nicht gefiel. Einmal hatte sie im Zorn behauptet, die Königin von England sehe aus wie ein Boskop. Aber die Zeit der Bauernäpfel sei vorbei. Die Zeit der mandeläugigen Rehgeschöpfe sei angebrochen. Sie strebe dem Typ Audrey Hepburn nach. Das war, als sie sich die Locken glattzuziehen versuchte. Gleichzeitig versuchte Astrid, ihre glatten Haare mit Dauerwellen zu Locken zu drehen. Beide Mädchen sahen furchtbar aus. Kopfschüttelnd hatte sie tagelang »Kind, wo ist deine Schönheit hin!« gemurmelt, abwechselnd zu beiden.

Es stimmte, daß die Queen, ein gutes Jahrzehnt älter als Deïna, ihr nur auf offiziellen Jugendfotos so ähnlich sah. Sie entwickelte sich jetzt deutlich von Deïna weg – Marga war die erste, die dies zugab –, aber da schwebte im Hintergrund noch die seltsame Ähnlichkeit zwischen ihr selbst und der Königinmutter! Eine Ähnlichkeit, die sogar erblich war, schien kein Zufall mehr, war etwas ganz Besonderes.

Natürlich hatte Astrid gefragt: »Und wem sehe *ich* gleich?« Sie hatten lange herumgerätselt und waren darauf gekommen, daß Mimi diesem schrecklichen Schlagermädchen Conny Froboess ähnelte, aber Astrid sah niemandem ähnlich. Darüber schien sie fast ein wenig geknickt. So ging es immer. Man konnte es der einen nicht recht machen und der anderen auch nicht.

Die Königin von England, heute eine reife Frau von Mitte Dreißig, hatte früh geheiratet und Kinder bekommen – gleich so viele, tüchtig, tüchtig –, und der Unterschied zu Deïna wurde immer größer. Bei Deïna wurde Marga den

Verdacht nicht los, sie strebe eine Laufbahn als Ehefrau und Mutter gar nicht wirklich an. Es war ihr Instinkt, der wie ein Warnlämpchen aufblinkte, ihr berühmter Weitblick, aber sie hätte nicht sagen können, woran sie es merkte. Es sei denn, an den Kopfbewegungen. Oder an Deïnas Bewunderung für die berufstätige unverheiratete Frau. Sie war übertrieben ausgeprägt, wahrscheinlich, weil Deïna sich so ein Leben viel zu idyllisch ausmalte. Ungebunden herumreisen, ohne lästige Hausarbeit, nur sich selbst verantwortlich, von allen umschwärmt – aber so war es ja nicht. Marga sah dies im Lichte ihrer Erfahrungen ganz anders. Die ledige berufstätige Frau war doch eher ein Burgfräulein von der traurigen Gestalt, eine *spinster* mit Hausarrest, die nur Ausgang hatte, um zu ihrer Arbeit zu traben, mit der sie sich entsetzlicherweise den Lebensunterhalt selbst verdienen mußte. Die ledige berufstätige Frau konnte einem leid tun. Vom aufregenden Leben der Männer war sie um Lichtjahre weiter entfernt als die Ehefrau, auf die doch täglich ein strahlender Abglanz fiel. Und ausgerechnet darauf wollte Deïna hinaus? Na gut. Sie hatte ihre beiden Mädchen für die Ehe erzogen, hatte ihnen in den langen Stunden, da sie Plastikreifen in die Petticoats schoben und Säume vernähten, eingehämmert, daß allein die Ehe die erstrebenswerte Daseinsform war. Deïna mußte schon eine sehr gute Entschuldigung finden, wenn sie ledig bleiben wollte.

Ja, Deïnas Kopfbewegungen! Sie waren ein Kapitel für sich. Marga verzog die Mundwinkel, wenn sie daran dachte, daß sie sie eine Zeitlang insgeheim numeriert hatte. Nummer eins: hoffärtiges Hochwerfen der Locken, meist vor einem Spiegel, als wäre man ein Filmsternchen. Zwei: Kopfmit Nasenhebung, bei anschließender verschnupfter Drehung des Gesichts zur linken Schulter hin. Dies war bereits eine Kundgebung, eine Art Kriegserklärung, und hieß: Ich schaue woanders hin, ihr seid mir zu primitiv, zu indiskret, zu gewöhnlich! Schließlich drei: ein kurzer scharfer Ruck des Kopfes nach hinten, mit aufgerissenem Blick. Man sah das Weiße. Pferde schauten so. Jetzt habt ihr mich beleidigt, hieß dies, endgültig tödlich beleidigt. Dann war es zu spät. Langes Schweigen war die Folge, Verhandlungen zwecklos.

Marga kannte ihre Töchter! Sie bildete es sich nicht nur ein, sie konnte wirklich Gedanken lesen! Was sollte man auch tun, wenn man den bewußten Blick hatte, den Mängelblick? Am deutlichsten sah sie die Fehler in der eigenen Familie. Als Kind hatte sie sich oft darüber gewundert, daß es in der Bibel hieß: Und Gott sah, daß es gut war. Das wäre *ihr* nie passiert. Sie sah, daß es schlecht war. Und zwar sah sie den Balken im eigenen Auge, das heißt in der eigenen Familie, und fand Menschen ganz abscheulich, die ihre Kinder vor anderen immer so herausstrichen und über den grünen Klee lobten. Es gab solche Menschen. Meist merkten sie nicht einmal, wie primitiv sie waren, wie lächerlich sie sich machten. Marga setzte ihre Kinder vor anderen grundsätzlich herab. Denn darauf kam es im Leben an. Keine Extratouren! Keine Extrawürste! Keine Experimente! Der goldene Mittelweg war entscheidend, das Leben an sich schon kompliziert genug.

Ihren Töchtern erklärte sie es so: Es gab die unterschiedlichsten Typen anständiger Frauen. Da war der Blaustrumpf (deren Mann zu bedauern war), die berufstätige Frau (deren Mann zu bedauern war), die musisch angehauchte Frau (deren Mann zu bedauern war), die depressive Frau (deren ganze Familie zu bedauern war), der Putzteufel (sie trieb den Mann aus dem Haus) und die schlampige Frau (sie trieb ihren Mann ebenfalls aus dem Haus). Irgendwo dazwischen aber – oh, Wunder! – lag die ideale Ehefrau! Vielleicht im Kirchenchor singend, aber nicht berufstätig. Mit geistigen Interessen, aber nicht zu sehr. Die ihren Haushalt im Griff hatte *und* die Konversation am Kaffeetisch, die das mörderische Festtagspensum bewältigte, also Plätzchen buk (mindestens sechs Sorten), Schnitzbrot knetete, Gänsebraten bräunte, Heringssalat schnippelte, Ostzonenpäckchen packte, Pyramiden aufstellte, Weihnachtsbäume schmückte, Eier färbte, an normalen Tagen mittags kochte *und* sich abends auf dezente Art schön machte – für ihren lieben Mann natürlich, obwohl man auch die bewundernden Blicke der anderen gern auf sich ruhen ließ. Bei alldem war die ideale Ehefrau selbstverständlich treu wie Gold, denn man konnte sehr gut ein ganzes Leben lang mit einem einzigen Mann auskommen und dabei zufrieden sein. Sie wußte, wovon sie sprach! Als Oßmann ihr damals, vor fünfzehn Jahren – sie war gerade mit Mimi schwanger – bei einem Faschingsball so auffällig den Hof gemacht hatte, hatte sie sich *vorgestellt,* wie es wäre, mit einem fremden Mann ins Bett zu gehen. Und schon in der Vorstellung war es auch nicht aufregender gewesen als sonst, also hatte sie leichten Herzens darauf verzichtet.

Während sie in ihrem privaten Rezeptheft nach Mengenangaben und Gewürzen für den Silvesterglühwein suchte, fiel ihr ein, wem Paul-Christian ähnlich sah. Natürlich! Daß sie da nicht früher drauf gekommen war! Maler und Matrose. Er sah aus wie Ringelnatz. Dieser Kasperlkopf, der leicht verschobene Mund, die abstehenden Haare ... Paul-Christian. Seit dem Vorfall mit der mannstollen Zimmerwirtin war er ihr sehr ergeben. Eines Tages war er gekommen und hatte schüchtern drum gebeten, gegen Bezahlung ein paar Wochen im Hause Hülle Mittag essen zu dürfen. Normalerweise kochte ihm ja seine Zimmerwirtin. Deren Mann war in Rußland vermißt, und Paul-Christian stellte mit Sicherheit keine Bedrohung für ihre Tugend dar. Zu Beginn der fünfziger Jahre hatte sich das liederliche böse Weib einen Geliebten zugelegt, und des Geknutsches in Küche, Wohn- und Schlafzimmer war kein Ende. Paul-Christian hatte empört gekündigt. Ein neues Zimmer war schon in Aussicht, wurde aber erst in drei Wochen frei, und Marga hatte ihn selbstverständlich herzlich zu den häuslichen Mittagessen eingeladen, umsonst natürlich, im Dienste der Kunst. Keine Minute länger als notwendig sollte Paul-Christian im Dunstkreis der mannstollen Zimmerwirtin verbringen. Die anständigen Menschen mußten zusammenhalten.

Margas Katalog verworfener Frauen umfaßte mehrere Grade. Die Mannstolle war natürlich von allen die schlimmste, weil sie freiwillig tat, was das Hurenmensch aus gewerblichen Gründen zu tun gezwungen war (Platz eins, Platz zwei). Platz drei besetzte die raffinierte Verführerin, auch »Vamp« genannt. Ihr gelang es immer wieder, nichtsahnende aufrechte Männer zur Ehe zu verleiten, die dann aus Verzweiflung Alkoholiker wurden oder kriminell. Platz vier gehörte der Unschuld vom Lande, bei der man nie so genau wußte, wie echt die Unschuld eigentlich war, mit der sie so schnell schwanger wurde. Marga hatte den Töchtern immer wieder eingebleut: diejenigen, die unverheiratet Kinder kriegten, waren im Prinzip nicht schlechter als diejenigen, die das gleiche taten, aber keine kriegten. Sie waren nur raffinierter! In diesem Punkt wich Margas Ansicht deutlich von der herrschenden und etwas heuchlerischen Moral ab, wie sie fand.

Gott, ja, wenn sie daran dachte, wie keusch und züchtig man zu ihrer Zeit in den Stand der Ehe getreten war! Sie erinnerte sich an ihren Hochzeitstag. Wehmütig hatte sie Abschied von ihrer Familie genommen. Ihre Brüder wie immer rauh, aber herzlich, ihre Schwestern giftige Bemerkungen verstreuend, dazu der aufgeregte Vater und die aufreizend gelassene Mutter, die auch hier gesagt hatte: »Brautkleid? Zieh ein Dirndl an, und mach ein freundliches Gesicht!« und sich im übrigen aus allem heraushielt. Selbst an diesem Tag war es ihr, der Braut, zugefallen, dem Vater die tägliche Insulinspritze zu verabreichen. Sie wollte es vor dem Kirchgang erledigen, und kracks! brach ihr die Spritzennadel ab, drang infolge freudiger Erregung tief ins väterliche Sitzfleisch ein, wo sie steckenblieb. Ihr ältester Bruder hatte sie zum Altar führen müssen. Für den Brautvater hatte man währenddessen in aller Eile ein Ruhebett improvisiert – *triclinium,* das Speisesofa –, auf dem er, seitlich liegend, wenigstens am Hochzeitsmahl hatte teilnehmen können.

Und die Pannen rissen während der ganzen Hochzeitsreise nicht ab! Es war wirklich komisch. Armin und sie paßten aber deshalb so gut zusammen, weil sie beide den erklärten Willen zur Normalität hatten. Er, weil er nicht besonders robust war, und sie, weil sie gerade ungewöhnlich robust war. Nichts erschien ihnen beiden erstrebenswerter als ein Leben nach Plan, nach Norm, nach der Uhr. Marga hatte ihre Lebenslust einfach gezügelt – Gott, man hatte auch seine exzentrischen Momente, denen man aber nicht nachgab – und sich mit Eifer drangemacht, alles Unordentliche und Wilde in sich selbst nach Kräften zu ordnen, zu numerieren, zu bekämpfen. Es verlangte Selbstbeherrschung, und die hatte sie gelernt. Natürlich ergab es sich dann quasi von selbst, daß man auch das äußere Chaos beherrschen, den Wildwuchs um sich herum unter Kontrolle halten wollte. Alles Schlampige, Genialische, Lüsterne, Erotische, Widersetzliche, Unlogische, Selbstherrliche und Freche mußte bekämpft, erbittert bekämpft werden, dann verharmlost und ins Weckglas der Anekdote gepreßt, damit es auf diese Weise noch Freude bereitete und wenigstens die Langeweile verscheuchte. Ja, sie war wie eine Regisseurin, die ihre Mitmenschen ständiger Verbesserung entgegentrieb. Als schlimmstes Übel empfand sie den *horror vacui*, diese alles verschlingende lähmende Leere im eigenen Kopf; sie hatte selbst nie das Mittel gefunden, ihn ein für allemal zu vertreiben.

11

Feuerwerk

Am Silvesterabend öffnete Marga das Schiebetürchen der Durchreiche und rief ins Eßzimmer: »Mimi! Mimi, wo steckst du denn? Stell doch mal die Kräppel auf die Heizung! Ich kann's nicht leiden, wenn die Marmelade so kalt ist!«

Mimi spielte mit dem durchsichtigen Plastikschutz auf Bruckmanns Kunstkalender, den Paul-Christian mitgebracht hatte. Sie nahm den Teller vorsichtig in Empfang, damit die Pyramide aus gezuckerten Krapfen nicht einstürzte, und stellte ihn auf die Rippen des Heizkörpers.

»Und an dunklen Regentagen?« fragte der Maler.

»Schöner ohne!« rief Mimi. »Autos schleudern Feuergarben auf den nassen Asphalt... Bunte Neonlichter... alles wie mit dem Feuerstift gemalt. Die reinste Lava. *Mit* Brille ist es wie erloschen. Nur dünne Lichtspuren.«

»Und die Straßenlaternen?«

»Große goldene Sonnen.«

»Wie bei van Gogh?«

Mimi zögerte. »Nein, durchsichtiger, beweglich. Sie springen mit ihren Strahlenbündeln hin und her. Manchmal frißt sich ein schwarzes Loch in den zarten Goldstoff, quillt auf, und alles verschiebt sich.«

»Und das Feuerwerk?«

»Das schau ich mir lieber mit Brille an. Sonst würde ich es gar nicht sehen. Nur breiigen roten Himmel und ein undeutliches Huschen.«

»Weil es zu weit weg ist?«

»Ja. Ich würde gern mal eine Rakete abfeuern, nicht immer nur zuschauen. Aber wir tun das nicht. Mama findet es plebejisch. Du bist nicht kurzsichtig, was?«

»Nein, leider«, sagte Paul-Christian bedauernd.

Mimi betrachtete ihn verwundert. »Tut es dir etwa leid? Die meisten Leute wären froh, wenn sie...«

Paul-Christian blätterte im Kalender. »Hier.« Er schob ihr ein Bild hin.

»Genau«, rief Mimi. »So sieht eine nasse Straße aus! Wer hat das gemalt? Lesser Ury. Es ist schön. Es ist wahr.«

Paul-Christian lächelte. »Siehst du? Die Kurzsichtigen können Brillen aufsetzen. Wir Scharfsichtigen haben keine Linse, mit der wir die Welt verschwommen sehen könnten.«

»Du malst sie doch verschwommen!«

»Ja, auf gut Glück.«

»Warum?«

»Scharfe Bilder interessieren mich nicht. Ich bin vernarrt in die Impressionisten. Dabei sehe ich leider vollkommen normal.«

»Vielleicht könntest du verwackelte Fotos machen ... oder Dias unscharf stellen...«

»Weißt du, wer so gearbeitet hat?« sagte der Maler. »Vermeer. Vermutet man wenigstens. Mit der Camera obscura. Man hat den Eindruck, man müsse die Augen nur leicht zusammenkneifen, um sein Bild scharf zu sehen.«

Sie fuhren vom Kalender auf, als Marga ins Zimmer trat.

»Ei, was treibt ihr denn da? Wollt ihr nicht ein Spiel spielen?« rief sie. »Was ist denn das? Ein Geschenk? Wie aufmerksam! Danke, lieber Paul. Der Bruckmann 1965! *Das* waren noch Maler.«

Während sich Marga angeregt mit Paul-Christian unterhielt, dachte Mimi nach. Wie konnte jemand, der scharf sah, diese Fähigkeit geringschätzen und lieber verschwommen sehen wollen? Das erschien ihr verwunderlich, aber auch ermutigend. Es hieß, daß ihre eigene Sehweise nicht nur ein Mangel war. Wenn sie sich ohne Brille in ihrem alten Lieblingsspiegel betrachtete, erschien ihr ihr Gesicht geheimnisvoll und leer. Sie sah in das Land hinter dem Spiegel. Dort war alles tief und flüsternd, einzelne Teile tauchten aus dem Traumstoff, eine Nasenspitze, ein Auge, die Brauen, die so eigensinnig durch die Stirn stachen, ein Wimpernsaum. Alles trieb in den bläulichen Fluten und war unangreifbar. Aber diese Betrachtungsweise war statisch. Sie schien auf der Stelle zu treten. Man kam mit ihr nirgendwohin. Das gierige kalte Scharfsehen wiederum schwang sein Lasso bemerkenswert schnell in Raum und Zeit und fixierte die Beute in all ihren Details. Man mußte die beiden Seharten irgendwie mischen...

»Warum spielt ihr nicht ein bißchen Roulette, bis Onkel Albrecht und Tante Erika kommen?« fragte Marga. »Es liegt unter dem Glasschrank.«

Der grüne Filz wurde ausgerollt. Mimi schraubte den schwarzen Plastikrechen zusammen und leerte ein pralles Säckchen voller Pfennige auf dem Tisch aus.

»Was ist denn das?« rief Marga. »Wo sind die Chips?«

»Die hab ich in der Schachtel gelassen. Wenn wir schon nicht Blei gießen oder knallen, will ich wenigstens mit echtem Geld spielen! Wie in Baden-Baden.«

»Aber wo kommt das viele Kupfer her?«

»Astrid sammelt doch die ganze Zeit – für ihre Brautschuhe.«

»Hast du sie um Erlaubnis gefragt?«

»Mama! Wir spielen doch nicht richtig! Und wer weiß, ob sie überhaupt heiratet.«

»Faß dich an der eigenen Nase!«

»Ich? Ich heirate einen Scheich.«

»Um Gottes willen! Das ist die moderne Jugend! Was willst du denn mit einem Scheich?«

»Mich wieder scheiden lassen.«

»Aber ob der Scheich auch dich will?« fragte Marga zweifelnd. Schon deutete sich in ihrem Tonfall Mitleid mit dem künftigen Schwiegersohn an, der, schlecht beraten, sich eine ihrer Töchter aufgehalst hatte, und ihre Stimme bekundete verhaltene Solidarität.

»Scheichs heiraten zunehmend europäische Mädchen«, behauptete Mimi.

»Gott, ja, das stimmt«, sagte Marga. »Ich hab es beim Friseur gelesen. Eine sehr einfache Familie verheiratete die achtzehnjährige Tochter an einen Saudiaraber. Die Brautmutter platinblond, aber natürlich kein Wort Englisch. Die gesamte Konversation während des Hochzeitsessens bestand aus zwei Sätzen! ›Do you want bread?‹ fragte man den Bräutigam. Und er antwortete: ›No, I want you.‹ Wo steckt der Fehler, Mimi?«

»Wollte er die Brautmutter haben?«

»Ich muß doch bitten! ›Some bread‹ heißt es! ›Do you want some bread!‹ Vier Jahre Englisch! Also wirklich!«

Mimi kicherte. »Wenn du es so gut weißt, darfst du bei meiner Hochzeit dolmetschen.«

»Ach Gott, wir sind so tolerant geworden... Aber einen Ölprinz mit Harem... nein, danke.«

»Dann heirate ich gar nicht.«

»Mimi! Was soll Paul-Christian denken!«

»Er hat auch nicht geheiratet, oder?«

Marga schien den Bruchteil einer Sekunde lang verlegen. »Bei einem Mann ist es was anderes«, sagte sie schließlich. »Männer heiraten von Natur aus später. Aber ihr Mädchen... Wir haben unseren Töchtern immer gesagt: Alles dürft ihr nach Hause bringen, *alles.* Nur keinen Katholiken. Und natürlich auch keinen Neger. Und keinen Juden und keinen Scheich.«

»Ja«, sagte Mimi betrübt, »was bleibt dann noch übrig?«

Geistesabwesend kam Armin aus seinem Zimmer. »Ein gutes neues Jahr«, sagte er. »Von Deïna. Sie ginge dann schlafen.«

»Wie? Was?«

»Eigentlich wollte sie Punkt zwölf Uhr anrufen, aber Skifahren macht müde, vielleicht kriecht sie vorher ins Bett.«

»Schade, daß du mich nicht gerufen hast!«

»Es ging viel zu schnell. Ihr Geld war schon durchgelaufen.«

»Und wie klang sie?«

Armin dachte nach. Wie hatte Deïna geklungen? »Wie immer«, sagte er schließlich.

»Und der Schnee? Wie ist der Schnee?«

»Davon hat sie nichts gesagt.«

»Und Astrid? Wie geht es ihr?«

»Sie war nicht dabei«, sagte Hülle. »Ich nehme an, gut.«

»Heike auch nicht?«

»Nein. Nur Deïna.«

»Deïna alleine... Na, jedenfalls vielen Dank für die guten Wünsche. Paul-Christian und Mimi spielen Roulette, wie du siehst. Rien ne va plus! Armer Paul! Impair et rouge, alles verloren. Das bringt Glück in der Liebe. Weißt du noch, Armin, unsere Hochzeitsreise im Schnee?«

Es klingelte. Albrecht und Erika Dopff kamen. Marga begrüßte die Gäste, nahm ihnen die Mäntel ab und wickelte eine Schachtel »Mon Chéri« aus. »Danke! Danke! Wie sagt der Schwabe? 's wär doch net nötig gwä! Es wäre wirklich nicht nötig gewesen, liebe Erika. Nur herein in die gute Stube!«

Erika Dopff überreichte Mimi eine Tüte mit Knallbonbons. »Die lassen wir nachher gleich springen«, sagte sie leise. »Ich weiß doch, wie gern du herumböllerst.«

Die Kräppel wurden in den Salon getragen. Marga servierte den Glühwein im Steingutkrug mit vier Bechern. Für sich selbst und Mimi hatte sie Malventee aufgebrüht. Mimi beschloß, den Stier sofort bei den Hörnern zu packen. »Onkel Albrecht«, fragte sie feierlich, »wer hat eigentlich die Scheidung erfunden?«

»Diese Frage ist leicht zu beantworten«, gab der Landgerichtsrat augenzwinkernd zurück, »wenn man sie nur etwas umformuliert. *Warum* wurde die Scheidung erfunden? Was glaubst du wohl? Richtig! Um Meuchelmord zu verhindern. Ich möchte nicht wissen, wie die Kriminalstatistik aussähe, wenn es keine Scheidung gäbe...«

»Aber!« rief Marga. »Scheidung ist doch etwas für die Unterschicht!«

»Hast du eine Ahnung«, sagte Albrecht. »Scheidung gibt es in den höchsten Kreisen – gerade dort. Und je höher die Kreise, desto schmutziger die Wäsche, die vor dem Richtertisch gewaschen wird.«

»Bei uns nicht«, sagte Marga energisch. »Ich kann mich an keinen einzigen Scheidungsfall in unserer Familie erinnern.«

»Toi, toi, toi!« sagte Armin und klopfte auf Holz. Die Gäste lachten.

»Hört, hört!« rief Marga. »Armin, was soll das heißen?«

»Ich klopfe auf Holz für alle Fälle. Man soll es nicht beschreien«, orakelte Armin.

»Beschreien? Wieso beschreien? Man hat es doch selbst in der Hand! Dächte ich!«

Erika Dopff und Mimi zogen an einem Knallbonbon. Mit leisem Ploff! zerriß die in rotes Glanzpapier gewickelte Papphülse. Heraus fiel ein Schornsteinfeger.

»Der bringt Glück!« rief Mimi.

»Natürlich bringt er Glück! In Knallbonbons sind *nur* Glücksbringer versteckt! Und keine schwarzen Katzen«, sagte Marga.

Mimi zog mit Onkel Albrecht an einem weiteren Knallbonbon. Heraus fiel ein Schweinchen. Unter großem Gelächter erntete man ein Kleeblatt, ein Hufeisen und einen Glückspfennig.

»Jetzt bin ich aber neugierig«, sagte Marga. »Was kann hier noch drin sein?« Sie und Mimi zogen am letzten Knallbonbon. Es erwies sich als zäh und wollte nicht zerreißen.

»Aha, die schwarze Katze«, sagte Armin Hülle.

»Nein, um Gottes willen, Albrecht!« rief Marga entgeistert. »Nicht mit dem Scherchen! Da ist doch Pulver drin! Jetzt wollen wir mal sehen, ob so ein Bonbon nicht platzt! Armin, faß an!« Das Ehepaar Hülle versuchte es zusammen noch einmal. Es knallte, und heraus fiel ein Schneemann.

»Na, seht ihr!« sagte Marga zufrieden. »Der zukünftige Schwiegersohn! Ein Weißer!«

Landgerichtsrat Dopff spielte mit dem Scherchen an seiner Uhrkette. »Es gibt auch friedliche Scheidungen«, sagte er zu Marga gewandt. »Ohne Bruch und Scherben. Ich denke an den Fall Keller–Müller. Der Chorleiter und der Oberstudienrat. Ich weiß nicht, ob ihr davon gehört habt.«

»Chorleiter Müller?« rief Marga. »Dieser musische Mensch? Immer in höheren Sphären? Und leicht anthroposophisch angehaucht?«

»Sie haben ganz friedlich ihre Frauen getauscht«, sagte Landgerichtsrat Dopff. »Nach fünfundzwanzig Ehejahren.«

Erika Dopff lachte. »Also, das könnte ich mir gar nicht vorstellen. – Die Frauen blieben einfach in ihren Häusern. Gell, Albrecht? Nur die Männer räumten ihre Arbeitszimmer. Dann mieteten sie gemeinsam einen Kleinlaster und fuhren von einem Haus zum andern. Die Kinder waren schon groß, und alle waren sehr zufrieden.«

»Aber warum?« rief Marga mißbilligend.

»Warum nicht?« konterte Albrecht Dopff.

»Marga, wolltest du nicht von unserer Hochzeitsreise erzählen?« lenkte Armin ab.

»In fünfzig Prozent der Fälle legt die Hochzeitsreise den Keim zur Scheidung«, sprach Albrecht Dopff, der es wissen mußte. Armin spielte den Entsetzten und hob abwehrend beide Hände. »Wie leicht hätte *uns* das treffen können! Viel hat da nicht gefehlt! Erst das teure Hotel, dann läßt sie die gesamte Skiausrüstung zu Hause liegen, wir müssen unterwegs in München eine neue kaufen...«

»Warum hast du nicht selbst dran gedacht, mein Lieber? Außerdem war es nicht die *ganze* Ausrüstung! Die Skier und Stöcke hatten wir vorher per Bahn aufgegeben.«

Die beiden Dopffs, Paul-Christian und Mimi horchten auf. Was verbarg sich hier für ein dunkles Drama? Sie hörten die Geschichte zum ersten Mal.

»Damals trug man viel bescheidenere Sachen«, wandte sich Marga an Erika Dopff, »du liebe Zeit, wenn ich an die heutige Mode denke! Ganz einfache Anoraks, Wollhosen und Strümpfe!«

»Aber Geld kosteten sie auch! Und zu Hause lagen sie vergessen auf dem Bett!« stellte Armin fest.

»Dafür hattet ihr hinterher alles doppelt«, sagte Erika.

»Apropos Skier... Die gab man *mit* den Stiefeln auf... die Stiefel waren also auch noch da!«

»Das schon«, meinte Armin, »aber was passierte danach? Willst du es nicht erzählen?«

Merkwürdig, dachte Mimi. Die Ansichten über die Hochzeitsreise schienen bei ihren Eltern stark voneinander abzuweichen. Marga beanspruchte so etwas wie einen Tolpatschigkeitsbonus für Jungvermählte (»Mein Gott, das kann doch passieren! Wenn man freudig erregt ist!«), während Armin als Leidtragender keinen Sinn für Romantik entwickelt hatte und lediglich sein spärliches Dozentengehalt im Rekordtempo dahinschwinden sah.

Marga war sich keiner Schuld bewußt. Die Skier selbst waren ganz einfache Bretter gewesen, Fichtenholz, beileibe nicht der Luxus, den man sich heute leistete. Man schulterte sie mitsamt den Stiefeln gleich am Bahnhof und trug sie zum Hotel. Dort steckte man sie tagsüber in den tiefen Schnee bei der Sonnenterrasse. »Ich fand das entzückend, aber auch ein wenig leichtsinnig, denn so konnten sie jederzeit geklaut werden.«

Die Sonne schien, der Schnee glitzerte, der Hang lockte, und Marga, in ihrer kleidsamen Ersatzskiausrüstung, zog am nächsten Vormittag mit Schwung ihre Brettln aus dem Schnee. »Damals stieg man noch im Grätschschritt auf, meine Lieben, das war noch Wintersport.« Leider brachen ihr gleich zu Beginn beim Versuch, im Tiefschnee Stemmbogen zu fahren, beide Skispitzen ab. So ein Pech! Sie selbst dachte auch unentwegt an Armins Geldbeutel, sie war doch keine Verschwenderin! Trost schöpfte sie aus der Tatsache, daß ihre schlichten Bretter die Welt nicht gekostet hatten und leicht zu ersetzen waren. Aber durch jene Unsitte, die Skier planlos in den Schnee zu stecken... Eine Unsitte, sie hatte es gleich gesagt... Kurz und gut, in ihrer freudigen Erregung hatte sie am Vormittag die eigenen Skier mit den Skiern einer jungen Dame verwechselt, die sich ebenfalls auf Hochzeitsreise befand, und diese Brettln waren aus

Hickoryholz. Dem teuersten aller Hölzer! Geräucherte Ski, so ein Snobismus! Kein Wunder, daß die Spitzen so leicht abbrachen.

»Als Marga mit den Trümmern unten beim Hotel ankam, suchte man bereits fieberhaft nach ihnen«, erinnerte sich Armin.

»Die junge Dame hatte gar keinen feinen Wortschatz!« rief Marga. »Wie hat sie mich genannt, Armin? ›Depperte Funzn‹?«

»Was heißt denn ›Funzn‹?« wollte Mimi wissen.

Dopff prustete seinen Glühwein aus. »Ei, ei, nicht was du denkst, du Böser!« drohte Marga mit dem Finger. Die anschließenden Verhandlungen an der Hotelterrasse hatten sich tumultuarisch gestaltet. Das bornierte Paar wollte Margas Rat, es mal mit bodenständigen Fichtenskiern zu versuchen, einfach nicht annehmen. Es wollte auch keine genagelten Spitzen akzeptieren. Nein, Armin mußte wieder tief in die Tasche greifen und neue Hickoryholzskier bezahlen. Ein derart unangenehmes Paar war Marga im Leben noch nicht vorgekommen. Immerhin, ihre eigenen Skier waren heil geblieben, und so verbrachte man im Anschluß daran ein paar nette Tage ohne weitere Verluste.

»Ach …«, seufzte Marga. »Noch mal jung sein! Die *Angscht vor der Ehe* kann ich absolut nicht verstehen!« Die Herren lachten, wie immer, wenn Marga versuchte, Dialekt zu sprechen. »Und unsere Töchter dort oben im Schnee … Hoffentlich verwechseln sie *ihre* Skier nicht!«

»Wie geht's ihnen denn?« fragte Erika Dopff unbefangen. »Haben sie der hübschen Freundin schon die Augen ausgekratzt?«

»Aber nein, wo denkst du hin? Nach allem, was man so hört, amüsieren sie sich prächtig. Deïna hat bereits hier angerufen. Nicht wahr, Armin?«

Es entstand ein Wirbel im engen Flur, als zehn Minuten vor Mitternacht alle nach ihren Jacken und Mänteln griffen. Marga hatte ihren Pelzmantel schon angezogen, als das Telefon klingelte. Sie ging ins Zimmer und ließ die Tür offen.

»Sicher Astrid«, sagte sie.

Eine Weile war es still. Dann hörte man sie in ungewohnten Tönen modulieren. »Oh, how nice of you, Mr. Chatterjee! But the girls are not here!«

Gebannt lauschte die restliche Familie im Flur.

»Ja, ich werde es ausrichten. Of course. Bitte grüßen Sie Fräulein Dr. Schnitzler *sehr* herzlich von mir. Ach … Mr. Chatterjee! Das gute neue Jahr darf man bei uns vor zwölf Uhr nicht wünschen! Sonst bringt es Unglück. Bad luck! Was man vorher sagt? Guten Rutsch! Ja, deutsche Sprache, schwere Sprache! Was ich mir von Ihnen fürs nächste Jahr wünsche … Doch, you can do it! I'm quite sure! Ich wünsche mir, daß Sie meinen Ältesten mal einen Ehering ins Portemonnaie schießen!«

»Alte Ornithologin«, flüsterte Mimi angewidert Paul-Christian zu. »Immer will sie uns beringen!«

Marga kam aufgekratzt aus dem Zimmer.

»Marsch, nach oben!« Sie scheuchte ihre Herde durch das kalte Treppenhaus. »Am schönsten ist es von oben auf dem Wäschebalkon.«

Man hatte dort eine Dreiviertelrundsicht auf die Stadt.

Mimi trat in die rötliche Nacht und suchte Halt am Geländer. Zwei Minuten vor zwölf. In den Gärten unten waren vermummte Gestalten dabei, Raketen und Feuerräder in den Schnee zu stecken; sie bewegten sich geschäftig an Hekken und Zäunen. Die Häuser standen schweigend im Kreis. In den schwarzen Wolkenlöchern funkelten Sterne. Sehnsüchtig dachte Mimi an die Schwestern, die wahrscheinlich in diesem Moment eine wilde Party feierten und womöglich Sekt tranken.

»Ob sie's dieses Jahr wieder tun?« fragte Marga.

»Was, meine Liebe?«

»Das Silvesterfeuer! Letztes Jahr hatten sie oben auf dem Gipfel einen Scheiterhaufen gebaut.« Der Gleichen lag unbeleuchtet im nächtlichen Dunkel. Nur zwei feine Lichtpünktchen auf halber Höhe zeigten an, wo sich Domäne und Schafstall befanden.

»Tatsächlich, dort oben flackert was ... Ganz oben, auf dem Gipfel – aber ein bißchen mickrig, dieses Jahr. Wahrscheinlich zu windig. Es will nicht richtig brennen. Unser Gleichen ist eben doch kein Vulkan. Die Vorstellung, man müßte am Ätna oder am Vesuv wohnen! Oh, da fängt es an zu schlagen.«

»Wir müssen anstoßen«, sagte Albrecht Dopff. »Wo sind die Gläser?«

»Ich hab was Besseres«, triumphierte Marga. »Hier, eure Schachtel! Nun kommen die ›Mon Chéri‹ doch noch zu Ehren!«

Mimi drehte sich um und verfolgte gebannt, wie Marga die Kirschpralinen unter den verdutzten Gästen verteilte.

»Seht ihr? Wir stoßen einfach mit ›Mon Chéri‹ an! Kein

Gläserschleppen, kein Spülen. Ich bin eine praktisch denkende Frau! Prosit Neujahr, lieber Armin! Prosit Neujahr, lieber Albrecht! Erika... Paul-Christian... Mimi, du auch eins? Aber nicht so runterschlingen – es ist Alkohol drin.«

Während sich die ersten Feuerstreifen heulend und jaulend in den Himmel schrieben, verteilte Marga die Packung unter den Anwesenden. »Wer hat noch nicht? Wer will noch mal?«

»Prosit Neujahr!« sagte sie zu Mimi. »Dies ist aber das letzte! Wir wollen das neue Jahr nicht mit einer Orgie empfangen.«

12

Astrids Wunsch

Am Dreikönigstag gingen Astrid und Mimi die glitzernde Allee zur Südapotheke hinunter. Sie rutschten hintereinander auf dem blankpolierten Schnee zwischen den weißen Wällen entlang und sangen.

»Du mußt nach dem zweiten *pacem* einsetzen«, rief Mimi unzufrieden von hinten. »Dona nobis pacem, pacem. Er hat es selbst komponiert.«

»Wer, euer Lateinlehrer? So schwer ist das doch nicht.«

»Ein Kanon ist sehr schwer! Du kannst ihn nicht mal richtig singen.« Je weiter sie sich von zu Hause entfernten, desto übermütiger wurden sie. »Lutz ist wirklich ein toller Mann«, sagte Astrid plötzlich.

»Wie sieht er aus?«

»Groß, witzig ... Grübchen rechts und links ... Groß, hab ich das schon gesagt? Und blond... Aber von der bunten Sorte, wie Nachbars Kater ... Ein paar kleine Narben im Gesicht, die Augen so halbmondförmig runtergezogen. Dadurch sieht es aus, als ob er immer strahlt. Kurzum, einer, dem die Haustiere zulaufen. Der heilige Franziskus.«

»Netter als Witschge?«

»Zehnmal.«

»Du meinst, es wäre nett, ihn in der Familie zu haben? Als Schwager?«

Astrid antwortete nicht gleich. »Für dich bestimmt ein prima Schwager«, sagte sie schließlich.

»Für dich etwa nicht?«

»Er ist übrigens jünger«, meinte Astrid. »Ein Jahr jünger als Deïna. Ungefähr so alt wie ich.«

Mimi wunderte sich. »Geht das überhaupt? Darf ein Mann jünger sein?«

»Wer bestimmt so was?«

»Du weißt doch … Marga findet, ein Mann soll mindestens fünf Jahre älter sein …«

»Quatsch«, sagte Astrid. Mimi hoppelte ein paar Schritte schneller, um dicht hinter der Schwester zu gehen. Sie wollte noch mehr über Lutz hören. Endlich nahm Deïnas Traummann Gestalt an. Aber selbst wenn Astrid lobte, blieb sie kühl. Der heilige Franziskus! Mimi stellte sich Lutz in einer braunen Mönchskutte vor, mit einer Kordel um den Bauch, in Sandalen. Auf der einen Schulter saß ein Vogel, ein anderer pickte ihm aus der Hand. »Ist er ein Heiliger?«

»Er ist sehr hilfsbereit.«

»Also das Gegenteil von dir!«

»Wieso? Wer hat das behauptet?«

»Du wolltest mir einen Buchstaben nicht aufschreiben«, sagte Mimi. »Weißt du noch? Ich kannte schon fast alle, und du hast ihn mir einfach nicht aufgemalt. Es war an einem Winternachmittag.«

»Wir mußten dir früher tagelang Hähnchen aufmalen«, sagte Astrid kopfschüttelnd. »Irgendwann reicht es.«

»Aber warum diesen einen Buchstaben nicht? Es wäre ganz schnell gegangen. Du wolltest mich ärgern. Ich habe flehentlich darum gebeten, und du hast nein gesagt.«

»Und Deïna war nicht da?«

»Sie war weg oder krank, wie jetzt. Sie hätte ihn mir aufgemalt.«

»Das ist bestimmt zehn Jahre her«, sagte Astrid.

Sie überquerten die Kreuzung, wo sich gemusterter Schnee in langen grauen Bändern über die weiße Decke gelegt hatte.

»Du bist nämlich irgendwie ...« Mimi wollte sagen: Deïna verhält sich zu mir wie eine Mutter und du wie ein weiteres Kind oder ein halbzahmes Haustier, aber es ging ihr zuviel im Kopf herum. Zum Beispiel, warum der blankgepreßte Schnee in den Schlittenspuren feine goldene Linien aufwies, oder daß Deïna im pelzbesetzten Anorak auf dem Foto neben Chatterjee so süß aussah.

Sie klingelten und reichten das Rezept ein. Astrid gab, als der Apotheker mit dem Medikament zurückkehrte, durch die Türklappe Auskunft. »Ja, meine Schwester hat Angina. Wahrscheinlich beim Skilaufen geholt.«

Auf dem Rückweg fiel Mimi etwas ein. »Hör mal, wenn sie das Mündliche gar nicht machen kann? Verliert sie dann ein Jahr?«

»Warum sollte sie das Mündliche nicht machen können?«

»Wegen einer Mandeloperation oder so...«

Astrid wurde unsicher. An diese Möglichkeit hatte sie gar nicht gedacht. Mimi malte sich mit verstohlenem Behagen aus, daß Deïna in diesem Fall ihrer Familie ein ganzes Jahr erhalten bliebe.

»Nein«, sagte Astrid, »es gibt Nachprüfungen. Keinesfalls lassen sie sie länger als ein paar Wochen warten.«

»Ach, wie schade...«

Astrid betrachtete ihre kleine Schwester von der Seite. »Hör mal, du denkst aber auch nur an dich«, sagte sie.

Mimi senkte beschämt den Kopf. »Na und? Ihr geht aus dem Haus, und ich habe das Nachsehen ... Ihr denkt gar nicht an mich. Für euch kommt endlich die Freiheit...«

»... Nach vierundzwanzig Jahren!«

»... Und euch ist egal, wie ich überlebe. Das Alleinsein und der ewige Zwang.«

»Es war wirklich eine tolle Stimmung dort oben«, sagte Astrid versöhnlicher. »Alle waren von Lutz restlos begeistert.«

»Heike auch?«

»Ja. Und Deïna war eifersüchtig!«

»Warum?«

»Weil Lutz uns ab und zu auch mal anschaute!«

»Hat sie es gesagt?«

»Nicht direkt... Es war so eine schwüle Atmosphäre...«

Mimi nickte. Sie sah es vor sich. Eine Luft zum Schneiden. Ringsherum die reine kalte Bergwelt. Schnee, beißende Kälte und so weiter, aber in der Skihütte knisterte das Kaminfeuer, alle saßen um einen Tisch und schauten sich an.

»Beim Fonduebesteck lag eine Gebrauchsanweisung«, sagte Astrid, »darauf stand: ›Jeder spießt sich einen auf den Gabel, und der gute Laune kommt von selbst.‹ Aber die Laune ließ zu wünschen übrig. Deïna war... geladen.«

»Hat eine von euch Lutz geküßt?«

»Nicht, daß ich wüßte.«

Schneegefieder fiel aus den Bäumen. Ein aufregender Tag, fand Mimi. Sie hatte die Lebensdaten sämtlicher Impressionisten in ihren neuen Taschenkalender eingetragen. Sie hatte das erste Bild in Bruckmanns Kunstkalender ausgeschnitten – einen Vogel auf einem verschneiten Gatter, dessen blauer Schatten in die Schneewelt fiel – und hatte es zwischen zwei Briefpapierblättern der Marke Gohrsmühle in der Schublade ihres Schreibtisches verwahrt.

»Paul-Christian hat mich auf etwas gebracht«, sagte sie. »Die Impressionisten, weißt du ... Ihr Geheimnis ... Man denkt, man muß nur die Augen zusammenkneifen, um alles scharf zu sehen. Das Bild verbirgt ein weiteres Bild, das der Zuschauer sich selbst machen kann. Wenn ich näher rangehe, denkt er, sehe ich überall noch mehr. Bei Sisley zum Beispiel ...«

Sie verließen die Allee. Noch zwei Straßenecken, und sie stünden wieder vor dem eigenen Gartentor. Astrid sagte etwas, das Mimi nicht verstand.

»Du könntest dir *was* vorstellen?«

»*Ihn* könnte ich ... Es wäre toll, wenn ich ihn kriegen könnte.«

»Wen ... Den heiligen Franziskus ... Lutz?«

Astrid nickte. Sensationell! Einen so direkten Wunsch hatte Mimi Astrid noch nie äußern hören. Sie wollte ihn also auch haben! Mimi gönnte ihn beiden. Neidlos. Irgendwie würde Lutz schon in die Familie kommen. Mimi stellte sich den Wettkampf sportlich vor, wie den Kampf um Troja, oder die Olympischen Spiele. *That the best may win.*

»Dann singen wir jetzt ...«, sagte sie scherzhaft, »Dona nobis *lucem, lucem* ... Gib uns Lutz, verstehst du?«

Astrid lachte. »Hat nicht mal jemand gesagt: ›Mehr Lutz‹? Ich glaube, Goethe.«

»Ja, auf dem Sterbebett. Du mußt aber sauber nach dem zweiten *lucem* einsetzen.«

Sie versuchten eine Zeitlang, im Kanon um *lucem* zu flehen, bis Astrid, als sie in die Liststraße einbogen, den Finger auf den Mund legte und »Nicht so laut...!« sagte. Mimi verstand. Hatte Deïna vor einiger Zeit nicht ebenfalls um Geheimhaltung gebeten? Von ihr hatte keiner erfahren, daß Deïna sich Lutz *vorstellen* konnte. Es war eigentlich sehr einfach. Mimi zerfiel künftig in zwei Hälften. Die eine wünschte Deïna viel Erfolg, die andere Astrid.

»Und vor ihm hast du keine Angst?« fragte sie.

»Nein! Er ist gesprächig... Schon fast wie Marga. Jedenfalls nicht wie Witschge. Nicht so kalt, so... distanziert.«

Als sie vor dem Tor standen, begannen die Kirchenglokken zu läuten. Unmittelbar darauf jaulten die Sirenen los. Mimi fuhr zusammen. Der hohe Ton hielt an.

»Mein Gott, sogar am Feiertag«, rief Astrid. »Erster Mittwoch im Monat, Sirenenprobe, zwölf Uhr... Keiner rechnet mit so was.«

»Doch«, rief Mimi, während sie den Plattenweg zum Haus entlanggingen, »unser Deutschlehrer hat gesagt, wenn *er* der Russe wäre, würde er an einem ersten Mittwoch im Monat kommen. Punkt zwölf Uhr. Er kann gar nicht verstehen, daß der Russe auf diese hervorragende Idee nicht schon selbst gekommen ist.«

Der Nachmittag verging in ausgesprochen erwachsener Atmosphäre. Die Eltern waren zu einem Kaffee eingeladen und ausgegangen. Die Sonnenstrahlen fielen schräg ins Zimmer und ließen den Weihnachtsbaum erglitzern. Mimi hörte zum vierten Mal das Forellenquintett auf dem neuen Plattenspieler, danach mit Astrid die Schlager im Rundfunk. *Ma petite sœur bien aimée ... Viens ici un peu m'écouter ...* Deïna lag mit einem Schal um den Hals in ihrem Bett und lutschte zertrümmerte Eiswürfel. Am Nachmittag kam Singer vorbei und brachte ein Geschenk für »meine Balldame«. Er bestand darauf, am Krankenbett vorgelassen zu werden, und Deïna wickelte teilnahmslos einen auf Sperrholz aufgezogenen Chagall aus. Ein fliegendes Paar über einem zerdrückten Haus. Ringsherum Eis und Schnee. Danach fuhr Singer wieder in die Kaserne, und Deïna lehnte sich erschöpft in die Kissen zurück, das Bild auf den Knien.

»Laß sie schlafen«, sagte Astrid und schob Mimi zur Tür hinaus.

Deïna schlief aber nicht, sie war hellwach. Sie saß an ihrem alten Kinderschreibtisch und komponierte. Ihre Affenschaukeln wippten rechts und links. Unter einem Schulheft lag ein Notenblatt mit einer angefangenen Melodie, die sie voller Entzücken betrachtete, wenn Astrid nicht im Zimmer war. Heimlich schrieb sie an ihr weiter, zur Belohnung, nach jeder gelösten Mathematikaufgabe.

Es war entsetzlich schwierig, aus den wohlbekannten Gehegen der alten Melodien auszubrechen. Die fünf einfachen Linien erschienen ihr wie ein Labyrinth. Aus den Sackgassen kamen ihr hämisch grinsend die Elemente entgegengetanzt, die sie kurz zuvor für die Klavierstunde geübt hatte. Ganze Takte Mozart, Diabelli, Haydn ... Oft summte ein erster Ton gebieterisch in ihrem Kopf. Er schien zu zittern, sich auszudehnen, sich um sich selbst zu drehen auf einer Achse, die von einem Ohr zum anderen reichte. Er schien zu fragen: Was nun? Welcher zweite Ton paßt zu mir, stützt mich? Und plötzlich waren die Töne weg. Deïna begriff, daß sie möglichst schnell und falschmünzerhaft schreiben mußte, schnell eine zweite, dritte, vierte Note aufs Papier setzen mußte, um auch nur die kleinste Melodie zustande zu bringen. Ab und zu hob sie den Kopf und dachte: Auf diese Art ist es *nicht* richtig... Ich müßte die Melodie zuerst hören, *richtig* hören, und dann aufschreiben... Genau dies gelang ihr nicht. Sobald sich die Töne zu einer eigenen Melodie verbunden hatten, stürzten sie ab und verschwanden auf Nimmerwiederhören.

Immer trat Astrid unvermutet ins Zimmer. Deïna schlug mit einem Reflex den Deckel des Französischheftes über das Notenblatt und begriff im selben Moment, wie falsch es gewesen war. Jetzt hatte sie die Aufmerksamkeit der jüngeren Schwester erregt, die sich um eine ruhig weiterschreibende Deïna nicht gekümmert hätte.

»Was machst du da?« rief Astrid erfreut und kam näher. »Was Verbotenes? Oder warum zuckst du so zusammen?«

»Überhaupt nichts Verbotenes... Es geht dich gar nichts an.«

»Dann zeig's mir doch, wenn es nichts Verbotenes ist... Liest du vielleicht Heftchen?«

Die beiden sahen sich an.

Die Vorstellung, ihre hoffärtige eifrige Schwester könne etwas Verbotenes unter dem Schulheft haben, erwärmte Astrid sichtlich. Das hätte ich ihr gar nicht zugetraut, dachte sie anerkennend. Ihre Sympathie wuchs. Nun mußte sie nur noch erreichen, daß Deïna sie einweihte; sie würde niemandem etwas verraten und war zu schwesterlicher Mithilfe bei jeder Schandtat bereit.

»Zeig's mir doch«, sagte sie eifrig und griff nach dem Heft.

Deïna hielt es fest und fing an zu schwitzen. Astrid ist imstande und verpetzt mich... Wenn ich sie einweihe, rennt sie zu den Eltern und sagt: »Deïna komponiert – während der Schularbeiten ...« – »*Was* macht Deïna? Ach, darum braucht sie so lang für die Hausaufgaben ... Hab ich mir doch gedacht. Hilf mir lieber im Haushalt! Deine Hobbys kannst du in der Freizeit pflegen, wie jeder anständige Mensch...« Ihr Vater würde die beiden letzten schlechten Mathearbeiten aufs Konto »Komposition« setzen und ihr die angedrohten Nachhilfestunden verordnen.

»Ach, liebe Schwester«, sagte sie honigsüß und falsch, »du wirst enttäuscht sein, wenn ich's dir zeige. Es ist überhaupt nichts Verbotenes. Hier, überzeug dich selbst...«

Sie schlug den Deckel zurück.

»Noten...«, sagte Astrid verwundert.

»Ja. Die Hausaufgaben für Musik.«

»Aber warum hast du das Heft so schnell drübergedeckt, als ich reinkam?«

»Na ja, weil ich lieber Musik mache als Mathe. Aber Mathe ist wichtiger, also müßte ich Mathe zuerst machen, verstehst du?«

Astrid verstand. Notgedrungen. Sie blieb aber mißtrauisch und bedauerte, daß Deïna kein Talent zur Sünde hatte – zur großen, schwungvollen, königlichen Sünde, die sie so gern an ihr entdeckt hätte. Deïna war stolz, aber nicht mutig, das war das Problem. Sie reagierte auf alles, was ihre persönliche Würde verletzte, mit einiger Festigkeit und zeigte Charakter. Aber aus eigenem Antrieb sich in eine lustvolle Verrücktheit zu stürzen, in eine Laune, ein souverän eingestandenes Unrecht – dazu fehlte ihr der Mut, der Unernst... *Ich* werde es eines Tages können, dachte Astrid. Sobald sich die Gelegenheit zu einer besonders lohnenden Sünde bietet, greife ich zu... Schade, daß Deïna nicht mit von der Partie sein kann. Aber liebe Güte, wenn sie sich schon ein Gewissen draus macht, daß sie die Hausaufgaben nicht in der richtigen Reihenfolge erledigt! Von Mitleid ergriffen ging Astrid aus dem Zimmer.

Deïna fühlte, wie sie nach überstandenem Schrecken bis in die Lippen erkaltete. Sie ahnte, daß sie mit ihren Kompositionsversuchen im Haus herumfrevelte. In diesem Haus liebte man die Kunst, aber nicht die Künstler. Besser gesagt, man liebte von der Kunst nur das fertige Ende, Beethovens Neunte, Goethes Faust und von den Künstlern nur ihre Idealbüsten, vielleicht die Totenmaske. Alles, was nach Anfang aussah, nach täppischem Bemühen, nach eigenem Versuch, war lächerlich, war Hybris. Denn man glaubte im Hause Hülle nicht, daß es unter den heute Lebenden noch einen gäbe, der es mit den Großen der Kunstgeschichte aufnehmen konnte. Und denen, die es doch versuchten, rief man aus der Liststraße 18 ein warnendes »Laß bleiben!« zu, ein leicht verärgertes »Vergeude deine Zeit nicht!«, »Mach dich nicht lächerlich!«, und genau dies tat Deïna. Kunst mußte allgemein anerkannt sein, dies war ihr hervorstechendstes Merkmal. Wie wollte *sie* denn in die Phalanx der Genies eindringen, in diese geschlossene Gesellschaft aus Goethe, Schiller, Rembrandt, Beethoven und Spitzweg, in die Galerie der längst Vollendeten, Anerkannten, zu denen sie nicht wagen durfte auch nur den Blick zu erheben!

Nein, Künstler waren diejenigen, die eines Tages fertig aus dem Ei sprangen. Wem es nicht bestimmt war, ein zweiter Mozart, Dürer oder Michelangelo zu werden – man rechnete im Hause Hülle in diesen Qualitätseinheiten –, tat besser daran, die Sache von vornherein bleiben zu lassen.

Deïnas Betrachtungen wurden von ein paar harten Schlägen im Heizkörper unterbrochen. Tock-tock-tock, das Haustelefon. Immer galt es ihr, merkwürdig. Sie hatte sich ungesäumt in die Küche zu begeben, egal, was sie gerade tat oder nicht tat. Und wie sie diese Worte haßte: »Ah, Deïna! Du kannst mir mal … beim Abendbrot helfen. Du kannst mir mal … das Teewasser aufsetzen.« Da haben wir's, dachte Deïna. Etwas, das sie mit *einem* Handgriff selbst tun könnte! Sie will mich bloß mit reinziehen! Sie will mir kleine Befehle erteilen, ich soll sie ausführen. Dann spürt sie ihre Macht. »Hast du mich deshalb raufgeholt?« – »Na hör mal! Jetzt schlägt's aber dreizehn! Andere Kinder in deinem Alter … Ich habe mir meine gesamte Garderobe selbst geschneidert, und was tust du?« Deïna setzte Teewasser auf. Hängte einen Teebeutel in die Kanne. »*Nein* … nicht *diesen* Teebeutel! Den anderen!« Deïna hängte einen anderen Teebeutel in die Kanne. »Und jetzt kannst du mal … die Wurstplatte richten! Tomaten achteln, Eier vierteln, Gurken in feine Rädchen schneiden! Das Auge ißt mit!« Jawohl, dachte Deïna resigniert, Tomaten achteln, Eier vierteln, aber die Gurken, die schneide ich *längs.* Widerstand! Wenigstens ein kleines bißchen. »Und der Sohn des Chefarztes, dieser Hans Strohmaier … Hat er dich eigentlich schon zum Abschlußball aufgefordert? Der Jüngling, mit dem du stundenlang hinter der Hecke stehst? Du denkst wohl, wir haben keine Augen im Kopf!« Ruhig Blut... Irgendwas sagen... »Soll ich die süßen Gurken... auf einem Extrateller...« Da schaut Astrid zur Durchreiche herein. Grinsend, feixend. Hexenküche. Schließlich wird es halb sieben. Jetzt darf Deïna, die ihre Mutter in Gedanken schon dreimal mit dem Brotmesser erstochen hat, den Tisch decken. Sie darf den Vater holen, darf Astrid aufstöbern, die wieder verschwunden ist, dann dürfen sich alle zu Tisch setzen und essen.

»Reizende Abendgesellschaft heute wieder!« sagt Marga pikiert.

»Warum?«

»Weil alle so angeregt mit der lieben Mutter plaudern, die den ganzen Tag in der Küche steht!«

»Ja, was denn, Deïna ... *Helft* ihr eurer Mutter etwa nicht?« Armin Hülles Reaktion klingt einstudiert – ein Pawlowscher Reflex.

»Ich habe geholfen.«

»Aber wie! Mit einer beleidigten Miene, daß man am liebsten alles allein machen täte...«

»Ist nicht wenigstens mein *Gesicht* meine Sache?«

»Und wer muß es anschauen? Ich.«

»Dann sorg dafür, daß es heiter ist.«

Sie sehen sich an. Messer und Gabel in Wartestellung auf dem Tisch niedergehalten. Jeden Augenblick konnte eine von ihnen den Stuhl zurückstoßen, das Zimmer verlassen, ohne Besteck natürlich, und zwei Tage lang beleidigt sein oder zwei Stunden.

»Wie *redest* du mit deiner Mutter!«

Deïna schluckt an einem schmerzhaften Klumpen. Ja, wie redete man mit einer Aufsaugerin, einer Spinne, einer Vakuumpumpe, mit Marga-der-Großen, die ihre Umwelt nur unter einem Gesichtspunkt wahrnahm: Unterhalte mich! Gefalle mir! Entsprich meiner Norm! Tu, was ich sage! Die immer herrschte, niemals bat, weder Respekt noch Bescheidenheit kannte... Schreien müßte man, schreien...

Deïna warf sich im fiebrigen Halbschlaf herum. Die Sperrholzplatte mit Chagall fiel auf den Boden.

O ja, sie unterhält uns auch! dachte sie bitter. Mit ihren Schuldscheinen aus der Vergangenheit, ihren Schuldkröten ... Schuldkröten? Jawohl! Sie gehen langsam, haben einen harten Panzer und werden uralt.

»Deïna, du schuldest Astrid noch ein Käsebrot!«

»Ach, tatsächlich.«

»Ja, aus der schlechten Zeit... Astrid, du erinnerst dich doch, Deïna schuldet dir noch ein Käsebrot.«

»– – –«

»Natürlich ist es lange her. Es war im Hungerwinter soundso... Astrid hatte gerade mal keinen Hunger... eigentlich ein Wunder... sie hatte Deïna ihr Käsebrot abgetreten. Deïna konnte es gar nicht fassen, und Astrid sagte: Ich schenk es dir... Aber eines Tages will ich es wiederhaben.«

Gibt es Rufmord in der Familie? Kann man jemanden mit einem Käsebrot erschlagen? Könnte man dies gerichtlich verfolgen?

Einmal hatte Deïna resolut zu Astrid gesagt: »Ich geh jetzt in die Küche und mach dir eins.«

Darauf Marga: »Halt, halt, so einfach geht das nicht...«

»Warum nicht?«

»Da könnte sich Astrid ja selbst eines machen. Heute, wo alles im Kühlschrank ist! Ein Käsebrot *damals* ist nicht dasselbe wie heute…«

»Aber damals wollte sie es nicht und heute auch nicht, also wo ist der Unterschied?«

»Es wäre heute viel mehr wert. Es entspräche ungefähr einem…«

»…Einem Fahrrad?« fragte Astrid.

»Das kriegt sie nicht! Das gebe ich nicht her! Das brauche ich selbst! Sie muß sich auch eins wünschen oder verdienen…«

»Vielleicht nicht einem ganzen Fahrrad«, sagte Marga nachdenkend. »Aber mit jedem Jahr wird es mehr wert! Es steigt, wie eine Aktie! Und dieser Jüngling… Wenn er dich nicht bald auffordert, würde ich mich nicht mehr von ihm nach Hause bringen lassen. Du vergraulst dir ja die anderen Kandidaten.«

»Wer sagt denn, daß er mich nicht aufgefordert hat?«

Mimi warf zum Glück ein Glas um. Wasser floß über die weiße Decke. Danke. Danke.

»Sag mal, siehst du nicht gut?«

Mimi sah tatsächlich nicht gut. Schob ihren Teller immer so ungeschickt über den Tisch, daß es klirrte. Alles war schleierig. Mimi kniff ihre runden Augen zusammen und richtete beschämt das Glas wieder auf.

»Man läuft einem Mann nicht nach!« sagte Marga mit Nachdruck. »Macht mal das Fenster auf. Es riecht hier nach Bratkartoffeln.«

»Ich wette, er hat dich noch *nicht* aufgefordert«, sagte Astrids Stimme im dunklen Zimmer.

»Du mußt es ja wissen«, sagte Deïna. »Du warst ja dabei.«

»Nein, aber ich habe gesehen, wie du rot geworden bist, vorhin bei Tisch.«

»Ich will jetzt schlafen.«

»Ich hab noch was gesehen.«

»Interessiert mich nicht.«

»Aber mich – und Marga sicher auch.«

»Was kannst du schon gesehen haben?«

Astrid war mit einem Satz aus dem Bett und knipste das Licht an. »Wie du vor den Soldaten hergegangen bist ... so ...«

Sie schritt hüftschwenkend einmal quer durchs Zimmer.

»Das ist nicht wahr!« schrie Deïna. Astrid war eine Teufelin. »Das ist nicht wahr!«

»Ich hab dich aber gesehen – vor dem Casino. Was gibst du mir, wenn ich es niemandem erzähle?«

»Du bist verrückt.«

»Du schuldest mir noch ein Käsebrot! Es wird immer mehr wert... immer mehr wert... mehr wert...«

»Aber du hast es mir doch geschenkt! Das hat sie selbst gesagt...«

Jemand kam ins Zimmer. Hob den Sperrholz-Chagall auf. Stellte das umgekippte Glas wieder auf den Nachttisch.

»Singer hat dir das Bild geschenkt«, sagte Astrid verwundert. »Hier, dein Zitronensaft. Gleich trinken, solange er heiß ist, sonst sind die Vitamine weg. Vorsicht...« Sie zog sich einen Stuhl heran und setzte sich an Deïnas Bett. »Und nimmst du auch die Medikamente? Du mußt doch bald wieder auf die Beine kommen.«

»Wozu«, krächzte Deïna.

An einem Sonntagmorgen Ende Januar stand sie lange vor dem Spiegel. Sie streckte sich die Zunge heraus und betrachtete sie. Schön rosa. Keine Schmerzen mehr. Kein Fieber. Sie war wieder gesund.

Es war dämmrig im Zimmer. An manchen Stellen wölbte sich das Linoleum. Der Teppich in der Mitte zeigte einen springenden Löwen, der sich in den Hals einer Antilope verbiß. Deïna warf den Kopf in den Nacken. Ihre Locken flogen.

»Ich habe es nicht«, flüsterte sie, den Mund zu einer Grimasse verzerrt. »Ich habe es nicht! Ich *habe* es nicht!«

Was hast du nicht? hätte jemand fragen können, der zufällig an der Tür vorbeigekommen wäre.

Deïna flüsterte oft, wenn sie allein war. Zum Beispiel, ohne es zu merken, den Satz: »Ich will nicht! Ich will nicht! *Ich will nicht!*« – in steigender Erregung. Oder, wenn sie sich schämte, mahnend und streng: »Ich liebe dich nicht! Ich liebe dich nicht! *Ich liebe dich nicht!*« Dabei dachte sie an niemand besonderen, außer an sich selbst. Ein unbekannter Bauchredner in ihr stieß diese Verneinungen aus, so unvermittelt, daß sie selber erschrak. Sie führte auch Selbstgespräche. Zum Beispiel konnte sie den Kopf vor dem Spiegel so lange hin- und herdrehen, bis ihre Augen einen übermütigen Glanz bekamen. Dann flüsterte sie sich zu: »Du bist gar nicht so übel. Aber du kannst keinen Mann halten. Schade! Denn warum sonst gerätst du immer *an die Falschen*?«

Deïna hatte ein Naturgesetz entdeckt. Sie zog nur junge Männer an, die nicht in Frage kamen: langweilige unattraktive Burschen. Umgekehrt gab es gutaussehende Männer wie Witschge oder Mr. Edwards, den englischen Dozenten, oder Lutz! – seit Silvester, seit dem Skiurlaub hatte man nichts mehr von ihm gehört –, in die sie sich geradezu zwangsläufig verliebte. Aber diese Prachtexemplare behandelten Deïna ungefähr so, wie sie ihrerseits *die Falschen* behandelte. Spielten Katz und Maus mit ihr. Verhielten sich zweideutig. Weckten Hoffnungen, die sie nicht erfüllten. Hielten sie an der langen Leine. Deïna war von Anfang an überzeugt, sie könne die Prachtexemplare deshalb »nicht halten«, weil das Leben eine einzige große Stufenleiter der Attraktivität sei. Jeder angelte verzweifelt nach der nächsthöheren Sprosse, um dort, bildlich gesprochen, an jemandem zu zupfen, der seinerseits weiter oben an jemand anderem zupfte, und so fort. Sie hätte etwas darum gegeben, diesen Mechanismus zu durchbrechen. Aber wie? Immer attraktiver werden, sich an die Spitze setzen? Das war, was sie instinktiv versuchte. Oder – einfach abspringen? Wäre es nicht noch besser?

»Aus der Reihe tanzen«, sagte sie zu ihrem Spiegelbild. »Wegfliegen...«

Sie setzte sich an ihren Schreibtisch, ein wackliges Ding mit vier schräg eingeschraubten Beinen, und schlug ihr Kollegheft auf. Die mündliche Prüfung rückte näher. Sie mußte sie um jeden Preis bestehen.

»Ich will nicht mehr«, flüsterte sie. »Ich *will* nicht mehr... *Will nicht mehr...*«

13

Der Alpenflug

Das Mündliche fiel in die Faschingszeit. Deïna bestand mit »gut«, Astrid mit »befriedigend«. Die große Feier wurde auf Mitte März angesetzt. Über die Einladungskarten dachten die Schwestern lange nach. Sie sollten etwas Wichtiges und Endgültiges ausdrücken. Am praktischsten erschien ihnen eine Collage. Man konnte sie auf den neuen Xeroxgeräten beliebig oft vervielfältigen und verschicken.

»Ich weiß schon«, sagte Astrid, »– einen Vulkan! Heute nachmittag hab ich eine dicke Wolke gesehen, die schien direkt aus dem Gleichen herauszuquellen. Wir stellen unsern Hausberg dar, wie er endlich ausbricht.«

Irgendwo fanden sie einen alten Stich des Vesuv. »Golf von Pompeji« stand im schraffierten Meer. Mit ein paar Flüssigweiß-Retuschen verwandelten sie die geschwungene Bucht in ein freizügiges Dekolleté, einen erstklassigen Sahnebusen. Der Vesuv stellte nun den Hals dar, auf den sie einen großen Frauenkopf mit Florentinerhut und offen flatternden Haaren montierten.

»Wir kopieren es vierzigmal«, sagte Deïna. »Und schreiben ein paar persönliche Zeilen dazu.«

»So in der Art von ›Liebes Peterlein, ich lad dich herzlich ein‹?« fragte Astrid.

»Natürlich«, sagte Deïna. »Und unser Mimilein kriegt auch eine. Fürs Album.«

Am Tag nach der Versendungsaktion brachte Mimi die Post herauf. »Hier ist ein Brief ohne Absender.« Sie nahm den obersten vom Stapel und gab ihn Deïna.

»Witschges Schrift, schau doch nur«, sagte sie verwundert zu Astrid. »Die breite Feder ... Aber er kann unsere Einladung noch gar nicht bekommen haben!«

»Und hier«, rief Mimi, »sind zwei Briefe vom Oberschulamt ...«

Astrid ließ den Witschge-Brief fallen. In aller Eile öffneten beide schweigend ihre amtlichen Umschläge.

»Und du?« fragte Astrid nach einer Weile.

Deïna war ratlos. »Mich haben sie in die Nachbarstadt versetzt!«

»Und mich nach Schwäbisch Neustadt«, platzte Astrid heraus. »Zweihundert Kilometer von hier!«

Zweihundert Kilometer Richtung Lutz, dachte Mimi.

Deïna schien unzufrieden. »Wo ich doch grade weit wegwollte! Und du lieber in der Nähe bleiben ...«

»Tauschen wir?« fragte Astrid.

»Ja, gerne! Andrerseits ...« Sie dachte nach. »Wenn ich die Miete spare ... von hier aus hin- und herfahre ... kann ich mir vielleicht ein Auto leisten.«

»Hurra!« rief Mimi.

»Höchstens einen Gebrauchtkäfer ...«

»Nein, hurra, weil du zu Hause bleibst.«

»Und ich muß mir ein Zimmer suchen«, sagte Astrid verdrießlich.

»Gib her! Jetzt will ich wissen, was Witschge schreibt.« Deïna öffnete den Umschlag und holte eine Karte heraus.

»Die Verlobung ihrer Tochter... Was ist denn das?«

»Zeig her! Zeig mal her! Die Verlobung ihres Sohnes Alfred beehren sich anzuzeigen... Professor Rufus Witschge... Rufus! Das ist das R!«

»Alfred Rufus Witschge«, sagte Mimi verwundert. »So ein blöder Name!«

»Und wer ist *sie*?«

»Kirsten Helene Vogler ... Meine Güte. Die Fabrikantentochter!«

»Deshalb hab ich sein Auto so oft in der Stadt gesehen«, rief Deïna, »ich meine, wenn er gar nicht bei uns war.«

»Ist sie hübsch?« wollte Mimi wissen.

»Bißchen salzlos, wie man so sagt. Semmelblond.«

»Dann kommt er bestimmt nicht zu unserer Party«, überlegte Astrid. »Jedenfalls nicht allein.«

»*Exit* Witschge«, sagte Deïna wütend.

»Du hast ja noch Singer«, tröstete Astrid.

»Im Grunde war er doch nur ein Streber«, sagte Deïna. ›Grüßen Sie Ihre Frau Mutter recht herzlich.‹ Sehr wohl, Alfred Rufus. Bald ist er Staatsanwalt, wedelt mit seiner Robe kokett durch die Gänge, spreizt sich vor Gericht wie ein Pfau und steigt dann in den roten Karmann Ghia. Zu Hause Kerzendiner mit Kirsten Helene. Danach *auf einen Sprung* in den Klub...«

»Hör auf, hör auf!« rief Mimi, und Astrid wiederholte: »Du hast ja noch Singer.«

»Sollen wir Lutz einladen?« fragte Deïna. Ihre Augen funkelten.

»Habt ihr das etwa noch nicht getan?« Mimi war verblüfft.

»Nö«, sagte Astrid.

Mimi versuchte, sich in die Schwestern zu versetzen. Warum hatten sie den Allerbesten, Allerschönsten noch nicht eingeladen? War es zu riskant? Konnten die Eltern etwas an ihm aussetzen? Oder umgekehrt ihn, Lutz, kopfscheu machen? Wenn er wüßte, daß man bei uns mit »Mon Chéri« anstößt! dachte Mimi. Etwas anderes spielte auch mit. Astrid und Deïna wußten im Moment noch nicht, wer alles kam, ob einer ihrer festen Kavaliere verhindert war. In diesem Fall wäre *die* Schwester im Vorteil, deren Herr abgesagt hätte. Lutz wäre gezwungen, sich um diese Schwester zu kümmern, die andere hätte das Nachsehen.

»Wer ist blond und salzlos? Wer läßt mich herzlich grüßen?«

Marga, die ihre Haare vor dem Flurspiegel mit zwei Stahlklämmerchen festgesteckt hatte, trat ins Zimmer. Ihre Beine trommelten den Takt zu einer imaginären Militärmusik, zackig und fröhlich.

»Fräulein Vogler und Herr Witschge sind ein Paar«, sagte Deïna und reichte ihr die Anzeige. »Sie ist salzlos, und er läßt grüßen.«

»Sieh mal einer an! Kriegst-die-Motten! Wer hätte das gedacht!« Marga war aber nur mäßig überrascht. »Vogler, Vogler … Sind das nicht … die Frottee- und Bademoden?«

»Genau.«

»Und sie war eine Elfe im Sommernachtstraum … lang,

lang ist's her … bei der Schulaufführung, weißt du noch? War sie nicht sogar deine Mit-Elfe, Deïna?«

»Nein, sie war zwei Klassen unter mir.«

»Apropos Bademoden. Eure Einladung! Warum habt ihr sie mir nicht gezeigt? Ich hätte euch gleich sagen können, daß das Dekolleté reichlich übertrieben ist. Hoffentlich erweckt es keinen falschen Eindruck!«

»Sie sind schon verschickt«, rief Astrid, und Deïna sekundierte: »Das soll übertrieben sein? Das bißchen Busen? In St. Tropez lagen sie im letzten Sommer oben ohne herum, erinnerst du dich?«

»Was ein paar französische Flittchen dort unten mit ihrem Busen machen, interessiert mich nicht! Ich will nichts davon hören. Wir sind ein anständiges Haus! Und euer Meeresbusen erscheint mir, nun ja, reichlich gewagt. Männer haben es nämlich nicht gern, wenn eine Frau allzu freizügig ist.«

»Wirklich nicht?« fragte Deïna. »Bist du da ganz sicher? Übrigens, vielleicht interessiert es dich, wohin wir versetzt werden!«

»Natürlich! Ist es schon bekannt? Bevor ich's vergesse, was ich noch sagen wollte – Dr. Chatterjee ist Vater geworden! Fräulein Dr. Schnitzler hat einen Sohn bekommen! Habt ihr eigentlich gehört, ob sie mittlerweile geheiratet haben? Heutzutage weiß man bereits nicht mehr, was schlimmer ist, eine uneheliche Geburt oder eine Muß-Ehe. Und dieses Fräulein Vogler, hat sie einen Beruf?«

»Kindergärtnerin, soviel ich weiß«, sagte Deïna.

»Ach!« sagte Marga. »Sieh mal an.«

Vierunddreißig der vierzig Eingeladenen hatten zugesagt. Witschge entschuldigte sich höflich, er verbringe die zweite Märzwoche mit seiner Verlobten und deren Eltern in einem Chalet in Österreich.

Lutz wurde kurz entschlossen angerufen, nachdem sowohl Singer als auch Peterchen Heinz ihr Kommen fest versprochen hatten.

»Wir laden ihn ganz unverbindlich ein, nicht offiziell«, hatte Astrid vorgeschlagen. Lutz klang am Telefon hocherfreut und versprach, nach Merklingen zu trampen. »Zu meinen drei Grazien«, sagte er. Er ließ sich die Lage des Hauses erklären. In der Nachbarstadt hatte er einen Freund, bei dem er übernachten konnte.

Astrid begann, aus allen verfügbaren Zeitschriften Rezepte auszuschneiden, weil sie bald für sich selbst kochen mußte. Anschließend richtete sie ein Strickzeug ein, um Peterchen Heinz einen rot-weißen Schal zu schenken. Ihre Laune hob sich erst, als sie erfuhr, daß auch Freundin Heike nach Schwäbisch Neustadt versetzt worden war, wo ihre Eltern ein großes Haus besaßen.

»Dann bin ich doch nicht ganz allein«, sagte sie erleichtert. »Wenn ich eine bessere Note gehabt hätte – wäre ich dann mehr in die Nähe gekommen?«

Das konnte ihr keiner sagen, auch Armin nicht. »Die Wege des Oberschulamtes sind unerforschlich«, zitierte er und richtete den Blick gen Himmel.

»Also, wenn du zu schüchtern bist«, sagte Deïna zu Mimi, »dann nimm hier unten die Mäntel ab, und komm später nach oben.«

Mimi war dankbar. »Cha-Cha-Cha und dieses Zeug kann ich noch nicht.«

»Wenn es klingelt, machst du auf und sagst: ›Bitte, treten Sie näher, legen Sie ab!‹ Du nimmst ihre Mäntel über den Arm und legst sie flach auf die Betten in unserem Zimmer.«

»Krieg ich Trinkgeld?«

»Wehe, wenn du die Hand aufhältst!«

Deïna stand im Treppenhaus vor dem Spiegel und strich eine Haarsträhne hinters Ohr.

»Du bist schön«, sagte Mimi aus vollem Herzen.

»Sieht man das Haarteil?«

»Überhaupt nicht.«

»Ach, du siehst ohne Brille sowieso nichts.«

»Und die Ohrclips stehen dir so gut.«

»Na schön. Oben ist soweit alles fertig. Jetzt könnten sie eigentlich kommen.«

Sie hatten die Teppiche eingerollt, sämtliche Tische im Wohnzimmer an die Wand geschoben, das Buffet dort aufgebaut. Deïna hatte kleine Verkehrsschilder aus Buntpapier an der Wand befestigt, um den Ansturm in rechte Bahnen zu lenken. Kerzen in hohen Messingleuchtern warfen milden Schein über Kuchenplatten und Obstschalen. Gläser, Teller, Servietten türmten sich unter einem Halteverbotsschild. Platten mit Zahnstochern voller Weinbeeren, Käsewürfel und Oliven warteten unter dem Parkverbotsschild. Der Nudelsalat war mit Partywürstchen garniert, Salzstangen füllten dickwandige Gläser. Die gerösteten Weißbrotscheiben mit Sardellenbutter wölbten sich zu wahren Tumuli, etruskischen Grabhügeln, fand Armin, bevor er mit Marga das Haus verließ. Man hörte, wie Marga ihn auf der Treppe korrigierte. *»Trulli«*, sagte sie. »Du meinst die komischen Rundhäuser dort unten in Süditalien! Ich bin sicher, du hast *Trulli* gemeint.«

Die ersten Gäste kamen. Mimi nahm mit klopfendem Herzen Mäntel und Regenmäntel ab. Sie sah zu, wie die Herren in dunklen Anzügen, weißen Hemden und schmalen Krawatten die Treppe zum ersten Stock hinaufstiegen, nachdem sie sich im Spiegel unsichere Blicke zugeworfen hatten. Manche fuhren sich über das pomadisierte Haar. Kein einziger trug Blumenkrawatten à la Witschge, woraus Mimi schloß, daß alle evangelisch waren. Die Mäntel rochen süß nach Frühlingsluft. Mimi strich über altrosa Bouclé-stoff mit Borte, über Pepitatweed und weinroten flauschigen Filz, über einen grünen, etwas abgeschabten Wollmantel, einen glänzenden weißen Filzmantel mit Goldknöpfen, über die Regenmäntel der Herren, beige fast alle, ein dunkelblauer Mantel dabei, er gehörte Peter Heinz. Die thailändischen Medizinstudenten hatten zwei vollkommen identische Mäntel mit kariertem Innenfutter abgegeben. Die Schals stopfte sie ins Ärmelloch.

Von Siegfried Singer wurde sie freundlich begrüßt. Er rieb sich die Hände und schien ein paar Worte mit ihr wechseln zu wollen.

»Was hältst du von meinem neuen Rasierwasser?« fragte er.

Mimi schnüffelte. »Ist es … dieses …«

»Richtig, ›Mister L.‹! Riecht gut, nicht?«

»Oh! ›Mister L.‹! Stimmt es, daß die Industrie einen Lockstoff beigemischt hat?«

Singer tat ahnungslos und lachte. »Was für einen Lockstoff denn? Davon hab ich nichts gehört.«

»Na, einen Lockstoff, der die Frauen willenlos macht.«

»Das können wir gleich mal ausprobieren!«

Mimi schnüffelte wieder. »Es riecht gut«, sagte sie, »aber leider – es wird dir nichts nützen.« Warte nur, bis Lutz kommt! Lutz braucht keinen Lockstoff, Lutz *ist* der Lockstoff. Sie registrierte mit Befremden, daß sie Lust hatte, Singer auf die bräunliche Wange zu küssen – einen Soldaten.

»Du mußt jetzt rauf«, sagte sie streng. »Du bist ohnehin der letzte. Fast der letzte.«

»Wir sehen uns!« Singer grüßte mit weltmännischer Gebärde. »See you later, alligator.«

»In a while, crocodile«, ergänzte Mimi.

Der Kotillonwalzer zog sich durchs ganze Haus. Man bildete eine Schlange, der Anführer zerrte die ganze Gesellschaft durchs Treppenhaus hinunter in den dunklen Garten und umrundete das Haus – Margas Minimalforderung lautete: Um ein Haus muß man *herum*gehen können – und stellte die Paare anschließend als Spalier auf dem Plattenweg auf. Man fror ein wenig, eines der Paare blieb draußen auf dem Rasen stehen, um eine Zigarette zu rauchen, der Mond schien durch den kahlen Pflaumenbaum, und schließlich führte Deïna die lange Schlange wieder hinein.

»Du kannst ruhig raufkommen«, flüsterte sie Mimi zu, die an der Glastür stand.

Die Party war in Schwung geraten. Die Leute tranken und tanzten Twist, um sich aufzuwärmen. Glänzende Gesichter überall. Für Mimi sahen die Damen alle gleich aus, sie unterschieden sich nur durch die Kleiderfarben. Der Schnitt war immer der gleiche: enganliegendes Oberteil, ärmellos ausgeschnitten, am Hals leicht dekolletiert, auf Taille gearbeitet, der Rock an der Hüfte ein wenig gekraust. Er wurde nach unten sehr eng, gab die Knie frei. Dazu trug man spitze Schuhe und Perlenkette, aber keinen Gürtel. Mimi studierte die verschiedenen Knochenformen, um die Damen notfalls am Knie erkennen zu können. Gesprächsfetzen erreichten ihr Ohr. »Wir haben *My Fair Lady* in Stuttgart gesehen, mein Gott, eine unglaubliche Ausstattung! So verschwenderisch! Kleider und Hüte ganz in Schwarzweiß...« – »Ich dachte, es sei ein Farbfilm?« – »Es *ist* ein Farbfilm, aber die Kostüme in der Ascot-Szene sind alle schwarzweiß...« – »Also wir stellten uns um vier an die Autobahn, ich weiß, man sollte eigentlich nicht mehr trampen, aber wir wollten das *Deutsche Requiem* in der Liederhalle hören... Ein Journalist nahm uns mit, der Adenauer gut gekannt hat, er war mit ihm in Moskau und x-mal in Israel, und er sagte, Peter Weiss sei kommunistisch infiltriert...«

Lutz ist noch nicht gekommen, dachte Mimi. Sie näherte sich den Schwestern, um die sich eine ganze Gruppe versammelt hatte. »Und ihr kriegt jedes zweite Kind!« hörte sie Deïna rufen. Nach einer unruhigen Pause sagte eine Männerstimme: »So geht es doch auch nicht...«

»Wir wollen nur dasselbe wie ihr«, rief Deïna.

»Die bürgerliche Familie ist tot«, sagte ein junger Mann mit Brille.

»Ist sie nicht«, widersprach Singer aufgebracht.

Das Telefon klingelte.

»Mimi, das ist Edo«, rief Deïna und zeigte auf den bebrillten jungen Mann, »genannt ›der Professor‹. Ich glaube, sein bürgerlicher Name lautet Eduard…«

»Ich bin nur Gasthörer«, sagte der junge Mann bescheiden.

»Hallo, Lutz!« rief Deïna am Telefon weithin vernehmbar. »Wo bist du? Wie weit hast du's geschafft? Laß mich raten! Stuttgart? Esslingen? Wie bitte? *Mailand?* Wieso in Mailand?«

Es entstand eine längere Pause. Edo und Singer begannen sich zu streiten.

»Es lebe die Kleinfamilie für Spießer«, sagte der junge Mann, und Singer entgegnete: »Wer sind denn *Sie*, daß Sie eine Institution totsagen, die viele tausend Jahre alt ist?«

»Jedenfalls nicht der Spießer aller Zeiten. Im Gegensatz zu Ihnen.«

Verdammte Studenten, dachte Singer und schwieg. Er war es leid, seinen Urlaub allein im Zelt zu verbringen, abends die Kerze mit der Pistole auszuschießen oder nach Dienstschluß sinnlos in der Kaserne herumzusitzen. Er suchte eine Frau, eine Ehefrau, und die linken Studenten nahmen ihm täglich mehr Mädchen weg. Obwohl Deïna – sie war an sich schon schwierig. Sie wollte möglicherweise gar nicht heiraten, kochen und Kinder kriegen. Er brauchte aber eine Frau, die dies wollte.

Deïna kam mit höchst verwundertem Gesicht vom Telefon zurück. »Jetzt hört euch das mal an«, sagte sie. »Lutz hat unterwegs beim Trampen einen Piloten getroffen, der ihm einen Flug über die Alpen angeboten hat. Kostenlos natürlich. Lutz ist noch nie geflogen. Er konnte nicht widerstehen. Jetzt sitzt er in einem billigen Hotel in Mailand, und morgen früh darf er kostenlos über die Alpen wieder zurückfliegen.«

»Phantastisch«, sagte jemand. »Das hätte ich auch so gemacht.«

»Das heißt – er kommt gar nicht hierher?« fragte Astrid.

»Nein, er trampt sofort wieder nach Hause. Herzliche Grüße an die drei Grazien. Er meinte, es sei ja nur aufgeschoben, die nächste Party käme bestimmt.«

»Was für ein Flugzeug ist es denn?«

»Oh, ein kleines, irgendeine Privatmaschine.«

»Toll! Phantastisch!«

Astrid sah nicht erfreut aus, fand Mimi. In ihren Augen erschien ein sonderbarer Ausdruck: Angst.

Singer wollte Näheres über Lutz wissen. Heike gab bereitwillig Auskunft. »In der Skihütte habe ich gesehen, wie er ein Schillingstück durch die Tischplatte geklopft hat. Mit der flachen Hand so draufgehauen – weg war es. Durch die zentimeterdicke Holzscheibe! Mit der andern Hand hat er es unterm Tisch aufgefangen.«

»Ach«, sagte Singer. »Den Trick kenne ich. Der ist uralt.«

»Er spielt Gitarre«, ergänzte Deïna. »Wahrscheinlich sitzt er jetzt mit seiner Gitarre im Hotel...«

Mimi trank ein Glas Weißwein. Es schmeckte gut. Bluesmusik kam vom Plattenspieler. Deïna wurde von einem der thailändischen Medizinstudenten aufgefordert. Mimi näherte sich dem bebrillten Professor und sagte: »Damenwahl.«

»Sieh mal an! Lernt man das in der Tanzstunde?«

»Überhaupt nicht«, sagte Mimi. »Immer fordern die Herren auf! Warum eigentlich?«

»Das ist eben so, seit alters her.«

»Und wieso behalten die Männer bei der Hochzeit ihren Namen und wir nicht?«

»Das ist eben auch so.«

»Es ist aber ungerecht! Könnte man *dagegen* was unternehmen? Wo die Kleinfamilie doch schon tot ist? Oder ist es Ihnen egal? Übrigens, mir wird schwindlig. Ich muß mich setzen.«

Edo führte sie zu einem Stuhl. »Ich bringe Ihnen ein Glas Wein«, sagte er.

»In zwei, drei Jahren kriege ich Kontaktlinsen«, meldete Mimi.

In der Ferne war der Streit wieder aufgeflackert. »Ihr wollt doch gar keine ebenbürtige Frau«, rief Deïna. »Ihr wollt die Versorgung, *voilà tout*! Und wer versorgt uns?«

»Ah, Typ phallische Frau«, sagte Edo, »übt kastrierende Wirkung auf Männer aus. Sind das Ihre Eltern?« Er deutete auf das Hochzeitsfoto in Margas Damenbücherregal.

Mimi nickte.

»Und was hat Ihr Vater im Dritten Reich gemacht?«

»Keine Ahnung«, sagte Mimi, »meinen Sie Bücher verbrennen oder so? Darüber reden wir nicht.«

»Solltet ihr aber tun.«

»Finden Sie wirklich? Warum? – Ich weiß, was er im Krieg gemacht hat.«

»Das wissen Sie?«

»Na klar, ich wollte doch wissen, ob er geschossen hat.«

»Und? Hat er?«

Mimi schloß die Augen und sagte: »Mir dreht sich alles.«

Astrid kam und machte ein besorgtes Gesicht. »Trinkst du nicht zuviel? Wir haben Marga versprochen, daß wir auf dich aufpassen.«

»Sie braucht einen Tomatensaft«, sagte der jüngere Heinz mit fachmännischem Blick. »Wo ist der Tequila?«

Singer war mit Mimi sehr unzufrieden. »Kannst du mir erklären, was du an dem Professor findest? Hat er ein bestimmtes Rasierwasser, oder was?«

»Nein«, sagte Mimi schläfrig, »die gleiche Armbanduhr wie mein Vater.«

Singer tippte sich an die Stirn. »Ich glaube, bei dir piept's. Wenn es nur das ist.«

»Er fragt so freche Sachen. Man kann mit ihm über Politik reden.«

Singer sah, daß es keinen Sinn hatte, weiter mit ihr zu diskutieren. Er legte die Hände wie ein Kopfkissen an die Wange und sagte: »Marsch, in die Heia.«

Um drei Uhr ging Deïna durch die Räume, die ruhiger, aber nicht leerer geworden waren. Keiner der Gäste hatte das Handtuch geworfen. Sie saßen auf Stühlen, hingen in Sesseln, lagen auf Sofas und auf dem Fußboden. Jemand hatte von unten zwei Gartenstühle heraufgebracht. Darauf saßen, einander friedlich mit Bowle tränkend, die thailändischen Medizinstudenten. Deïna war zufrieden. Die Party war gelungen, alle amüsierten sich prächtig. Mimi und die Eltern schliefen. Armin Hülle hatte seine Gattin direkt nach oben befördert. »Laß die jungen Leute, laß sie in Ruhe!« hatte Deïna ihn sagen hören, während Marga vor der Glastür ein paarmal unzufrieden wiederholte, man müsse doch wenigstens anstandshalber guten Tag sagen. »Es ist Nacht, und ich geh schlafen«, hatte Armin erwidert und seine Frau mit nach oben gezogen.

Es war Zeit, Kaffee zu machen. In der Küche saß Astrid mit ihrer Freundin. »Hör mal, was Heike für eine tolle Idee hat«, sagte Astrid.

»An einem der ersten Wochenenden im Mai geben wir in Schwäbisch Neustadt unsere Einstandsparty. Ist das nicht fabelhaft? Das Haus meiner Eltern ist groß genug. Wir machen einfach eine Neuauflage von diesem Abend hier, und du bist jetzt schon herzlich eingeladen, Deïna.«

Astrid nickte. »Aufgeschoben ist nicht aufgehoben. Wer sich der Einsamkeit ergibt, ist bald allein. Falls Lutz nicht zu einer Nordpolexpedition überredet wird, feiern wir ein Wiedersehen.«

14

Toi, toi, toi!

Der Mai war ungewöhnlich warm. Durch das frische Grün des Apfelbaums schimmerte etwas Helles. Die Zweige verdeckten Deïna fast, so dicht waren sie belaubt. Ein wildes Blühen ringsum. Deïna machte sich an ihrem vw zu schaffen, einem Käfer aus zweiter Hand.

Mimi stand oben am geöffneten Fenster und beobachtete das hin und her huschende Weiß. Sie wußte, daß Deïna ihre Reisetasche vorn im Kofferraum verstaute, den Sommermantel und das Kostüm im Wageninnern aufhängte, und wunderte sich nur darüber, daß die Schwester bereits ihr Partykleid angezogen hatte, obwohl mindestens zweieinhalb Stunden Fahrt bis Schwäbisch Neustadt vor ihr lagen. Mimi kniff die Augen zusammen, holte schließlich ihre Brille. Es war tatsächlich das Kleid mit den Rosen, Deïnas »Glückskleid«. Weiß schimmernder Satin, darüber wie eine zweite Haut die Hülle aus Chiffon, mit türkisfarbenen Rosen bedruckt. Ein Mantel aus demselben Chiffon gehörte dazu, ein rauhes durchsichtiges Gespinst.

Deïna war beim Friseur gewesen und trug die Haare schräg um die Stirn gewunden, mit kleinen Sechsern vor den Ohren, hinten hochtoupiert, eingerollt und aufgesteckt. Mit den Perlmuttohrclips sah sie aus wie eine dunkelhaarige Brigitte Bardot, wohlgeformt, zierlich, mit langen Gliedern und spitzen Ellenbogen. Die Damen von Margas Flickkranz waren in Schreie des Entzückens ausgebrochen.

»Ganz reizend!«

»Wie ein Mannequin!«

»Wie macht sie das nur!«

Marga hatte liebenswürdig hinzugefügt: »Mit siebzehn ist der Teufel hübsch. Und Deïna mit ihrem Vierteljahrhundert ist noch immer eine gute Erscheinung.«

»Sie haben es gar nicht gemerkt«, flüsterte Deïna ihrer Schwester im Vorbeigehen zu. Die falschen Wimpern saßen perfekt. Der Lidstrich verdeckte den Ansatz.

»Wie Maria Callas«, sagte Mimi.

»Audrey Hepburn wäre mir lieber...«

Angespannt und nervös fuhr sie ab. Mimi ballte die linke Hand zur Faust und flüsterte »Hals- und Beinbruch!« Sie sah das Auto langsam davonrollen und nahm mit einem Gefühl der Beschämung die Brille ab. Was tu ich denn da, dachte sie. Ich schaue zu wie im Kino, wie bei einem Film. Wer kriegt Lutz? Sie registrierte die blanke reine Neugier. Wie wird es ausgehen? Ist Deïna im Nachteil, weil sie nicht weiß, daß beide ihn wollen? Läuft sie in eine Falle? Hat sie sich zu stark aufgemacht und geschminkt? Mimi tauchte zurück in ihre Nebelwelt. Wahre Liebe war kurzsichtig. Mindestens halb blind. Sie hatte sich mit aller Konsequenz in ihrer wattigen Welt eingerichtet, erkannte die Menschen am Gang, alles andere war Verrat. Genügte nicht das Bewußtsein, daß sie ihre Schwestern liebte? Es waren die Wesen, mit denen sie sich am innigsten verbunden fühlte. Sie spürte ihre Anwesenheit, auch ohne daß sie sie sah. Warm und weich, kühl und dunkel, Wesen mit großen sanften Umrissen.

Etwas fiel ihr ein. »Toi, toi, toi!« sagte sie inbrünstig, wie im Theater. Das war der richtige Spruch. Aber es war niemand da, dem sie über die Schulter spucken konnte.

Währenddessen saß Marga auf der anderen Seite des Hauses bei geöffneter Balkontür und schnappte nach Luft. »Ich komme ja aus einer Dienstvilla«, erklärte sie den Gästen. »Dreizehn große Zimmer... Nicht so wie hier! Ach Gottchen, diese niedrigen Decken! Ich versuche jedesmal, einen Kreuzdurchzug herzustellen. Aber die Nachbarhäuser stehen zu dicht beieinander und behindern den Luftaustausch.«

Es war die Sprache der Samstagnachmittage. Marga traf sich mit ihren Freundinnen alle vierzehn Tage reihum zu einem Handarbeitskaffee, den sie zu Hülles nicht enden wollender Besorgnis »den Flickkranz« getauft hatte – auch »Flickkränzchen« oder »Flicknachmittag« beziehungsweise »Flickverein« –, Zungenbrecher, wie Armin fand. Frau Oßmann, Frau Dopff und Frau Pauli kamen mit Taschen voller Flickwäsche. Man trank gemütlich Kaffee und erzählte sich das Neueste. Anschließend flickte man ein wenig.

Die Zusammensetzung war durchaus nicht einheitlich. Frau Pauli kam ursprünglich aus derselben Stadt wie Marga und hatte das oft gepriesene Fichtegymnasium für Mädchen besucht. Die beiden sprachen hochdeutsch und bildeten auf diese Weise ein Bollwerk gegen den süddeutschen Ungeist, der gerade bei diesen freundschaftlichen Treffen in Gestalt der Damen Dopff und Oßmann streng bekämpft werden mußte. Es ging darum, die Überlegenheit des Nordens über den Süden zu demonstrieren. Frau Oßmann als

Rheinländerin wurde dabei dem Süden zugeschlagen, denn sie entstammte einer Gegend, die sprachlich gesehen knapp über der Benrathlinie, aber weit südlich der Appel/Apfel-Grenze lag, überdies war sie katholisch.

»Sag an, liebe Marga«, begann Frau Pauli, »wie haben sich deine beiden Ältesten schulisch eingelebt?«

»Danke der Nachfrage – gut. Seit Astrid aus dem Haus ist, haben wir nur noch Zweikindersystem. Das ist heute modern. Ich finde es langweilig.«

»Früher war mehr los«, seufzte Frau Pauli. »Da gebe ich dir recht.«

»Besonders, wenn man, wie wir, aus großen Häusern kommt«, sagte Marga. »Als junges Mädchen habe ich mir geschworen: Unter zwei Dienstboten tu ich's nicht.«

»Leider nix draus worde«, bemerkte Erika Dopff mit ihrer brüchigen Stimme.

»Wie man's nimmt, meine Liebe! Ich darf noch von Glück sagen! Meine Älteste spült, Mimi trocknet ab, die Putzfrau ist tüchtig, und die Wäscherei um die Ecke liefert schrankfertig. Auch die Hemden, tadellos. Seit neuestem haben wir einen Gärtner.«

»Wat! Für die paar Quadratmeter?« Frau Oßmann war leicht verwundert.

»Na ja, der Apfelbaum, der Pflaumenbaum ... der Birnbaum, die Quitte, der Haselnußstrauch ... und die Hecke! Der Gärtner kommt in Zukunft zweimal im Jahr. Armin kann sich nicht mehr um den Baumschnitt kümmern.«

»Warum nicht?« fragte Frau Pauli.

»Hab ich es euch nicht erzählt? Man hat ihm den Prüfungsvorsitz übertragen.«

»Den hatte er doch schon!«

»Ja, an Schulen! Aber nun auch an *Hochschulen.* Staatsexamen, Philosophikum ... Aber das ist noch nicht alles«, rief Marga glücklich. »Ein schwedischer Journalist hat sich angesagt!«

Ausrufe des Erstaunens. Wieso? Warum?

»Nun, der Verlag rief an. Ich vermute, wegen Armins Publikationen.«

»Ach so! Ein *schwäbischer* Journalist! Hasch dich verhört.«

Ein kleiner Schreck durchzuckte Marga. Schwäbischer Journalist? »Nein, ich hab extra nachgefragt ... Ein Journalist aus Schweden! Aus dem hohen Norden!«

»Wat will denn der von euch«, wunderte sich Frau Oßmann.

»Ach, diese Kriegswinter«, sagte Marga mit einer ihrer plötzlichen Assoziationen. »Kinder, wollen wir uns nicht auf den Balkon setzen? Es ist draußen luftiger.«

»Und dann machen *wir* mal Krach!« rief Frau Pauli. Die Damen nahmen ihre Kaffeetassen und ihre Flickwäsche und setzten sich auf den winzigen Balkon, der halb in die Krone des Pflaumenbaums ragte. »Marga, du beklagst dich immer über deine Nachbarn... Sollen sie ruhig mal hören, wie das ist.«

»Ach, dat merken die kaum!« murmelte Frau Oßmann. »Der einfache Mensch vegetiert prälogisch dahin, sagt Oßmann.«

»Man könnte sie neben eine Kreissäge setzen«, stimmte Erika Dopff zu, »es stört sie gar nicht.«

»Aber der feinere Mensch geht daran zugrunde«, rief

Marga. »Hugo Wolf schoß ja sogar auf Singvögel. Kinder, ist das warm geworden! Richtig schwül. Und wir haben erst Mai.«

Eine Zeitlang herrschte Waffenstillstand. Der gemeinsame Feind, obwohl er im Moment nichts von sich hören ließ, hatte die Parteien miteinander versöhnt.

»Wo feiert Deïna ihr Fest?« wollte Erika Dopff nach einer Weile wissen.

»Es ist eigentlich Astrids Fest«, sagte Marga und fuhr seufzend fort: »Seit Astrid aus dem Haus ist, wird Deïna richtig komisch. Daß sie sonderbare Ansichten hat, wußte ich immer schon. Aber nun äußert sie sie auch laut! Letzte Woche beim Mittagessen zum Beispiel: Sie könne sich nicht vorstellen, auf Dauer jeden Morgen neben einem Mann aufzuwachen. Wie findet ihr das?«

Frau Pauli protestierte. »Die Arme weiß nicht, was ihr entgeht!«

Erika Dopff schlug vor: »Für solche Fälle gibt's getrennte Schlafzimmer.«

»Getrennte Schlafzimmer? Diese neumodische Erfindung?« Frau Pauli war strikt dagegen. »Das lehne ich ab. Was Gott zusammengefügt hat, soll der Architekt nicht scheiden.«

»Sehr richtig, liebe Helene! Es wäre der Anfang vom Ende«, sekundierte Marga.

»Getrennte Schlafzimmer halten die Begierde wach, sagt man aber! Wat denkt ihr von der Unsitte, im Sommer nackt zu schlafen!?« wollte Frau Oßmann wissen.

»Triebhaft!« bemerkte Marga. »Wie im Freudenhaus! Warten, bis der Sultan kommt! Man muß doch nicht jedem

Gelüst nachgeben. Mein guter Armin stört mich in keiner Weise. Er ist ein leiser Schläfer. Abgesehen davon, Nacktschlafen ist unhygienisch. Denkt doch an die Bettwäsche! Wie oft sie bei Nacktschläfern gewechselt werden muß! Darum hat man schließlich Nachthemd und Pyjama erfunden!«

»Geize nicht mit deinen Reizen«, sagte Erika Dopff, »aber 's isch für jüngere Leut. Mir wär's zu kalt.«

»Bei meinen Töchtern hat es sich bestens bewährt, das gute alte Eheschlafzimmer«, sagte Helene Pauli. »Die Ältere erwartet das zweite und die zweite das erste.«

»Tüchtig, tüchtig«, sagte Marga wehmütig. »Da kann man nur gratulieren!«

Zur selben Zeit zog Armin Hülle die untere linke Schublade seines Sekretärs heraus. Verlobungsbriefe seiner Eltern, ein Paar winziger ausgebeulter Schuhe, Haarlocken, die Studentenmütze... Nein, es war die falsche. Der Sekretär besaß je vier Schubladen zur Rechten und zur Linken. Hülle hatte sich nie merken können, was wo aufgehoben lag. War es vielleicht die unterste Schublade rechts? Er zog sie auf. Wieder Briefe, von Kriegskameraden. Fotos mit gezackten Rändern. Lichte Ebenen, helle Birken, ein Zelt ... Unter den Briefen ein kleines Steckschach. Plötzlich tauchte ein Gesicht vor ihm auf, spöttisch und breit ... Er nannte es *das Gesicht,* weil er den Namen vergessen hatte. Aber das suchte er gar nicht. Hastig zog er die nächste Schublade auf. Endlich! Seine Papiere. Schulzeugnisse, Promotion, Staatsexamen. Die Ernennung zum Professor im September 1939. Dann der Ruf auf einen Lehrstuhl – im Februar 1943. Leider war er in diesem Moment in die andere Richtung unterwegs. Man hatte ihn, den Vierzigjährigen, nach Rußland eingezogen. Einen Tag nach dem Fall von Stalingrad. Da lag sein alter Kneifer. Der Wehrpaß. Seine praktische Erfahrung war gleich Null. Zwei freiwillige Wehrübungen bei Infanterie und Artillerie, das war alles. Nach endloser Fahrt fand er sich in einem zerschossenen Dorf nordwestlich vor Moskau wieder. Von einer Anhöhe aus konnte er mit dem Feldstecher die Moskauer Vorortbahn sehen. Zunächst passierte gar nichts. Dann der Artillerieangriff. Ein halbes Dutzend seiner Kameraden tot. Taktischer Rückzug in ein vereistes Waldstück, Erdbunker, erneuter Angriff, er schien tapfer gewesen zu sein, wurde zum Feldwebel befördert. »Was sind Sie im Zivilberuf?« – »Professor, Herr Hauptmann.« Nach ein paar Monaten wurde er zum Leutnant befördert, zum Stab versetzt. Er dachte bei alldem mehr an seinen Vater als an seine Frau. Nun hatte er durchgestanden, was die Frontsoldaten vor dreißig Jahren im Schützengraben erlebt hatten, als er selbst noch Kind war. In wenigen Tagen hatte er mehr über sich erfahren als in Jahrzehnten des Friedens. Er entdeckte in sich einen sechsten Sinn, der ihm mehrmals das Leben rettete. »Herr Leutnant ... haben *Sie* vielleicht eine Ahnung, wie wir zu unserer Einheit zurückfinden?« – »Nach meinem Gefühl ... am nächsten Abschlag links.« Und es stimmte! Pure Intuition! Dann die Überläufer. Man mußte sie pädagogisch geschickt verhören, so, daß sie Dinge, die sie selbst kaum wußten, einigermaßen zuverlässig wiedergaben – Mannschaftsstärke, Bewaffnung, Position und Nachschub. Ihre Angaben wurden mit den Angaben der eigenen Aufklärer verglichen. Der junge Usbeke! Ein unvergeßliches Gesicht. Sohn eines Naturvolkes. Warum war er übergelaufen? »Zu Hause Adlerreligion«, hatte der Dolmetscher verwundert mit den Achseln zuckend weitergegeben. »Deutsche Wehrmacht – *Adler auf Uniform.*« Ach, Fürst Maximoff! Die Erinnerung begann zu schmerzen.

Er hatte auch viel an Napoleon gedacht. Ein Jahr lang Rückzug. Mehr oder weniger an der Bahnlinie entlang, die ihn im Februar 1943 bis kurz vor Moskau gebracht hatte. Die Partisanen. Es gab auch weibliche. *Das Gesicht.* Wenn sie bei ihrer Verhaftung nicht idiotischerweise angegeben hätte, sie wäre Jungfrau ... Und der Stabsarzt später nicht festgestellt hätte, daß sie dreimal geboren haben mußte ... Gott sei Dank hatte er selbst mit dieser Sache nichts zu tun gehabt, dachte er. Nein, er hatte nur seinen Dolmetscher für die Verhandlung ausgeliehen. Fürst Maximoff. Durch und durch integrer Mann. Berufsspieler. Menschewik. Als Maximoff wieder zurückkam, hatte er sich schweigend in seinen Mantel gehüllt und geraucht. »War Spionin«, hatte er schließlich mit schrägem Seitenblick gesagt. Und dreifache Mutter, hatte Armin im stillen ergänzt. Schweigend hatten sie ihre Partie Steckschach gespielt. Maximoff war so nervös, daß er zweimal fast seine Dame verlor. Armin gewann die Partie, was selten vorkam. Durch und durch nobler Mann, der Fürst. Und so sehr an den deutschen Endsieg geglaubt. Bei Grodno wurden sie eingekesselt. Keiner, auch Hülle nicht, hatte damit gerechnet, aus diesem Kessel lebend – und frei – wieder herauszukommen. Am Abend vor der unerwarteten Befreiung hatte sich Fürst Maximoff erschossen.

Anschließend ein weiteres Jahr Rückzug. Durch Polen, Ostpreußen, Pommern, Thüringen. Überläufer waren nicht mehr zu verhören. Man übertrug ihm die geistige Betreuung der Truppe. Bei Nürnberg wurde er den Resten seines alten Ersatzbataillons zugeteilt. Man warf ihn zusammen mit anderen Überresten in Tirol den Amerikanern entgegen, denen sie sich willig ergaben. Nach sechs Wochen Kriegsgefangenschaft in einem Camp bei München war er frei. Im Wehrpaß steckten Entlassungs- und Entlausungsschein. Er hatte es bis zum Oberleutnant gebracht, das Kriegsverdienstkreuz Erster Klasse mit Schwertern erhalten und war, abzüglich der Urlaube, zwei Jahre Soldat gewesen. Er hatte den verheerendsten Krieg seiner Zeit überlebt. Warum er und andere nicht? War es die Mischung aus blinder Tapferkeit und pragmatischer Umsicht, die ihn auszeichnete? Oder das Training des rabiaten Vaters, der seiner Familie auf Ausflügen nie etwas zu trinken gab, auch nicht bei größtem Durst? Wie viele hatte er nicht sterben sehen, die unbeherrscht das falsche Wasser tranken, aus Pfützen, Lachen, Sümpfen.

Er glättete seine Papiere. Entnazifizierung, Verbeamtung, wie lange her? Sechzehn, siebzehn Jahre … Und heute? Statt Rausch Besinnung, statt Schicksal Tagespolitik. Die Germanen waren Europäer geworden, die Volksgemeinschaft maß sich am Bruttosozialprodukt. Statt Kriegen gab es Medaillenspiegel, statt der heroischen Lebensform die Dienststunden. Das wunderbare Gemeinschaftsgefühl mit allen Deutschen auf der ganzen Erde wurde auf harte Proben gestellt, nachdem sie alle in die Bundesrepublik gekommen waren. Hülle lächelte. Von wem stammte der

Ausspruch: »Wer den Krieg verliert, kriegt die Sudetendeutschen«? War es Tschuppik? Oder Torberg? Er betrachtete seine Papiere. Beförderungen ... Verlagsverträge ... Prüfungsvorsitz. Ein Dienstjubiläum. Ein Anerkennungsschreiben. Und was war das hier? Er entfaltete zwei amtliche Papiere. Ah, die Pockenimpfscheine seiner Töchter. Wie kamen die hierher? Wahrscheinlich von oben durchgerutscht. Er nahm das Schreiben über den erweiterten Prüfungsvorsitz von der Schreibtischplatte und legte es obenauf.

In zwei, drei Jahren konnte er seine Pensionsurkunde dazulegen. Er mußte dann nicht mehr so früh aufstehen. Er würde wieder schreiben. Endlich sein Buch über Kleist fertigstellen. In den guten Zeiten, vor dem Krieg, hatte er immer nachts geschrieben. Unter einer heißen Schreibtischlampe, wenn alles still war. Er sah die alten Möbel vor sich. Korbstühle, Pflanzen, seinen Schreibtisch – und sich selbst, in Schüben der Begeisterung formulierend, immer das glutvollste Adjektiv wählend und trotzdem noch in Sorge, es könne den Kern seiner Begeisterung nicht treffen...

Er schrieb feurig und flüssig. Sobald er auf Literatur zu sprechen kam, rollten ihm die Sätze wie Elmsfeuer durch die Adern. Sie strömten vom Gehirn direkt in seine Hand, die schwarze Linien übers Papier zog, unter der glosenden Lampe. Ihn elektrisierte das Wort, nicht das Fleisch. Aber die Literatur war es nicht allein gewesen. Etwas war hinzugekommen. Eine Vision, ein grandioses Ziel... Etwas, das Begeisterung aus ihm schlug wie Funken aus einem Stein... Vielleicht konnte er statt Kleist zunächst seinen anderen Plan verwirklichen? Schillers Reichsidee... Schiller und die

Reichsidee... Die Reichsidee bei Schiller... Aber was denn, er träumte ja am hellichten Tag! Wer würde ihm heute so etwas abnehmen? Zeit für einen Spaziergang. Frische Luft!

Er kam immer wieder an denselben Punkt. Was war an seiner Begeisterung schlecht gewesen? Vielleicht war es doch nicht richtig gewesen, dem Gefühl soviel Macht einzuräumen. Gefühl, Affekt, Temperament waren bei ihm stark ausgebildet gewesen. Ein starker affektiver Zug in all seinen Schriften. Glaube, Liebe, Hingabe waren die guten Wörter. Denken, Scharfsinn, Unterscheiden die schlechten. Man mußte seinen Vater lieben und ihm gehorchen. Als Vater wiederum mußte man seine Kinder opfern, das waren die ewigen Gesetze. Und die Kinder mußten ihren Vater darum ehren. Wie hatte er in seinem Buch über die Christgermanen geschrieben? »Wenn man sich dem Vater verweigert, wankt die Welt in ihren Grundfesten ...« Diejenigen, die sich dem Vater verweigerten, waren vielleicht starke Naturen, aber sie machten die Welt schwach! Die ihm gehorchten, waren vielleicht schwache Naturen, aber sie machten die Welt stark! Freiheit kam ausschließlich aus Gehorsam. Denken hatte in dieser Beweiskette keinen Platz. Zu Beginn der zwanziger Jahre hatte er versucht zu denken, mit desaströsen Folgen. Sowie er nachdachte, erschien ihm die ganze Welt nackt. Eine greuliche Vision hüpfender Männchen. Ein lächerlicher Tanz um den Fetisch. Vaterfetisch, Führerfetisch, Goethe, Nietzsche, Bismarck... Alle nackt. Groteskes Buckeln der Männchen vor einem Popanz. Der Popanz selbst auch nackt. Ein schrecklicher Irrtum. Eine Welt wie bei George Grosz! Darin konnte er nicht leben. Nein, Gott war allmächtig *und* gut. Auch die Germanen hatten damit ihre Schwierigkeiten gehabt, als sie die bewußte Zeile im Wessobrunner Gebet übersetzten, *almahtico* und *miltisto*, allmächtig und sehr gnädig, so etwas konnte man nicht denken, nur fühlen und glauben. Abraham, der Isaak opferte. Gott, der Jesus opferte. Der Vater, der seine Söhne für den Schützengraben trainierte. Sein verehrter Professor und Mentor, der den Tod der eigenen Söhne mit Eddasprüchen bejubelte... Aus diesem Widerspruch hatte er sich sein Leben lang nicht befreien können. Er war verlockend, denn er bedeutete in letzter Konsequenz: Auch das Böse, das man tut, ist gut.

Da kamen sie auf Frakturbeinchen angerannt, die Kapitelüberschriften seines Buches. Der Soldat, der Bauer, der Arbeiter, das Volk – was war daran schlecht gewesen? War es im Gegenteil nicht sehr modern, das Soziale gegen den Materialismus zu setzen, die Empathie gegen schnöden Egoismus, den produktiven Begriff des *Standes* gegen die destruktive *Klasse*? Er jedenfalls hatte die Kälte der Welt nicht übertreffen wollen durch noch kältere Kunst und Wissenschaft – er hatte sie im Gegenteil durch glühende Bekenntnisse erwärmen wollen. Denn in ihm war Glut, und Glut, die kein Ventil fand, strahlte ihm durch Haut und Augen als temperierter Charme, als wohlige Wärme. Er würde die verbleibenden Kräfte sinnvoll einsetzen und noch einmal über seine Ideale schreiben. Über den Schicksalskampf eines Volkes, über das wonnige Verschmelzen mit der Volksgemeinschaft, über Opfer, Heroen, Helden, Väter und Söhne. Angenehm rieselten diese Kraftworte durch seine Adern.

Als er mit Mantel und Hut am Gartentor angekommen

war, sah er die Straße zum Gleichen hinauf. Er plante, einmal auf halber Höhe um den Vulkan herumzuspazieren. Die Sonne warf an diesem Nachmittag ihren Schein verschwenderisch über die blühende Siedlung. Hoch oben ging ein starker Wind und pustete runde Wolken über die Sonne hin, jedesmal erlosch ihr Licht für kurze Zeit wie ausgeknipst. Hundert Meter vor ihm wandelte ein seltsames Doppelwesen, das er gut kannte, auf die nächste Kreuzung zu. Eine große kräftige Frau unten im Rinnstein. Auf dem Bürgersteig an ihrem Arm ein zierliches Männchen, mit grauem Mantel und steifem Hut.

»Familie Bueschl«, murmelte Hülle. »Die hat mir noch gefehlt...«

Vorsichtshalber schlug er die andere Richtung ein.

15

Das Forsthaus

Am nächsten Tag kam Deïna bei Dunkelheit zurück. Sie war freudig erregt, noch in partyseliger Stimmung.

»Ich kann dir sagen«, flüsterte sie Mimi zu, während sie ihre Sachen aus der Reisetasche holte und in den Schrank hängte, »wenn diese dumme Lehrprobe morgen nicht gewesen wäre... Ich hätte einfach blaugemacht! Ich wäre dort geblieben!«

»Dann hat es tatsächlich was genützt«, sagte Mimi. »Ich habe nämlich ›toi, toi, toi!‹ gewünscht.«

»Und ob!« Deïna umarmte die kleine Schwester. »Lutz hat den ganzen Abend mit mir getanzt. Stell dir vor, die Party war im Forsthaus! Heikes Eltern wohnen dort. Romantischer geht's kaum! Es steht einsam im Wald, ein riesiges Holzhaus mit allem Komfort, mit Gästezimmern... Wir haben im Wald auf der Lichtung getanzt! Wir sind im Mondschein spazierengegangen! Wir haben Rehe gesehen. Und hinter dem Haus hat Lutz...« Sie legte bedeutungsvoll den Finger auf den Mund.

»...Dich geküßt«, ergänzte Mimi ehrfürchtig.

»Er wollte mich gar nicht mehr weglassen. Ich mußte versprechen... Aber ich erzähl es dir der Reihe nach. Laß mich nur diese Schuhe putzen. Da hängt ja noch der halbe

Wald dran. Gleich zu Beginn war der Kotillonwalzer. In den beiden Körbchen lagen gezackte Kartonstücke, die ineinanderpassen sollten. Lutz und ich haben natürlich sofort probiert, ob unsere Hälften... Aber sie schlossen irgendwie nicht an. Wir haben weitergesucht, er bei den Damen, ich bei den Herren. Zum Schluß waren wir als einzige übrig! Und haben es noch mal probiert, und siehe, sie paßten. Sogar perfekt. Er sagte: Also doch füreinander bestimmt, und wir haben es nicht gemerkt? Das sind solche süßen Banalitäten. Aber wie er tanzt! So gut, daß er künstlich kleine Patzer und Ungeschicklichkeiten einbaut, damit niemand beschämt ist. Und dieses Lachen! Und der Mond schien, wie mit dem Lineal halbiert.«

»Was machte eigentlich Astrid?« wollte Mimi wissen.

»Sie wurde von Kuno umworben, Heikes Bruder. Auch ein Forstmann, wie sein Vater. Heike hat sich vor ein paar Wochen mit einem Forststudenten verlobt. Weißt du, wer mir leid tut? Peterchen Heinz! Astrid hat ihn gar nicht erst eingeladen. Ich fürchte, seine Tage sind gezählt.«

»Und dein Kleid?«

»Hat mir wieder Glück gebracht! Du mußt dir vorstellen, eine Waldallee, mächtige Eichen rechts und links, davor ein großer Parkplatz. Ich stellte das Auto dort ab, weil ich nicht mehr weiterwußte, und ging die Allee zu Fuß hinauf. Lutz war schon angekommen. Er stand in aller Seelenruhe am Forsthausgartentor und sah, wie ich heranmarschierte. In Hörweite legte er die Hände an den Mund und rief: ›Da kommt die Waldfee!‹ Da mußten wir lachen. Dann nahm er mir die Schlüssel ab, ging den ganzen Weg zurück, holte das Auto und stellte es hinter das Forsthaus.«

»Also«, sagte Mimi entzückt, »warst du die Elfe vom Dienst.«

»Ich hab sogar ein Andenken. Hier, der Chiffonmantel.«

»Was ist damit?«

Deïna hob das Gespinst hoch. Sie hielt es vor die Lampe. Ein kreisrundes kleines Loch erschien, mit einem verkohlten Rand.

»Wir tanzten eng umschlungen an jemandem mit einer brennenden Zigarette vorbei. Der Mantel riß das Glutstück mit. Es brannte wie ein Rubin auf meinem Rücken, bis es jemand merkte.«

»Kann man das wieder flicken?«

»Es fällt kaum auf. Ich lasse es einfach so. Die Kunstfaser ist verschmort, es reißt nicht weiter ein... Ich glaube, ich sollte mich oben zeigen. Sonst heißt es wieder ...« Sie hängte das Kleid in den Schrank.

In diesem Augenblick pochte es viermal in der Heizung.

»Was hab ich gesagt? Ich kann Gedanken lesen.«

Glück macht unverwundbar, dachte Mimi. Sie sah, wie Deïna zwei Stufen auf einmal nahm, vorbei an »Luthers Tischchen«, einem gedrechselten Abstelltisch, den Marga so getauft hatte, weil er einem Eichenmöbel auf der Wartburg ähnlich sah. Vorbei an Wandspiegel, Dürerstichen und Topfpflanzen. Normalerweise wäre Deïna durchs Treppenhaus geschlichen. Diesmal kam Mimi kaum nach.

»Nanu«, rief Marga in der Küche, wo sie aufräumte, »da brauche ich nicht zu fragen, ob ihr euch amüsiert habt! Du strahlst ja! Ich wußte übrigens nicht, wann du heimkommen würdest. Wir haben schon gegessen.«

»Macht nichts, macht nichts!« sagte Deïna großzügig. »Ich habe ausführlich Kaffee getrunken. Das heißt...«

»Na?«

»Eine Kleinigkeit ginge noch hinein. Weißt du, was? Ich mach mir schnell ein Käsebrot.«

Glück macht auch erfinderisch, dachte Mimi. Marga hatte aus ihrer ältesten Tochter kaum etwas herauspressen können. Während Deïna das Brot verschlang, nahm sie zu einem alten Trick Zuflucht und beschrieb das Forsthaus in Schwäbisch Neustadt in leuchtenden Farben.

»Und dieser Kuchen, den Heikes Mutter gebacken hat... einfach ein Gedicht! Ich hab drei Stück gegessen. Ein Obstkuchen mit schaumiger Quarkfüllung, so, wie du ihn niemals machst! Aber jetzt muß ich mich noch vorbereiten! Morgen in der dritten Stunde bin ich dran.«

Schon war sie wieder auf dem Weg nach unten. Mimi trabte hinterher. Marga rief ihnen etwas nach. Deïna nahm gar keine Notiz davon. Mimi kam sich vor wie jener Bootsmann, dem man im Sturm zugerufen hatte: Fürchte nichts! Du fährst Cäsar und sein Glück!

»Am andern Morgen«, begann Deïna, »wurden wir von Waldhörnern geweckt! Und diese Bettbezüge! Mein Zimmer hatte Balkon. Astrid schlief bei Heike, und ich natürlich gleich raus in meinem Babydoll und geguckt... Unten hatten sich die Förster versammelt und brachten uns ein Ständchen! Der Frühstückstisch war unter einem Baum gedeckt.«

»Dieser Kuno... Ist er nett?« wollte Mimi wissen.

»Goldig. Ganz goldig. Aber nicht so wie Lutz.«

Deïnas Erzählung hatte etwas ansteckend Enthusiastisches. Mimi überlegte, ob es angenehm wäre, ein Forsthaus in der Familie zu haben. Wie hübsch, in den Ferien durch die Wälder zu streifen... Mit Kuno und Astrid...

»Waldsee«, sagte Deïna, »nach dem Frühstück fuhren wir dorthin. Es war fast ein bißchen unheimlich.«

»Habt ihr gebadet?«

»Erst im Wald umgezogen...« Deïna kicherte. »Schließlich waren wir alle im Badeanzug, Astrid, Heike und ich – Heikes Verlobter, Kuno und Lutz. Aber nur Lutz und ich sind ins Wasser gegangen.«

»Warum?«

»Den anderen war es zu kalt. Die Herren blieben bei den Damen. Sie haben sie über die Waldwiese gejagt – das sah vielleicht komisch aus! Mit Bademützen unter Tannen.« Nach einer Weile fuhr sie fort: »Man hat uns fotografiert. Vom Ufer aus. Auf die Fotos bin ich neugierig! Man sieht wahrscheinlich nur unsere Köpfe, das Wasser war ganz trüb und weich.«

»Von den Leichen?« fragte Mimi.

»Welchen Leichen?«

»Stand in der Zeitung. Das Wasser im Baggersee ist auch ganz weich, weil jedes Jahr ein paar Leute drin ertrinken.«

»Aber die tauchen doch wieder auf und werden herausgefischt...«

»Nicht alle! Ein paar bleiben unten an den Wurzeln hängen.«

»Astrid hatte Angst vor Algen und Wasserpflanzen. Es stimmt, daß solche Seen keinen Strand haben. Es geht –

plumps! – sofort tief runter. Man muß einfach losschwimmen. Weißt du, ich hatte nicht mal die Bademütze aufgesetzt, nur die Haare hinten hochgesteckt. Und Lutz sagte: ›Da schwimmt die schöne Galathee.‹ Es war einfach himmlisch!« Deïna hing ihren Gedanken nach und vergaß weiterzuerzählen.

»Hat Lutz denn gar nicht mit Astrid getanzt?«

»Wie?« Deïna schreckte hoch. »Doch, natürlich – mit Astrid und auch mit Heike, das gehört sich doch so ... Aber es war klar.«

»Was war klar?«

»Daß er es auf mich abgesehen hat. Genau wie damals auf der Skihütte. Man darf aber nicht drauf eingehen, jedenfalls nicht gleich. Und dann war er sehr betrübt, als ich meine Sachen zum Auto brachte! Wie ein Hundchen ist er drum herumgeschlichen ... Schließlich hat er gesagt: ›Ich bleibe dann auch nicht länger. Ich nehme den nächsten Zug. *Mach, daß wir uns bald sehen.*‹ Das waren seine letzten Worte.«

»Mach, daß wir uns bald sehen«, wiederholte Mimi andächtig. »Ich glaube, er hat wirklich angebissen...«

Deïna sah auf ihre Armbanduhr. »Weißt du, was? Geh schon ins Bett, ich komme noch mal rüber.«

»Aber kein Wort Richtung Eltern, hörst du?« Deïna streichelte Mimis Backe mit ihren weichen spitzen Fingern.

»Natürlich nicht, was denkst denn du...«, murmelte die Kleine schläfrig. »*Was* mußtest du ihm übrigens versprechen?«

»Wie meinst du?«

»Du hast gesagt: ›Ich mußte ihm versprechen...‹ Als er dich nicht weglassen wollte.«

»Ich mußte ihm versprechen, vorsichtig zu fahren. Und zu schreiben!«

»Ach so...« Sie drehte ihr Gesicht so, daß Deïnas weiche Fingerspitzen es leichter erreichen konnten. »Schlaf schön«, sagte die große Schwester und ging mit leichtem Schritt aus dem Zimmer.

Zwischen Traum und Wachen dachte Mimi an die harten kleinen Schläge, die Astrid auszuteilen pflegte, wenn sie zärtlich liebkosen wollte, Klopfschläge, die im Kopf hallten und dröhnten, an der Grenze zum Schmerz. Sie konnte sich gegen diese ungeschickte Zärtlichkeit nicht wehren. Es lag an der Sprache, sie hatte Lücken... So gab es zum Beispiel auch keinen Ausdruck für die Außenfläche der mittleren Fingerglieder an der gekrümmten Hand. Vier kleine Kissen, womit Deïna immer Mimis Backe streichelte. Vier weiche, leicht gegeneinander verschobene Polster: Jeder konnte damit zärtlich streicheln, selbst Astrid, wenn man es ihr beibrachte... Aber in dieser Familie faßte man sich nicht an, geschweige denn, daß man sich küßte. Das heißt, Deïna faßte Mimi an, und Mimi faßte Deïna an. Aber Marga faßte niemanden an... Manchmal berührte Armin Hülle zärtlich zerstreut seine Frau, dann war es ein geziertes, gespreiztes Anstoßen... Nein, Marga faßte niemanden an. Sie lachte nicht und lobte nicht. Das war merkwürdig. Man umarmte doch, was man liebte, oder?

Mimi tauchte in das Traumgespinst des Maiabends. Zusammen mit Deïna den Professor besuchen, war das letzte, was sie dachte.

16

Singer

Sie ließen Singers Auto an der Domäne stehen und gingen über den Höhenweg. Die Schafweide lag leer und verlassen. Der Blick ins Tal war sanft. Grillen zirpten. Hügelabwärts stand ein Holztrog vor einer Eiche, wie auf einem alten Hirtenbild.

Nach hundert Metern blieb Singer stehen und sah kritisch an Mimi herunter.

»Was hast du?«

»Nichts. Ich dachte nur ... Es ist besser, ich hole die Decke aus dem Kofferraum.«

»Warum?«

»Weil du sonst Grasflecken bekommst.«

»Wieso bekomme ich Grasflecken, wenn ich mit dir spazierengehe?«

»Sobald du dich hinsetzt. Ich dachte, irgendwo unter einen Baum. Die Bänke sind für Rentner.«

Er war schon unterwegs. Mimi sah ihm nach. Netter Junge. Augen wie Brombeeren. Und seine Haut so bräunlich und trocken. Aber ich bin nicht in ihn verliebt. Der Professor interessiert mich viel mehr. Der weiß etwas über Politik. Singer ist freundlicher, das ist wahr. Natürlich hat Deïna ihm jetzt abgesagt, deshalb probiert er es bei mir. Er hat ein fliehendes Kinn. Mit Verwunderung erkannte Mimi, daß es Körperfehler gab, die einem offenbar nichts ausmachten. Er hatte auch O-Beine, über die er selber witzelte und die nicht störten.

Singer tauchte wieder auf, mit einem Bündel unter dem Arm. Gleich fängt er an zu rennen, dachte Mimi befremdet. Da trabt er schon. Das ist zuviel der Ehre. Das bin ich nicht wert. Die hellgraue Uniformjacke begann an Singers schmalem Körper wie ein Kolben auf und ab zu rutschen. Ein häßlicher Anblick, hilflos und komisch.

Singer mäßigte seinen Zockeltrab. Er fragte atemlos: »Du magst es nicht, wenn ich Uniform anhabe, stimmt's?«

Mimi verdrehte die Augen. »Natürlich nicht. Niemand mag das.«

»Und du würdest mich verleugnen, wenn ich dich in Uniform von der Schule abholen würde.«

»Tu das bloß nicht! Ich würde nie mehr ein Wort mit dir reden.«

»Eine Zeiterscheinung«, sagte Singer deprimiert. »Wir lernen es in Schulungskursen. Damit umzugehen, meine ich.«

»Du lebst im falschen Jahrhundert«, sagte Mimi. »Früher hat man euch angehimmelt. Die Uniformen waren schick und die Pferde! Die Garnisonen lagen mitten in der Stadt. Heute in der Einöde.«

»Ich möchte wissen, warum ihr Frauen solch einen Haß auf Soldaten habt. Schließlich braucht man uns! Um euch zu verteidigen, zum Beispiel.«

»Das ist doch Unsinn. Ihr greift nur die Männer anderer Frauen an.«

»Du redest wie meine Mutter. Die Bundeswehr hat einen klaren Verteidigungsauftrag.«

»Ha, ha, ha«, sagte Mimi.

»Weißt du, was meine Mutter sich geleistet hat?« fragte Singer. Er blieb am Wegrand stehen, machte plötzlich einen Schritt über den Graben und winkte Mimi nachzukommen. »Ideales Plätzchen«, rief er, schlug die Wolldecke in einer Senke aus, legte sich drauf und verschränkte die Arme hinter dem Kopf. Zögernd setzte Mimi sich daneben.

»Mein Vater war Berufssoldat. Der Vater meiner Mutter ebenfalls. Mir fiel nichts anderes ein, deshalb habe ich mich auch dazu entschlossen... Als mein jüngerer Bruder Abitur machte, fing bei meiner Mutter die Krankheit an. Ganz plötzlich seltsame Lähmungserscheinungen. Der Arzt diagnostizierte multiple Sklerose. Er verschrieb eine Diät und legte darüber hinaus fest, daß sie von einem ihrer Männer mehrmals täglich auf die Minute pünktlich je eine Viertelstunde herumgeführt werden mußte. Zuerst nur durch die Wohnung, dann durch den Garten, dann einmal um den Block und so weiter. Der Spazierplan hat sie gerettet. Wir haben sie den ganzen Tag herumgeführt, herumgeführt... Ich abends nach Dienstschluß. Mein Vater ließ sich vorzeitig pensionieren. Mein Bruder wurde nur Zeitsoldat. Er hatte ursprünglich auch Berufssoldat werden wollen. Nach zwei Jahren war sie geheilt.«

»Was willst du damit sagen?«

»Frauen kriegen alles, was sie wollen.«

»Vorausgesetzt, sie werden kurz todkrank, meinst du das?«

Singer wechselte das Thema. »Sag mal... Wie alt bist du jetzt eigentlich?«

»Bald fünfzehn.«

»Und die Tanzstunde?«

»Furchtbar«, sagte Mimi erschrocken, als sie daran dachte. »Tanzen ist albern, und die Herren… Na ja.«

»In drei Jahren machst du Abitur.«

»Ja.«

»Mit achtzehn kann man im Prinzip heiraten.«

»Da müßte man aber schön blöd sein«, sagte Mimi. »Hör mal, du brauchst es bei mir nicht zu versuchen. Ich werde niemals heiraten.«

»Warum nicht?«

»Der direkte Weg in die Sklaverei? Ich bin doch nicht bekloppt.«

»Die meisten Frauen denken da anders drüber«, sagte Singer. »Deine Mutter zum Beispiel – ist sie eine Sklavin?«

»Meine Mutter?« Mimi dachte nach. »Nein. Sie ist eine Herrscherin. Trotzdem…«

Es war schwierig. Schwierig, weil Marga sich selbst und anderen niemals erlaubt hätte, ihre Küche als Gefängnis zu betrachten. »Berufstätig? Da müßte ich mich ja von *fremden* Leuten herumkommandieren lassen! Lieber bin ich mein eigener Herr! Als Hausfrau kann ich mir alles einteilen!« Das fand Mimi nicht. Nur weil Marga sich irgendwann mit Haut und Haaren dieser Lebensaufgabe verschrieben hatte, glaubte sie an deren Vorzüge. *Was* konnte sie sich selbst einteilen, wenn ein hungriges Familienrudel täglich um halb eins nach Hause kam und ein fertiges Mittagessen erwartete? Und am Morgen das Frühstück? Und um vier den Kaffee? Und abends das Abendbrot? Doch nur, ob sie zum Nachtisch Schokolade- statt Vanillepudding kochen wollte! Am Sonntag Schweine- statt Sauerbraten… Zu Weihnachten Gans statt Ente…

Mimi würgte. »Die Kocherei ist das Schlimmste«, sagte sie. »Und das Spülen! Sie hat ein Lappenscheusal, ein ehemaliges Unterhemd, ganz grau, das promeniert sie durch die Pfützen … Ich werde später niemals kochen. Lieber zehnmal berufstätig als einmal kochen.«

»Und dein Mann? Deine Kinder?«

»Wenn die Frauen berufstätig sind und Geld verdienen, müssen die Männer die Hälfte im Haushalt machen«, sagte Mimi.

»Ha, ha, ha! Und ihr leistet den Wehrdienst ab und repariert das Auto und den Rasenmäher.«

»Im Prinzip kriegen wir die Kinder.«

»Genau, und wer versorgt die?«

»Ich will überhaupt keine Kinder«, sagte Mimi.

»Du bist ein durch und durch romantisches Wesen«, meinte Singer kopfschüttelnd. »Ich glaube, *du* lebst im falschen Jahrhundert.«

»Wieso? Ich kann nur logisch denken«, sagte Mimi. »Übrigens, weißt du, was Romantik ist? Unsere Schuldirektorin hat es neulich definiert. Romantisch ist, wenn man zu zweit unter einem Regenschirm geht – aber nur, wenn man verlobt ist!«

Singer lachte aus vollem Hals. »Und falls nicht?«

»Dann ist es Sünde, oder Leichtsinn … Jedenfalls unanständig.«

Singer lachte immer noch. Das kleine Wesen amüsierte ihn. Es war genau wie Deïna für Heirat, Kochen, Kinderkriegen unbrauchbar, aber es kannte Dürrenmatt, Wedekind und Tucholsky – alles, was er sträflich vernachlässigt hatte. Außerdem hatte das Wesen womöglich Schulfreundinnen, die anders waren. Es konnte nicht schaden, sich jetzt schon um den Nachwuchs zu kümmern.

»Hör mal«, sagte er, »ich hab eine Idee.«

»Fang nicht schon wieder an…«

»Nein, ich dachte an einen Pakt. Du langweilst dich in der Tanzstunde zu Tode, ich in der Kaserne. Ich könnte dich manchmal von der Schule abholen, und wir könnten herumfahren. Ins Kino gehen. In den Jazzkeller oder so. Ich versorge dich mit unanständigen Witzen, wenn du möchtest.«

»Gerne«, sagte Mimi. »Meine Freundinnen fragen schon danach. Also ohne Romantik?«

»Selbstverständlich. Freibleibend, wie man so sagt. Ich würde weiter nach einer Frau Ausschau halten, und du studierst sowieso und gehst irgendwann deiner eigenen Wege.«

»Ein Pakt gegen die Langeweile?«

»Wenn du mich nicht schon langweilig findest.«

»Nein, die Witze sind prima.«

»Na, siehst du.«

»Und würdest du… ab und zu eine Rauchbombe mitbringen, für unsere Partys?«

»Mit Vergnügen! In allen gängigen Farben.«

Mimi überlegte eine Weile. »Und Kommißbrot?«

»Nato-Konserven, alles, was ihr wollt.«

»Und Leuchtraketen?«

»Auch Leuchtraketen.«

»Und immer ohne Uniform?«

Singer seufzte. »Manchmal denke ich, ich habe einen Fehler gemacht. Ganz ursprünglich wollte ich Psychologie studieren. Das hätte ich tun sollen. Ich wäre jetzt Akademiker und Zivilist, die Frauen würden mich umschwärmen und an meinen Lippen hängen.«

»Warum hast du es nicht getan?« fragte Mimi verständnislos.

»Ich weiß nicht«, sagte Singer. »Ich hätte übrigens auch ein paar Bedingungen. Wir reden nicht mehr über Uniform, zum Beispiel. Und du erzählst nicht sofort Krethi und Plethi, daß ich Berufssoldat bin. Vielleicht mach ich dieses Studium noch.«

»Und was für weitere Bedingungen?«

»Keine.«

»Ach, komm!«

Plötzlich geschah etwas Merkwürdiges. Singer warf sich mit einer Drehung auf Mimi und schlang ein Bein um ihr Knie. Dabei schaute er ihr ängstlich in die Augen.

»He, was soll das!« rief Mimi und drehte den Kopf hin und her. »Was soll das, wenn jemand kommt!«

Singer verrenkte den Hals, als wollte er etwas überprüfen. Er sagte: »Vom Weg aus kann man uns garantiert nicht sehen.« Seine lauschende Haltung war so komisch, daß Mimi anfing zu lachen. »Was ist bloß in dich gefahren – wieso wirfst du dich plötzlich auf mich?«

Würdevoll richtete Singer sich auf. Er sah verdrossen drein. »Du sagtest das schöne Wörtchen ›komm‹.«

»Ich sagte was?«

»Du sagtest: ›Ach, komm!‹ Deine Worte.«

»Und das würde heißen ...«

»Exakt.«

»Aha«, sagte Mimi. »Wieder was gelernt. Ich meinte

damit nur … Aber egal. Weißt du, was? Ich möchte nach Hause.«

Um zehn lag Mimi im Bett und horchte. Die Nacht rings ums Haus war lachlustig. Irgendwo in den Gärten feierten Menschen ein Fest. Jemand trug ein Tablett mit klirrenden Gläsern. Windlichter hinter Hecken und Zäunen. Lachen, fröhliche Rufe. Aus den dunklen Wiesen stieg der Duft nach Heu. Über die endlose Hügelwelt kam der Zapfenstreich geflogen, gedämpft und voll optimistischer Traurigkeit. Draußen war alles schmeichelnd und lüstern. Die Leute hatten ein Geheimnis gefunden, das ihnen ein nie versiegendes Entzücken und Amüsement verschaffte, eine geheimnisvolle Beziehung; sie hieß »das Leben« oder »das Fest«.

Als Kind hatte sie immer gedacht, hinter dem Zapfenstreich sei das wahre Leben. Die Vorstellung von so vielen Männern, die in einem großen Gebäude zusammensaßen, hatte sie erregt, aber diese Vorstellung war verschwunden. Sie wußte nicht mehr, wo sie das Leben suchen sollte – nur wo es nicht war, wußte sie genau. Bei ihr im Zimmer war es nicht.

Die Sommertage in ihrer ganzen Schönheit stiegen noch einmal vor ihr auf. Morgens hatten die Turteltauben gerufen, wie Klarinetten so herzzerreißend, daß man erwachte. Die Sonne schlängelte sich auf goldenen Tupfen durch die Gardinen, in schmalen Rinnsalen, Fäden und Bächen. Draußen stand die Morgenluft ums Haus wie ein schweigender Schacht. Die andern schliefen noch in ihren Zimmern, unbegreiflich auf die Seite gedreht. Deïna, tagsüber so zart wie eine Tiffanyvase, hatte ein Schafsgesicht, Astrid sah wie ein Tintenfisch aus.

In feierlicher Ahnung war Mimi in den Garten gerannt, über Holzdielen und kühl hauchende Steinstufen. Dort wußte sie vor Freude lange nicht, was tun. Das Leben blitzte in hundert Tropfen, mit scharfen kleinen Funken. Sie fing es vor dem Frühstück. Hinter den Schulfenstern wisperten Kastanienbäume, lautlos, nur fürs Auge. Das Leben saß in den Baumkronen. Punkt zwölf sprang es heraus, rannte den ganzen Heimweg vorneweg, man selbst hinterdrein, je heißer der Tag, desto kühler das Haus. Der Vater las bei geschlossenen Fensterläden die Zeitung. Einen Augenblick lang rückten die Familienmitglieder mit ihren Stühlen, dann setzten sie sich an den weißgedeckten Tisch, tranken Eistee und löffelten Erdbeeren.

Schon sprang es wieder aus dem Haus, man selbst rannte hinterdrein, in immer derselben Aufregung ins Freibad. Dort war das wirkliche Leben. Es flog mit Geschrei über die blauen Wassermassen, hinterließ nasse Spuren auf dem Sandstein, holperte auf dem Sprungbrett und schrie und schrie... Diesem Leben sah man zu, bis die Luft über dem Becken schattig wurde.

Der Asphalt war weich, Mund und Nase brannten, wenn man mit dem Fahrrad um die Hausecke bog. Im Garten saß Landgerichtsrat Dopff, die Schwestern spielten Krocket. Oder Pingpong auf der schweren Holzplatte. Ihre Erwartungen an das Leben schienen geringer zu sein, irgendwie maßvoll und harmlos; sie beklagten sich nicht. Der Vater lachte über die Witze von Dopff, dessen Locken sich kühn nach hinten schwangen, lachte und verfiel in den Dialekt seiner Kindheit, schlafende Hunde. Schließlich wußte er nicht mehr, wie er reden sollte, und Mimi betrachtete den Landgerichtsrat, der solches zuwege brachte, mit Respekt. Er kannte das Leben. Er hatte die Scheidungssachen.

Hinter den Büschen begann das Schmelzgold der Abendsonne zu fließen. Hoch oben ging der Himmel in lichtloses Blau über. In den letzten Reflexen tanzten die Mücken. Plötzlich stand der Garten hohl und leer, alle strebten ins Haus. Dort rieben sich die Erwachsenen die Hände und sagten: Was für ein schöner Tag! Mimi dachte: Ja, aber es fehlt noch… es fehlt noch etwas, aber was? Es kann doch nicht richtig sein, daß man abends traurig wird und leer?

Es war besser, wenn man sich einen tüchtigen Sonnenbrand geholt hatte. Darauf konnte man stolz sein wie auf alles Tüchtige. Abends fing er an zu brennen. Ehrlicher Schmerz. Man spürte sich. Auch die Mittel dagegen: Salben, Puder. Nach rieselnder Liebkosung schlief man ein und träumte von der Hitze des nächsten Tages. Der Wind fächelte den Duft nach Heu auf. Die Fanfare klang von der Kaserne herüber, gedämpft, voll optimistischer Traurigkeit. Eine luftige Berührung. Von unendlicher Deutlichkeit. Es wurde deutlich, daß ihr etwas Entscheidendes fehlte. Was war es? Schwermut? Sehnsucht? Das Leben?

17

Ausgespannt

Eine Woche nach der Party im Forsthaus rief Astrid bei ihrer Familie in Merklingen an. Armin Hülle nahm ab, wechselte ein paar Worte mit ihr und rief Deïna nach oben. Es war Samstag nachmittag, Marga beim Friseur. Deïna übernahm den Hörer.

»Schwesterherz! Danke für den Brief«, rief sie.

Warum so überschwenglich? dachte Hülle. Er hörte, wie sie »Lehrprobe« sagte und »Danke der Nachfrage, gut« – und spürte unter dem Enthusiasmus eine Unruhe heraus. »Hör mal«, begann Deïna, »hast du eigentlich was von Lutz ...« Dann sagte sie lange nichts mehr und schließlich nach einer Pause: »Aha. Sehr schön. Bis dann.«

Sie legte auf und ging wortlos aus dem Zimmer. Im Flur drehte sie sich um und rief zum Türspalt hinein: »Viele Grüße. Sie kommt vorläufig nicht nach Hause. Sie hat zu viel zu tun.«

»Das gehört sich auch so, für eine Junglehrerin«, meinte Armin Hülle. Irgend etwas stimmt nicht, dachte er.

Deïna kam in Mimis Zimmer und sah sie an.

»Was ist passiert?« rief das Mädchen erschrocken.

»Passiert«, wiederholte Deïna, als müsse es jeder wissen. »Was ist passiert!«

»Um Gottes willen, was denn?«

»Sie hat mir den Mann weggenommen! Er ist die ganze Woche geblieben.«

»Wer? Wo?«

»Lutz! Die ganze Woche in Neustadt.«

»Das ist doch nicht schlimm?«

»Vor einer Woche wollte er den nächsten Zug nehmen! Das hatte er mir versprochen.«

»Wo ist er geblieben? Im Forsthaus?«

»Ich nehme es an.«

»Na ja, wenn er Ferien hat ... Wenn es dort schön ist ...«

»Sie hat mich betrogen«, sagte Deïna aufgebracht. »Sie hat *gesehen*, wie wir uns verabschiedet haben ... Sie *wußte* ... und schreibt mir noch scheinheilige Briefe.«

»Wo ist er jetzt?«

»Heute nachmittag abgefahren.«

»Dann ruft er dich bestimmt heute abend an.«

»Wozu?« fragte Deïna. »Um mir was zu erklären? Sie hat ihn mir weggenommen. Es ist aus.«

»Alles wird sich aufklären!« sagte Mimi. »Denk an den Alpenflug. Er liebt plötzliche Entschlüsse. Es ist bestimmt alles ganz harmlos.«

Deïnas Zusammenbruch war lautlos und vollständig. Mimi wußte nicht, ob sie Hilfe holen sollte. Aber wie, wenn jemand einfach verstummte? Wenn sie wenigstens weinen würde, dachte Mimi beunruhigt. Durch Weinen wird alles besser ... nicht mehr so unheimlich. Wie kann ich sie dazu bringen? Ist das ein Schock? Gibt es seelische Unfälle? Braucht sie Erste Hilfe? Nur keine Panik! Ist ja bloß Liebeskummer.

Sie betrachtete Deïna und dachte: Nein. Normaler Liebeskummer ist es nicht. Es hat etwas mit der Schwester zu tun. Was würde Hobbypsychologe Singer machen? Wenn er hier wäre, könnte er uns helfen.

Sie sah sich im Zimmer um, auf der Suche nach einem Anhaltspunkt. Ich müßte sie schütteln, dachte sie. Oder den Vater holen? Nein, das geht nicht. Gut, daß Marga nicht da ist. Man muß nicht alles gleich ausposaunen. Aber dieser Schock... Sie muß irgendwie über den Schock hinwegkommen. »Zeig mir Astrids Brief!« hörte sie sich sagen. »Vielleicht steht ein Hinweis drin.«

Erstaunlicherweise reagierte Deïna. Sie ging in ihr Zimmer und holte ihn.

»Liebes Schwesterherz«, überflog Mimi das Blatt, »nun hast Du die Lehrprobe überstanden, vor der Dir so gegraut hat...« Man hatte Astrid gebeten, eine Theatergruppe zu leiten. Sie wollte Deïnas Rat einholen, »...denn Du hast während des Studiums in verschiedenen Theatergruppen Erfahrung gesammelt und bist Expertin«. Anschließend gab sie selbst gute Ratschläge wie »Hast Du auch genügend Bewegung, jetzt, wo Du Autofahrerin geworden bist? Ich habe mich entschlossen, einmal in der Woche Reitunterricht zu nehmen. Das könnte Dir auch nicht schaden...« Mimi sah auf das Datum. Geschrieben am Montag nach der Party. Wahrscheinlich wußte Astrid selbst nicht, daß Lutz so lange bleiben würde. Jeder Hinweis auf ihn fehlte.

»Aber hier steht was von Kuno...«, sagte Mimi hoffnungsvoll. Kuno hatte ein Reh ausgeweidet. In der Freizeit präparierte er kleine Tiere. Er erzählte begeistert von Treibjagden. Er stellte Rehbraten in Aussicht.

»Du liebe Zeit... nein... nein... Das ist es auch nicht«, meinte Mimi irritiert. Es folgten liebe Grüße. So schnell werde Astrid nicht nach Hause kommen, denn »Reitstunden und Theatergruppe halten mich voll auf Trab«.

»Jetzt sind wir genauso schlau wie vorher«, sagte Mimi ratlos. Deïna reagierte nicht.

Nach zwei Tagen wollten die Eltern wissen, was los sei. »Deïna geht herum wie eine Leiche auf Urlaub«, beschwerte sich Marga. »Warum spricht sie nicht mehr? Was ist ihr über die Leber gelaufen?«

»Meine Schwester hat mir den Mann weggenommen«, sagte Deïna plötzlich klar und deutlich. Mimi erschrak. Es war die Formel, die sich Deïna von Anfang an zurechtgelegt hatte.

»Was!« rief Marga entsetzt.

»Wie bitte!« sagte Armin Hülle. Und nach einer Weile: »Das tut man nicht.« Es klang schroff.

Es folgten erstickende Tage. Marga schimpfte: »Dieses Frauenzimmer! Sie hat dir schon immer alles weggenommen!« Ein Register wurde erstellt, in dessen Spalten Astrid erstaunlicherweise nicht wie eine Sünderin, sondern wie ein kluges Baby erschien, das auf rührende und belustigende Art schon immer gewußt hatte, wo Barthel den Most holt.

»Also, wie sie damals die Butter... Ich hatte euch Schnittchen gemacht und gesagt: Wer zuerst brav sein Brot aufgegessen hat, bekommt den Apfelsinenschnitz! Es war immer Astrid, die zuerst fertig war! Als Baby war sie kugelrund, mit feinen schwarzen Härchen und Augenbrauen wie Kohlestriche ... Also kriegte immer Astrid den Apfelsinenschnitz. Bis ich dahinterkam, daß sie von ihren Schnittchen nur die Butter ableckte und das Brot unter die Matratze stopfte...« Ein seliges Lächeln glitt über Margas Züge, bevor sie sich zusammennahm und wiederholte: »Das böse, böse Frauenzimmer!«

Auch Armin Hülle wiederholte sein Verdikt, aber nach einiger Zeit setzte er hinzu »Es ist nicht *ladylike*«, was die Sache entschieden verharmloste. Alles lief darauf hinaus, daß die Welt nicht untergegangen war, sondern lediglich einen Betriebsunfall erlitten hatte, mit dem man irgendwie fertig werden mußte. Mimi fiel es schwer. Sie dachte über den Apfelsinenschnitz nach.

»Warum hast du nicht beiden Kindern einen gegeben?« fragte sie. »Sondern sie gegeneinander ausgespielt? Schließlich ging es auch um Vitamine.«

»Erlaube mal«, brauste Marga Hülle auf, »das ist Erziehung!« Und sie entwarf aus mütterlicher Kenntnis ein detailliertes Charakterbild ihrer Töchter. Sie betonte die Unterschiede und versicherte, stets ausgleichend darauf eingewirkt zu haben. Sie hatte versucht, Deïna ihre Ängstlichkeit, Wehleidigkeit und ihren Stolz auszutreiben, Astrid dagegen Egoismus, Habsucht und Indifferenz.

»Ohne Erfolg«, sagte sie bitter. »Ohne Erfolg!« Anklagend wies sie auf das gerahmte Kinderfoto, auf dem sich die beiden Schwestern im Alter von zwei und drei Jahren hilflos aneinanderklammerten, Deïna mit beschilften Tränenaugen, die einen Stein hätten erweichen können, Astrid wie ein beunruhigter kleiner Buddha mit vorgestreckten Ärmchen.

Fasziniert verfolgte Mimi, wie Marga in kurzer Zeit zum eigentlichen Opfer wurde. Sie war das Opfer ihrer unzulänglichen, schwer erziehbaren, rücksichtslosen Kinder.

Von Lutz kam in dieser Zeit kein Lebenszeichen. Er rief nicht an, er schrieb nicht.

»Du mußt eine Erklärung von ihm verlangen«, sagte Mimi. Sie hatte gelernt, ihre Ratlosigkeit unter einem energischen Ton zu verbergen. »Er schuldet dir eine Erklärung!«

Statt dessen kam ein Brief mit Fotos, abgeschickt von einer offenbar ahnungslosen Heike. Zur Erinnerung und mit herzlichen Grüßen. Lutz und Deïna schwammen aufeinander zu, steckten lachend die Köpfe zusammen, hielten einander im Wasser umschlungen und winkten.

»Der Waldsee...«, sagte Mimi verwundert.

Deïna sagte nichts. Ihre Augen füllten sich mit Tränen.

Es wurde richtig schlimm. Sie hörte gar nicht mehr auf zu weinen. Der Hausarzt kam und verschrieb Valium.

»Sie wird sich doch nichts antun«, hörte Mimi ihren Vater abends durch eine halboffene Tür sagen.

Marga antwortete: »Dafür ist sie zu pflichtbewußt. Sie ist nicht der Typ... Ah, Mimi! Schon zurück? Na, was machen die Jünglinge? Hat dich schon einer zum Mittelball aufgefordert?«

Astrid wurde nicht etwa aus der Familie ausgestoßen. Man sprach mit ihr ganz normal, wenn sie anrief, niemand fragte nach Lutz. Schließlich konnte man die ganze Geschichte nicht am Telefon verhandeln. Deïna ging nicht mehr an den Apparat. Sie zog sich zurück und vergrub sich in Arbeit. »Die Dämmerstunden sind die schlimmsten«, sagte sie zu Mimi. »Ich stehe vor dem Spiegel und versuche herauszufinden, was an mir falsch, abstoßend und unschön sein soll. Irgend etwas hat von Anfang an den Eltern mißfallen, ist der Vorstellung von einer heiteren erfolgreichen Tochter zuwidergelaufen. Ich habe mich bemüht, es allen recht zu machen. Auf die verschiedensten Signale gehorcht, wie man mich haben wollte. So? Oder so? Eine schlechte Schauspielerin bin ich geworden, mehr nicht.«

»Nein!« rief Mimi. »Das ist nicht wahr! Für mich bist du heiter, strahlend, erfolgreich...«

»Vielleicht bis vor kurzem«, sagte Deïna. »Bis bestimmte Leute mich bestohlen haben! Bis bestimmte Leute ihr Wort nicht gehalten haben! Jetzt liegt alles in Scherben. Das Gehäuse, das man jeden Morgen zur Tür hinausbalanciert, ist zertrümmert...« Aber den Gedanken an fremde Hilfe lehnte sie ab. »Wieso? *Ich* brauche doch keine Hilfe! Ist es meine Schuld, wenn andere Leute ihr Versprechen nicht halten? Gegen Anstand und Moral verstoßen? Wenn sie mein Vertrauen mißbrauchen?« Und nach einer Weile: »Wenn ich dort geblieben wäre, wäre *ich* jetzt ein schönes Paar.«

Zwei Wochen später kam ein Brief von Lutz. Vier engbeschriebene Seiten. Deïna überflog ihn ohne Reaktion und gab ihn an Mimi weiter.

»Ich verstehe ihn nicht«, sagte sie.

Mimi las. Es dauerte lange. »Ich auch nicht«, seufzte sie.

Zusehen ist wohl das Elendeste, dachte Mimi. Zusehen, wie sie abfährt, wiederkommt, glücklich ist, leidet und innerlich stirbt. Die Heiterkeit und Wärme, mit der sie mich überschüttet hat, ist zerrieben, vernichtet, verbraucht. Und ich kann nichts als zusehen. Ich setze sogar die Brille auf, um besser zu sehen. Ich lasse sie in die Falle laufen. Geschminkt, frisiert, mit Chiffonkleid. Mit künstlichen Wimpern. Ich hätte ihr sagen müssen, daß Astrid auch... »Du hörst doch sonst das Gras wachsen, hier willst du nichts gemerkt haben?« Andrerseits – warum konnte Deïna sich das nicht selbst zusammenreimen? In der Liebe wie im Krieg, das wußte doch jedes Kind... Man mußte vorsichtig sein, Gegner lauerten überall und Gefahren. Wie kam es, daß sie sich so sicher fühlte? »Er hat es mir *gesagt.* Er hat es mir versprochen ...« Ja – und dann anders überlegt, dachte Mimi. Das ist, was er in dürren Worten schreibt. Allerdings braucht er vier Seiten dazu, und er spricht, als müsse er sich vor aller Öffentlichkeit verteidigen. Mimi wußte nicht, was Deïna *ihm* geschrieben hatte. Vielleicht hatte sie ihn in ihren Briefen schwer angegriffen. Selbst wenn es so war – etwas befremdete Mimi in seinem Brief aufs äußerste: die Unfähigkeit des heiligen Franziskus, zu sagen, daß es ihm leid tat. Durch seine Rechtfertigung wurde der Brief erst verletzend und gemein.

»Du bist zu leichtgläubig«, sagte sie kopfschüttelnd. »Zu gutmütig. Du warst zu dumm.«

»Vielen Dank.« Deïna war froh, daß *ihr* endlich jemand Vorwürfe machte.

»Zu dumm«, wiederholte Mimi, »du hattest keinen sechsten Sinn! Du hast dich reinlegen lassen! Du warst zu vertrauensselig. Du hast ihn dir einfach wegschnappen lassen!«

Deïna lächelte. »Ja, genau. Das soll mir eine Lehre sein. Es wird nicht wieder vorkommen.«

»Wieso nicht? Es wird immer wieder vorkommen! Du bist einfach zu gut für diese Welt ...« Mimi dachte: Ich werde niemandem auch nur ein Wort glauben. Vorsichtshalber immer von der schlimmsten Annahme ausgehen. Immer damit rechnen, daß alles anders kommt. Wenn ich niemandem glaube, kann mich auch niemand betrügen.

Immer wieder überlegte sie, was passiert wäre, wenn sie geplaudert hätte. Aber man petzt doch nicht! dachte sie. Wie soll ich petzen, wenn ich gelernt habe, daß man es *nicht* tut. Sie versuchte sich vorzustellen, ob sie die Katastrophe durch rechtzeitigen Hinweis hätte verhindern können. Ich betrete also das Zimmer meiner Schwestern und sage: Hört mal zu! Ich habe Grund zur Annahme, daß ihr beide an Mister L. interessiert seid... Lutz wie Lichtblick...

Weiter kam sie mit ihrem Gedankenexperiment nie. Es hagelte jedesmal Vorwürfe und endete mit Streit, und sie hatte den Impuls, sich zu ducken und den Kopf mit den Armen zu schützen.

Singer erkannte Deïnas Lähmung als vertrautes Phänomen und reagierte mit einem Spazierplan. Er kam an den Wochenenden aus der Kaserne, und sie fuhren zu dritt in seinem oder Deïnas Auto herum. Von Lutz war nicht mehr die Rede. Nachdem sich die Reize der näheren Umgebung erschöpft hatten – Baggersee, Stocherkahn, Klosterkonzerte –, planten sie größere Abstecher. Sie fuhren in den Schwarzwald, in die Schweiz. Mimi fand, es sei eine Ironie des Schicksals, daß in diesem Sommer an jedem Tag die Sonne schien.

18

Deïnas Traum

Deïna hatte die Kaffee Trinkenden mit der Bemerkung verlassen, sie wolle noch Klavier üben. Das Klavierzimmer lag auf der anderen Seite, zum Vorgarten hin, aber wenn man die Fenster öffnete, mußte die Musik zu hören sein. Deïna wußte aus Erfahrung, daß jedes Klavierspiel mit der Entfernung gewann, insbesondere das mangelhafte. Die Töne kamen versponnen und zart wie aus einem anderen Jahrhundert. Fehler klangen liebenswert, wie die Berührung weich-ungeschickter Katzenpfötchen. Deshalb spielte sie zuversichtlich drauflos und malte sich aus, wie alle hinten am weißlackierten Gartentisch plötzlich die Tassen absetzten und sagten: »Hört doch! Deïna spielt Klavier ...« Der Vater würde Astrid ermahnen: »Siehst du! Wenn du fleißig übst, bringst du es auch mal so weit.«

Aber es würde noch besser kommen! Schauer der Vorfreude liefen ihr den Rücken hinunter. Schwungvoll beendete sie eine Sonatine, die man im Haus schon kannte. Dann spielte sie eine Sarabande von Bach und schließlich ihr eigenes selbstkomponiertes Menuett. Wenn sie danach unbeteiligt wieder in die Runde träte, würde man sie fragen: »Was war denn das für ein besonders schönes Stück, ganz am Schluß?« Und sie würde antworten: »Oh ... Das war von mir!« Daraufhin würde Marga etwas ärgerlich fragen: »Seit wann kannst du komponieren?« Und sie, mit perfekter Untertreibung: »Ach, das hab ich so nebenher gemacht.«

Einen Augenblick lang blieb sie auf dem Drehhocker sitzen, ließ die Töne verklingen. Dann ging sie den Plattenweg entlang, auf Zehenspitzen. Vielleicht konnte sie erste unbefangene Begeisterungsrufe erlauschen, die ihrem Spiel galten.

»Aber Kindchen«, hörte sie den Vater wohlwollend sagen, »wie kommst du denn darauf?«

Astrid wehrte sich: »So steht es im Heimatkundebuch! ›Straße nennt man die Asphaltdecke über der Erde.‹ Da dachte ich, die ganze Erdkugel hätte ringsherum Asphalt, als Schonbezug für den Globus ... Und darauf erst liegen Lehm und Felder und Landschaft und Gras. Jedesmal, wenn man irgendwo eine Straße braucht, fegt man Steine, Erdbrocken und Pflanzen einfach beiseite – und sie liegt da.«

»Aber Kindchen ... Und die Straßenarbeiter mit dem Teer und mit der Dampfwalze, was machen die?«

»Die bessern aus«, sagte Astrid erstaunt, »die bessern die Löcher aus!«

Allgemeines amüsiertes Gelächter hinter dem Haus. Ist es die Möglichkeit, dachte Deïna, daß sie mich gar nicht gehört haben? Sie schlich ins Haus zurück und setzte sich wieder auf den Drehstuhl. Ob ich mein Menuett noch einmal spiele? Denn sie müssen es selbst merken. Es hätte keinen Sinn, wenn ich sie extra herhole. Dann setzen sie sich überfreundlich hin, fühlen sich peinlich berührt und hören überhöflich zu ... Zum Schluß äußern sie etwas Nichtssagendes wie: »Hübsch ... Sehr hübsch ...« oder: »Klingt ein bißchen nach Mozart... Recht nett...« Nein, unbedingt müssen sie es selber merken. Zweifel am Wert ihres Stücks stiegen auf. War es nicht tatsächlich ein wenig mager und klapprig? Mit sehr gewöhnlichen Klangverbindungen? Aber an Astrid bewunderten sie auch die Fehler und Irrtümer! Los, Deïna, noch einmal! Während sie sich Mut zusprach, hörte sie das Geschirrtablett im Treppenhaus klirren, hörte Stimmen am Gartentor. Der Nachmittagskaffee war beendet.

Langsam drangen Stimmen zu ihr durch. Singers Stimme war dabei, auch Mimis. Sonderbar...

»Wach auf! Du bekommst einen Sonnenbrand! Dreh dich wenigstens mal um!«

Sie öffnete die Augen und sah eine Masse blitzender Reflexe auf dem Wasser, wie eine Herde Supernovas. Bodensee, fiel ihr ein, das weiße Deck, die geliehene Jacht... Sie machte die Augen wieder zu und streckte sich. Gute Idee von Singer! Ein angenehmer Traum. Ein angenehmer Tag... Und das Wetter machte sogar mit.

»Es gibt Kaffee«, sagte Mimi und hielt die Thermoskanne hoch. »Möchtest du?«

»Gern«, sagte Deïna.

Später am Abend saßen sie im Garten des kleinen Hotels, in dem sie Zimmer bestellt hatten.

»Trink ihm nicht soviel Bier weg«, sagte Deïna zu Mimi.

»Warum strahlt dieses Kind?« fragte Singer, der mit dem Rücken zum See saß.

»Es gefällt mir eben«, sagte Mimi. »Ich war noch nie auf

einer Jacht auf einem See. Deïna, deine Schultern sind verbrannt. Man muß sie einreiben.«

Sie aßen Zanderfilet. Mimi spähte zwischen den Bäumen hindurch auf das spiegelnde Wasser. »Schön«, sagte sie. »Schön, von zu Hause weg zu sein.«

Singer ließ sie noch einen Schluck Bier trinken. Dann hob er das Glas und sagte: »Auf Astrid, der wir diesen schönen Tag verdanken.«

Deïna zuckte zusammen. Aber Singers Absicht war unverkennbar gutmütig. Seine Äußerung war ein Kompliment. »Was wirst du künftig machen?« fragte er, nachdem er getrunken hatte. »Jedesmal wie im Wetterhäuschen rausrennen, wenn sie reinkommt?«

»Ja«, sagte Deïna. »Ich werde dem jungen Glück nicht im Wege stehen.«

»Du stehst ihm nicht im Wege«, sagte Singer. »Ich würde dir raten, dich zu arrangieren.«

»Niemals«, sagte Deïna trocken.

»Warum arrangieren?« fragte Mimi.

»Weil man mehr Handlungsspielraum bekommt. Sich nicht zum Sklaven der eigenen Prinzipien macht.«

»Das ginge nur«, sagte Mimi, »wenn man Herr der eigenen Handlung wäre.«

»Und? Ist sie das nicht?«

Mimi warf einen Seitenblick auf ihre Schwester.

»Ich will sie nie mehr sehen«, sagte Deïna starr. »Nie mehr. Nie.«

»Oh, bitte!« rief Singer reumütig und griff nach ihrer Hand. »Ich hätte nicht davon anfangen sollen. Ich wußte nicht, daß es so tief geht.«

»Sie erträgt ihren Anblick nicht«, erklärte Mimi. »Sie bricht sofort zusammen. Du hast nicht gesehen, was los war, als Astrid und Lutz überraschend vor der Tür standen.«

»Ich war froh, als ihr beiden überraschend vor *meiner* standet«, sagte Singer. »Aber technisch wird es für dich eher schwierig werden. Wenn Astrid und Lutz zusammenbleiben, werden sie öfter nach Merklingen kommen.«

»Ich hab mir alles schon überlegt«, sagte Deïna unerwartet dynamisch. »In den großen Ferien fahre ich nach England, mit dem Auto, schön langsam, bei allen Freunden und Verwandten vorbei. Darauf freue ich mich schon. Nach den Ferien nehme ich mir drüben in Schulnähe ein Zimmer. Dort wird sie mich wohl nicht heimsuchen. Wenn sie es trotzdem wagt, werfe ich sie raus. Das Auto kann ich dann wieder verkaufen. Ich brauche es nicht mehr. Beziehungsweise...« Deïna zögerte ein wenig.

»Ein Auto ist doch sehr praktisch«, gab Mimi zu bedenken.

»Ja. Aber ich könnte es doch nicht mit in die Staaten nehmen«, sagte Deïna.

»Wohin?«

»Nach Amerika.«

»Was?«

»In die USA! Aber es ist noch nicht sicher.«

»Du willst auswandern?«

Deïna lachte. »Das wäre auch nicht schlecht«, sagte sie. »Nein, ich hab mich nur für ein Fulbright-Stipendium beworben. Das läuft ein oder zwei Jahre, wenn's gut geht.«

»Wann?« fragte Mimi und räusperte sich.

»Wenn es klappt – im Oktober.«

»Nein, wann du dich beworben hast.«

»Kurz vor Weihnachten, warum? Da mußte ich alle Unterlagen einschicken.«

»Ach so.«

Singer und Mimi schwiegen. Deïna sagte: »Ich würde mit dem Schiff fahren. Fünf Tage auf dem Ozean.«

»Also«, bohrte Mimi weiter, »du hast dich beworben, ohne uns was zu sagen? Zu einer Zeit, als du schon wußtest, daß du Lutz beim Skilaufen wiedersehen würdest?«

»Ja«, sagte Deïna. »Manchmal hat man so eine Ahnung.«

»Aber wenn... Aber wenn...«

»Wenn das Wörtchen ›wenn‹ nicht wär...«

»Ich weiß, was sie meint«, sagte Deïna. »Wenn es mit Lutz geklappt hätte...«

Die drei schwiegen. Die Dämmerung streckte ihre Fühler über die Uferwiesen aus. Der See blieb bleich wie Elfenbein. »Er hätte ja mitkommen können«, sagte Deïna entschuldigend. »Oder warten...«

»Warten?« wiederholte Singer verwundert. »Zwei Jahre warten?« Nach einer Weile sagte er: »Na ja. Wenn man heutzutage schon Großstädte mit Mauern teilt... Entschuldige, aber mir kommt es so vor, als würdest du dich mit einer Mauer von deiner Schwester abgrenzen. Wie heißt es in den Heiratsanzeigen? ›Suche, auf diesem nicht mehr ungewöhnlichen Wege...‹ Für dich könnte man abgewandelt sagen: Trenne, auf diesem nicht mehr ungewöhnlichen Wege, mich von meiner Schwester... Und von Europa...«

»Nach allem, was sie mir angetan hat, habe ich wohl das Recht dazu.«

»Dann wärst du an meinem Schlußball gar nicht mehr da?« rief Mimi. »Und Weihnachten auch nicht?«

»Nein. Aber das mit der Mauer...«

»Ah! Das schmeckt dir nicht.«

»Doch, im Gegenteil, ich finde es einen sehr guten Vergleich! Ich wäre in diesem Fall Ostberlin, mein Leben bekommt ein Loch. Deshalb hat meine Regierung die Mauer gebaut. Um das Leck zu dichten. Es blieb ihr nichts anderes übrig, und alle haben es schließlich akzeptiert. Oder nicht?«

Mimi war empört. »Das ist nicht wahr... Bei *dir* verstehe ich es. Aber der Vergleich stimmt nicht.«

»Die Mauer ist ein Schutz«, sagte Singer nachdenklich. »Nicht so sehr vor dem bösen Aggressor. Mehr vor dem eigenen Zerfließen.«

»Für mich ist es ein Schutz vor gewissen Leuten«, sagte Deïna, »die mir nie mehr zu nahe treten dürfen. Was kramst du die ganze Zeit in deiner Tasche herum, Mimi?«

»Ich will euch was zeigen. Wo ist er denn? Zufällig habe ich einen Brief, in dem etwas über die Mauer steht. Es hört sich nicht so an, als würde man sie akzeptieren.«

»Von drüben?« fragte Singer verblüfft.

»Von einer alten Tante. Sie gratuliert mir zum Geburtstag. Dann schreibt sie was über zwei Kätzchen, die sie mir nicht vorbeibringen kann, und zum Schluß heißt es... Hier, lies! Ob du dann noch Mauer sein willst.«

Deïna nahm die Blätter. »Wir lassen die Hoffnung nicht sinken«, las sie und räusperte sich. »Nun, armes Herze, sei nicht bang, es muß sich alles, alles wenden. Wenn's deine alte Tante auch nicht mehr erlebt – Ihr, die Jugend, werdet die Mauer fallen sehen! Mit dieser Vision schließe ich den Geburtstagsbrief an meine liebe Großnichte.« Deïna schaute ungläubig auf die ineinandergeschobenen Briefbögen. Schließlich erklärte sie, zu Singer gewandt: »Eine Pfarrfrau. Ehemalige Pfarrfrau. Ob man den Brief geöffnet hat?«

Mimi betrachtete den Umschlag. »Ich hab's mir auch überlegt, als ich ihn gelesen habe. Er sieht so gebügelt aus.«

»Na schön, sie kann auf Nachfrage immer behaupten, sie sieht die Mauer fallen, weil der Sozialismus gesiegt hat«, meinte Singer. »Aber Donnerwetter! So was schreibt nicht jeder.«

»Ich würde den Vergleich trotzdem nicht ziehen«, beharrte Mimi.

»Meine Mauer wird nicht fallen«, sagte Deïna. »Was nicht geht, das geht nicht.« Sie strich über den Brief. »Trinken wir noch ein Glas Wein? Aber diesmal auf jemanden mit *gutem* Charakter!«

»Achtung, Seitenhieb«, konstatierte Singer.

Gegen elf Uhr gelang es Deïna, die kichernde kleine Schwester ins Hotelzimmer abzuschleppen.

»Bist du ja albern«, sagte sie.

»Ich bin so froh...«

»Warum bist du so froh?«

»Es sieht schon mehr nach Leben aus«, orakelte Mimi. »Mit Freunden, im Sommer, am See. Ich könnte doch segeln lernen. Es gibt hier Ferienkurse. Oder nicht?«

»Ja«, sagte Deïna, »warum sollst du Trübsal blasen. Amüsier dich, genieß das Leben, wenn ich weg bin.«

Sie legten sich schlafen. Nach einiger Zeit fuhr Mimi hoch, weil Deïna neben ihr schluchzte.

»Es sind die verdammten Grillen! Man hört sie durchs geschlossene Fenster! Sie sitzen direkt unter uns, im Garten...«

Mimi richtete sich auf und hörte das langgezogene leise Geräusch.

»Es gibt drei Arten von Liebe«, sagte Deïna unglücklich. »Liebe, die man sich einreden kann. Liebe, die man sich ausreden kann. Und Liebe, die man sich *nicht* ausreden kann. Das ist die schlimmste...«

»Ist es wirklich so schlimm?« fragte Mimi, hellwach.

»Du mußt mir die Grillen austrampeln«, verlangte Deïna.

»Wie mach ich das?«

»Du stellst dich unten auf den Rasen, und immer wenn sie zu zirpen anfangen, stampfst du mit dem Fuß. Dann sind sie still. Wenn du das ein Viertelstündchen für mich tust, kann ich vielleicht einschlafen.«

»Ich werd's versuchen«, sagte Mimi.

19

Die Schmerzperle

An einem grauen Oktobertag wurde Deïna von ihrer Mutter und Mimi nach Stuttgart gebracht, zum TEE nach Hamburg. Der Schiffskoffer war schon aufgegeben, aber das Handgepäck füllte zwei Sitze und zwei Ablagen im Vorortzug. Mimi und Deïna saßen am Fenster, Marga auf der anderen Seite am Gang.

»Ich kann an gar nichts anderes denken«, sagte Mimi. »Du wirst ein ganzes Jahr wegbleiben, vielleicht auch zwei. Das macht mich sehr unglücklich.«

»Für mich wird es aber besser sein«, sagte Deïna mit leisem Spott. »Und ihr könnt in Ruhe Verlobung feiern. Mit etwas Beeilung bitte auch gleich heiraten, solange ich in den Staaten bin.«

»Deïna!« rief Marga nebenan.

»Ich werde auf keinen Fall bei der Hochzeit dabeisein!« verkündete Deïna. »Ich werde *nicht* als geschminkte Leiche an ihrem Tisch sitzen, lieb Mütterlein. Damit mußt du dich abfinden.«

»Wie redest du denn!« rief Marga empört.

»Wie ich empfinde.«

Mimi zog den Kopf ein. Es war tatsächlich besser so. Verlobung und Hochzeit würden Deïna Höllenqualen bereiten. Ein Ozean mußte dazwischenliegen. Mindestens.

Der Tag fiel ihr ein, an dem Astrid sehr spät überraschend nach Hause gekommen war. So spät, daß Deïna den üblichen Fluchtweg zu einer Freundin nicht hatte antreten können. Astrid hatte es absichtlich getan, in ihrem verständlichen Wunsch nach Aussprache und Versöhnung. Sie betrat das Haus, und Deïna verschloß sich wie eine Muschel. Sie zog sämtliche Fühler und Tentakel ein, verwandelte sich in eine lebende Tote. Sie war schon halb aus dem Zimmer, als das Telefon klingelte. Auf dem Weg nach unten verharrte sie gewohnheitsmäßig zwischen Tür und Angel, um zu hören, wem der Anruf galt. Es war Lutz. Deïna rannte in ihr Zimmer hinunter.

Merkwürdigerweise kam niemand auf die Idee, für Astrid in einem anderen Raum ein Bett zu bereiten, was ein leichtes gewesen wäre. So legte sich Astrid einige Zeit später in ihrem alten Zimmer schlafen. Mitten in der Nacht wachte sie auf.

»Da stand sie!« erzählte sie Mimi zähneklappernd. »Neben meinem Bett. Wie Lady Macbeth im Mondschein! Direkt über mir und betrachtete ihre Hände, als wolle sie mich eigenhändig erwürgen...«

»Und dann?«

»Ich hab mich schlafend gestellt ... Nach einiger Zeit ging sie in ihr Bett zurück. Wenn ich Lutz nicht hätte, wäre ich vor Angst gestorben, glaub mir.«

Es war wirklich besser so. Wenn Deïna hierbliebe, würde sie womöglich ihrer Schwester oder sich selbst etwas antun...

Über dem Industriegebiet lag ein weißlicher Himmel. Der Fluß stand abgemagert in seinem Bett. Verschmutzt, verseucht, verschandelt. Betonröhren, Kräne, Stahlteile, Schrottplätze glitten vorüber. Häßlich und fleißig ging das Leben weiter.

Mimi schaute aus dem Fenster. Deïna wirkte aufgekratzt und fröhlich. Vielleicht sah sie etwas völlig anderes hinter der Scheibe. Schäfchenwolken, blauen Himmel, waldige Höhenrücken. Vielleicht freute sie sich auf die Ostküste, auf Vermont, wo der Herbst so schön sein sollte.

»Ja, schau dir die alte Heimat noch mal richtig an!« rief Marga vom Nebensitz.

Deïna seufzte und blinzelte ihrer Schwester zu. »Übrigens, dein Kleid ist sehr hübsch geworden«, sagte sie. »Es wird bestimmt ein toller Schlußball. Du siehst darin aus wie – wie sechzehn.« Laut rief sie: »Wer weiß, ob ich überhaupt noch mal wiederkomme, nach allem, was man mir angetan hat!«

Marga hatte gewisse Hemmungen, solche für die Familie negativen Dinge quer durchs Abteil zu brüllen. Leise, aber vernehmlich sagte sie: »Dazu gehören zwei.« In den letzten Wochen war sie zur Auffassung gelangt, man könne seiner Schwester den Mann gar nicht wegnehmen, es sei denn, dieser spiele bereitwillig mit. Ein Mann war doch kein willenloses Objekt, sondern hatte selbst ein Wörtchen mitzureden.

»Es passiert ziemlich häufig, daß Stipendien verlängert werden«, rief Deïna. »Gute Leute kriegen schließlich ein Angebot für immer.«

Marga vergaß ihre Zurückhaltung. »Dann werdet ihr euch eben bei meiner Beerdigung wiedersehen!« rief sie wütend. Und Deïna: »Glaub bloß nicht, daß ich dann ein Wort mit denen wechsle.«

»Wie du immer von ihnen redest, *diese Leute, dieses Volk*! Es ist und bleibt doch deine Schwester.«

»Die mein Leben zerstört hat.«

»Schon als Kind warst du immer gleich beleidigt«, rief Marga. »Man konnte es dir von hinten ansehen! Und jetzt nimmst du es als Freibrief... Als einen Vorwand...«

»...Für die Freiheit«, sagte Deïna. Und zu Mimi gewandt: »An meinem College lehrt ein *Schriftsteller.* Er gibt Schreibkurse, *creative writing.* Ich hab all seine Bücher gelesen. Er heißt Bernard Malamud. Das wäre ungefähr so, wie wenn Heinrich Böll hier an der Uni das Schreiben von Kurzgeschichten lehren würde. Wenn du wüßtest, wie ich mich auf die neue Welt freue.«

Auf der Rückfahrt saßen Mutter und Tochter einander gegenüber. Mimi starrte hartnäckig aus dem Fenster. Sie kam sich schmutzig vor.

»Deïna denkt wohl, jetzt kann sie ihr Einfrauenkloster aufmachen«, sagte Marga. »Aber sie täuscht sich! Der Mensch ist ein soziales Wesen.«

Mimi schwieg. Sie verstand sehr gut, daß Deïna allein sein wollte. Ohne Astrid, die ihr immerzu in die Quere kam. Endlich ungestört auf den eigenen Turm steigen. Diese Chance hatte sie jetzt.

»Gibt es eigentlich evangelische Nonnen?« fragte sie.

»Natürlich, in Kloster Loccum«, sagte Marga. »Warum? Hast du auch Ambitionen?«

Plötzlich fiel Mimi das richtige Bild ein: Auster. Deïna hatte ihren Schmerzsplitter umhüllt und eine Perle draus gemacht.

Es war klar, daß jemand mit einer Schmerzperle niemals verzeihen würde. Denn er müßte sich von etwas sehr Kostbarem trennen. Er müßte sein wertvollstes Stück, die schimmernde Barockperle, herausrücken. Das würde Deïna niemals tun. – Also hatten sie doch gepfuscht. Sie und Singer hatten Deïna dilettantisch verarztet. Ein richtiger Psychologe hätte den Splitter gezogen, die Wunde geheilt. Die Perle war nur die zweitbeste Lösung. Wenigstens kann sie auf diese Weise weiterleben, dachte Mimi. Vermutlich sogar recht vergnügt.

Sie vermied den Blick ihrer Mutter.

Am Nachmittag kehrten sie zurück, in ein vor Stille stagnierendes Haus. Wo waren alle? Das Zimmer der Schwestern war leer, eine dämmrige Höhle. Der springende Löwe verschwamm im Zwielicht. Das Muster des Teppichs veränderte sich. Manche Farben wurden schwarz, andere begannen zu schimmern. Ein Wahnsinnsschweigen hatte die Macht übernommen.

Mimi schloß die Tür und setzte sich auf Deïnas Bett. Es war der Augenblick, vor dem sie sich gefürchtet hatte. Beide Schwestern waren verloren. Beide waren fort. In den Sommerferien hatten Astrid und Lutz längere Zeit in Merklingen verbracht. Mimi durfte in dieser Zeit in Deïnas Bett schlafen, die mit dem Auto für sechs Wochen nach England gefahren war, Lutz wurde in Mimis Zimmer einquartiert. Selbst in dieser Zeit, als sie mit Astrid das Zimmer teilte, fühlte sie sich allein. Die Einsamkeit war lastend. Astrid hatte sich in kurzer Zeit sehr verändert. Sie war Teil eines Paares geworden, und dieses Paar machte die Umwelt zu

Zuschauern. Vielleicht, weil zwischen ihnen immer etwas ablief. Eine geheime Bewegung, eine innere Spannung, manchmal sah es aus wie ein verborgener Kampf. Lutz war immer auf dem Sprung. Die ihm wesensgemäße Geste *war* der Sprung. Jedenfalls nicht die Ruhe. Astrid hatte alle Hände voll zu tun, ihre Lufthülle zu verteidigen, was Lutz sehr irritierte. Wenn er zu argumentieren begann, wich sie geschickt aus. Sie paßten äußerlich sehr gut zusammen, ein schönes Paar. Mimi kämpfte mit widersprüchlichen Gefühlen. Das schöne Paar machte sie traurig. Aber warum? Weil sie selbst den Richtigen noch nicht gefunden hatte?

Nachdem das Paar abgefahren war, breitete sich eine Leere in Mimi aus, die nur beim Gedanken zu ertragen war, daß Deïna bald aus den Ferien zurückkommen würde. Außerdem existierte noch *der Plan.* Deïna hatte versprochen, bei nächster sich bietender Gelegenheit mit ihr in die Nachbarstadt zu fahren und Edo zu besuchen. Diesen Plan hatten sie wahrhaftig in die Tat umgesetzt. Vergebens. Der Professor war nicht zu Hause.

Ich muß mich jetzt selbst um alles kümmern, dachte Mimi. Ob ich es noch einmal versuche? Sie legte sich auf Deïnas Bett und starrte die Barockperlen an. Unmöglich war es nicht, aber schwierig. Schließlich konnte sie nicht einfach mit Singer zu Edo fahren! Es wäre der bequemste Weg gewesen, aber leider unmöglich. Sie würde mit dem Zug fahren müssen, eine plausible Erklärung für die Eltern finden. Vielleicht konnte sie sagen, daß sie ihre Freundin mitnahm … Und die Freundin konnte wirklich mitkommen, zu zweit war es lustiger als allein. Falls der Professor zu Hause war, würden sie sich eben beide mit ihm unterhalten. Mimi hatte inzwischen erkannt, daß sie im Geschichtsunterricht niemals das eigene Jahrhundert erreichen würden. Edo konnte ihnen ein Kolleg halten. Sie sah es deutlich vor sich. Eine verräucherte Studentenbude, eine Kneipe. Sie würde ihre Pfeife mitnehmen, das alte Ding, das ursprünglich ihrem Großvater gehört hatte. Sie stopfte sie manchmal mit Rum & Maples und rauchte sie auf dem Wäschebalkon.

Nach dem Schlußball, dachte sie, nach dem Schlußball werd ich's tun. Über Astrids Bett hing der Zettel mit den Worten »Von nichts kommt nichts«. Die Stille wurde unerträglich. Mimi sprang auf und knipste sämtliche Lichter an. Dann drehte sie sich einmal um sich selbst, machte die Lichter wieder aus und ging nach oben.

20

Schlußball

Auf der Galerie trat Singer an die Balustrade und überflog die Menge im Festsaal mit amüsierter Verwunderung. Der Ball erinnerte ihn, obwohl alle vollständig bekleidet waren, an Szenen einer Musterung. Fast der gesamte Jahrgang der Sechzehnjährigen war aufgeboten. Eltern und Verwandte saßen in der hinteren Saalhälfte an langen weißgedeckten Tischen.

»Das reinste Lämmerhüpfen«, sagte eine wohlbekannte Stimme hinter ihm. Witschge war heraufgekommen und deutete auf einen Tisch im Saal. »Meine Braut und ihre Eltern. Der jüngere Bruder hüpft gerade. Wie lang ist dieser andere Ball her? Der mit dem Zauberer?«

»Etwas über ein Jahr«, meinte Singer.

»Es hat sich einiges für mich verändert«, zog Witschge Bilanz. »Ich sehe der Zukunft gefaßter ins Auge. Mein zukünftiger Schwiegervater hat mir ein schönes Angebot gemacht.«

»Du bist ein Glückspilz«, sagte Singer. »Nicht nur Braut, sondern auch Job.«

»Und ein neues Auto. Komm, ich zeig's dir.« Auf dem Weg nach draußen fragte Witschge angelegentlich: »Und? Gab's im Hause Hülle auch schon Verlobung?«

»Ja«, sagte Singer. »Vor ein paar Tagen.«

»Wirklich und wahrhaftig? Warst du dabei?«

»Nein. Aber Mimi hat mir davon erzählt. Wo steht dein neuer Wagen?«

»Nur Geduld, wir sind schon da. *Unser* Wagen. Kirstens Eltern haben uns den Porsche geschenkt.«

»Ich seh wohl nicht recht«, rief Singer. Die beiden waren am Hintereingang angekommen und blieben vor dem weißen Sportwagen stehen. Singer betrachtete andächtig die Scheinwerfer und die Reifen und schaute durch die Fensterscheibe in den Innenraum.

»Kleine Probefahrt gefällig?« fragte Witschge und wühlte in seiner Tasche. »Zu dumm, ich hab den Schlüssel liegenlassen. Ich muß ohnehin gleich zurück. – Und was machst du?«

Singer, der noch immer um den Porsche herumging, sagte: »Für mich hat sich auch etwas verändert.«

»Frau gefunden?«

»Noch nicht. Aber ich mache... Ich mache...«

Witschge fing an zu lachen. »Das muß ja was Besonderes sein, wenn du so rumstotterst.«

»Ich mache eine Psychoanalyse.«

Witschge war verblüfft. »In der Tat etwas Besonderes«, sagte er. »Und warum?«

»Komplexe«, meinte Singer. »O-Beine, Kleinformat, Berufssoldat.«

»Im Ernst – das kann doch nicht der Grund sein.«

»Ich dachte an eine Umschulung. Wenn ich den Mut hätte, würde ich sofort studieren und den Verein sausenlassen.«

»Es gibt Stipendien«, sagte Witschge, »Bafög und so weiter. Warum beantragst du keins?«

»Ich will erst einmal wissen, was es überhaupt ist.«

Während sie sprachen, hielt ein Lieferwagen direkt vor dem Hintereingang. Chauffeur und Beifahrer stiegen aus, öffneten den Laderaum und begannen, flache Holzkisten mit hohen Eckpfosten auf einem Stechwagen zu stapeln.

»Was kommen da für Südfrüchte?« fragte Witschge. »Frischgepreßter Orangensaft? Oder was?«

Singer lachte. »Erinnerst du dich, wie sie Bäumchen-wechsle-dich tanzten, vor einem Jahr? Sich gegenseitig abklatschten? Mimi fürchtet sich seit einer Stunde vor etwas viel Schlimmerem – dem Apfelsinentanz. Das Paar gewinnt, dessen Apfelsine nicht herunterfällt.«

»Das klingt ja furchtbar! Wo herunterfällt?«

»Sie klemmen sich die Apfelsine zwischen die Stirnen.«

»Alle Paare gleichzeitig? Das muß ich mir anschauen!«

Mimi irrte im engen blauen Kleid mit Knie-Volant durch den Saal. Gerade hatte sie Singer noch zu sehen geglaubt. Ihre Brille lag in der Handtasche, die von Marga bewacht wurde. Ich sehe immer weniger, dachte sie verzweifelt. Ich muß sie einen Moment lang aufsetzen und mich orientieren.

Wie immer hörte sie bei ihrer Wanderung Gesprächsfetzen in großer Deutlichkeit. Das Merklinger Publikum, kunstsinnig wie eh und je, besprach *Doktor Schiwago*, den Film, der die Herzen gerührt hatte. Der Name Jewtuschenko fiel, ein anderer sprach von Peter Weiss. »Gehört das eigentlich auf die Bühne?« wurde gefragt. »Erst dieser Hochhuth mit dem *Stellvertreter*, jetzt Weiss mit diesen schrecklichen Prozessen...« – »Natürlich gehört es auf die

Bühne«, rief jemand, und eine Frauenstimme sagte erregt: »Nestbeschmutzung!«

Vertraute Klänge am Tisch ihrer Eltern.

»Iksi, kaksi, kolmi...«, zwitscherte Marga Hülle. »Jaha, das ist finnisch. Na, Mimi, was heißt es?«

»Ich suche meine Brille.«

»Nein, es heißt: eins, zwei, drei! Finn-Ugrische Sprachgemeinschaft. Übrigens, dieser Schwede, dieser Journalist – reizender Kerl. Er fand Armins Darstellung der *Edda* so interessant.«

Mimi blickte in die lächelnden Gesichter von Landgerichtsrat Dopff und seiner Frau.

»Siehst du aber hübsch aus«, lobte Dopff.

»Ich muß wieder weg«, sagte sie eilig.

»Kommt nicht bald der Orangentanz?« rief Marga.

»Eben, deshalb.«

»Ach, was kann ihm groß passieren«, hörte sie Witschge sagen. »Höchstens, daß sie ihm den Prüfungsvorsitz wieder wegnehmen. Er wird ohnehin bald pensioniert, oder...«

Als Mimi dazutrat, verstummte Witschge, und Singer sagte: »Komm, Mimi, wir gehen auf die Galerie.«

»Was war denn das?« wollte Mimi wissen.

»Ach, nichts«, meinte Singer. »Es geht gleich los. Beeil dich ein bißchen.«

Einer der Tanzlehrer unten im Saal hatte das Mikrophon ergriffen und bat um Aufstellung. »Wir kommen jetzt zum Höhepunkt des Abends!«

Mimi setzte die Brille auf, die sie in der Hand gehalten hatte. »Dort unten ist Witschge«, rief sie, »mit seiner Braut.

Hat die aber ein schickes Kleid! Wahrscheinlich Silberlamé. Da kommen sie mit den Körben! Astrid und Lutz sind auch da. Sie waren vorher im Theater. Bitte, wenn du Lutz mal sehen willst…«

Singer folgte Mimis ausgestrecktem Zeigefinger.

»Wie findest du ihn?« wollte sie wissen. Singer zuckte die Achseln. »Er macht eine gute Figur. Der schwarze Anzug steht ihm.«

»Sieht man ihm an, daß er ein Herzensbrecher ist?«

»Aber nein, was kann denn er dafür! Wo ist übrigens dein Tanzstundenherr?«

»Dem hab ich freigegeben. Ach du liebe Zeit! Nun hat sie es doch geschafft.«

»Wer?«

»Mein armer Vater muß aufs Parkett! Er mag es genausowenig wie ich. Aber Marga will partout ›das Tanzbein schwingen‹.«

Der Orangentanz erinnerte an die Abschiedssinfonie. Ein Paar nach dem anderen hob die Frucht vom Boden auf und verließ kichernd das Parkett. Witschge steckte die Orange in die Jackentasche und drehte, bevor er das Feld räumte, mit seiner Braut noch eine Ehrenrunde. Jüngere Paare verrenkten sich geradezu abenteuerlich und balancierten ihre Südfrucht in den prekärsten Positionen, bis auch sie herunterfiel. Nur bei Lutz und Astrid sah es aus, als schwebe die Orange auf einem Kissen. Sie fiel nicht. Als Gewinner des Abends standen sie bald fest. Aber die Orchestermusiker hatten Anweisung, zu spielen, bis die Orange der Sieger ebenfalls heruntergefallen war, und jagten das Paar durch wechselnde Tänze, langsam, schnell, langsam, schnell.

»Erstaunlich«, sagte Singer. »Sie haben einen halluzinatorischen Abstand. Millimetergenau. Als ob der Fremdkörper sie zusammenhielte. Was ist denn der Preis?«

»Ein Küchengerät«, sagte Mimi. »Irgendein elektrischer Zauberstab mit Mixer. Bei einer Reise hätte ich mitgemacht.«

»Unglaublich, was sie alles überstehen ...«, sagte Singer. »Astrid weicht immer leicht zurück, er setzt gleich hinterher. Auf diese Weise können sie bis morgen früh weitermachen. Der Charismatiker und die Kühle! Es sei denn, das Orchester bricht zusammen.« Er schüttelte den Kopf. »Und wie lang hält *er* das aus?« fragte er sich.

Kurz vor Mitternacht, bei *Rock around the Clock,* fiel die Orange herunter. Das Publikum bedauerte es lautstark und klatschte.

»Ich würde sagen, lebenslänglich«, murmelte Mimi durch den Lärm. »Lebenslänglich.«

21

Jedem das Seine

Deïna blieb zwei Jahre lang in den Vereinigten Staaten. Als sie heimkehrte, hatte sie zunächst Mühe, sich im kleinen Europa zurechtzufinden. Sie war nicht freiwillig zurückgekommen. Man hatte ihr in den Staaten die stellvertretende Leitung einer College-Abteilung angeboten, befristet auf zwei Jahre. Erst nach längerem Hin und Her ließ sie sich davon überzeugen, daß eine Beamtung auf Lebenszeit in Deutschland einer unsicheren Zukunft in Amerika vorzuziehen sei.

Während ihrer Abwesenheit hatten Astrid und Lutz in einer Dorfkirche geheiratet. Zehn Tage später kamen sie verstört von der Hochzeitsreise zurück. Von *Schwierigkeiten* war die Rede. Marga war zutiefst getroffen. »Was soll denn das nun wieder heißen! Angst vor der Ehe? Alles dummes Zeug! Typisch Familie Hülle! Astrid soll sich nicht so anstellen!« Mimi dachte an den Rat britischer Mütter an ihre jungverheirateten Töchter, über den sich Marga früher oft mokiert hatte: »Lie back, shut your eyes and think of England.«

Nach ihrem Abitur zog Mimi zum Studium in eine andere Stadt. Wenn sie in den Semesterferien nach Hause kam, hatte sich nichts verändert. In dem klein gewordenen Haus trafen sich nach einem ausgeklügelten System Menschen, die aus ihren Spurrillen nicht herauskamen. Es war gut, bei Nacht und Nebel in Merklingen anzukommen. Die Nacht löste die Konturen auf und gab ein Ziel. Man verließ den geschlossenen Bahnhof durch den Nebenausgang, hob zügig die Koffer ins wartende Auto, die Musterung hatte im Lampenschein etwas Unwirkliches – entsprach die Tochter dem Idealbild oder nicht? –, man fuhr nach Hause und redete gedämpft über Astrids jüngsten Versuch, sich mit der Schwester zu versöhnen. Ungefähr einmal im Jahr inszenierte sie, von Sehnsucht nach Deïna übermannt, einen Überfall. Egal, ob im Elternhaus oder in Deïnas Wohnung – er lief immer nach demselben Szenario ab. Beim geringsten persönlichen Kontakt mit dem Paar oder auch mit Astrid allein verwandelte sich Deïna in einen lebenden Leichnam, sprach nicht, reagierte nicht, fuhr entweder sofort ab oder warf die ungebetenen Gäste nach fünf Minuten aus ihrer Wohnung. Sie regte sich jedesmal furchtbar auf, weinte und griff zu ihrem Valiumvorrat – sonst nie. Nach zehn Jahren versuchten Astrid und Lutz es noch ein letztes Mal und nahmen ihr spätgeborenes Kind mit. Deïna, die kleine Mädchen vergötterte, sah teilnahmslos auf dieses Produkt ihrer Verwandten. Nach fünf Minuten warf sie alle hinaus.

Mimi übernahm die Beruhigung der wütenden Marga. Mit der narkotisierenden Wirkung einer Gebetsmühle wiederholte sie: »Laß sie doch ... Sie sind erwachsen ... Sie müssen selbst wissen, was richtig ist ... Sie haben ihr eigenes Leben ...« und widerstand der Versuchung, hinzuzufügen: »Und du? Bist du nicht auch daran schuld? Mit deiner Herrschsucht? Deiner Heiratspolitik? Deiner Quasselei?«

Astrid und Lutz erzogen ihr Kind vollkommen anders,

als sie selbst erzogen worden waren. Sie gingen in dieser neuen und besseren Erziehung auf. Kinder waren keine Untertanen mehr. Wie jeder Mensch verdienten sie Respekt. In diesem Punkt waren sie sich beglückend einig.

Nach ihrer Referendarszeit konnte Deïna unter den attraktiveren Stellen des Landes wählen. Sie entschied sich für die Universitätsstadt mit den meisten Sonnenstunden und verbrachte ihre Freizeit in einem kulturell anregenden Klima. In den Ferien unternahm sie weite Reisen. Sie begann mit Indien, wo sie das Ehepaar Chatterjee mit Sohn Rajnesh besuchte. Frau Chatterjee hatte, als ihr Mann für Operationen zu alt geworden war, eine Orchideenzucht aufgemacht. Deïna flog später nach China und Japan, Sumatra und Borneo, nach Mexiko, Grönland, Feuerland. Als die Mauer fiel, vereinigten sich Ost- und Westverwandte nach fast dreißigjähriger Abmauerung tränenreich. Die Mauer zwischen Deïna und Astrid überdauerte. Sie überlebte alle Erschütterungen und Gefühlsausbrüche, selbst den Tod des Vaters, der friedlich im Sessel seines Arbeitszimmers einschlief. Deïna blieb in diesem Punkt unerbittlich.

Marga Hülle zog nach dem Tod ihres Mannes in ein Stift. Ihr Kommentar lautete unverändert: »Sie soll sich nicht so anstellen!« – damit meinte sie aber, nach Geburt ihres Enkelkindes, längst nicht mehr Astrid, sondern Deïna. »Deïna übertreibt! Jeder erlebt mal eine Enttäuschung! Sie benimmt sich unnormal!« In dieser Ansicht wurde sie von den meisten Bekannten und Verwandten unterstützt, die die Geschichte vom Hörensagen kannten.

Eines Tages im Mai traf Mimi, als sie den Kinderspielplatz im Merklinger Stadtpark überquerte, auf Siegfried Singer. Sie erkannte ihn sofort. »Was machst denn du hier?« wollte sie wissen. »Zwischen all den Mütterchen, auf der Bank?«

»Ich hüte meinen Enkel«, sagte Singer stolz und wies auf einen etwa zweijährigen Knaben, der im Sand saß. »Und du?«

»Liebe Güte«, sagte Mimi. »Meine Kinder sind erst sieben und zwölf.«

»Mädchen?«

»Ja.«

»Also Schwestern...«

»Ließ sich nicht vermeiden... Immerhin haben wir für einen möglichst großen Abstand gesorgt...«

»Wie geht es ihnen? Ich meine, Astrid und Deïna?«

»Oh, gut! Wie du damals am See vorausgesagt hast. Weißt du noch, das Wetterhäuschen? Ich war das Barometer. Wie lange haben wir uns nicht gesehen?« Sie rechneten und kamen auf fünfundzwanzig Jahre. Damals hatte Singer geheiratet, Mimi war bei der Hochzeitsfeier dabeigewesen.

»Jetzt bin ich pensioniert«, sagte Singer. »Sieht man es mir an?«

»Bist du nicht erst Anfang Fünfzig? Ach so, natürlich! Beim Militär wird man nicht alt. Du hast also nicht mehr studiert?«

»Doch«, sagte Singer grinsend. »Jetzt! Fernstudium Psychologie. Ich bin im zweiten Semester!«

»Gratuliere«, sagte Mimi aufrichtig bewundernd. »Was für ein brillantes *timing*!«

Sie schwatzten eine halbe Stunde. »Deïna hat nie geheiratet. Ihre Haltung blieb altgriechisch, wenn du verstehst, was ich meine. Sie hat die anderen sorgfältig gemieden. Die Eklats wurden seltener und hörten schließlich ganz auf. Sie fragte mich oder meine Mutter immer im voraus: Wißt ihr, wann das Volk kommt? – um nicht mit ihnen zu kollidieren. Die Festtage waren genau geregelt. Eigentlich heute noch. An Heiligabend kam Deïna und blieb über die Feiertage. Danach, an Silvester, kamen die anderen. Vielleicht ist jetzt doch eine Veränderung eingetreten... Nachdem meine Mutter dieses Stift bezogen hat, duldet Deïna Astrids Anrufe. Es gibt manches zu besprechen, wegen Haus, Garten, Finanzen.«

»Nach dreißig Jahren! Großartig«, meinte Singer. Er wurde vom Geheul seines Enkels unterbrochen, dem die größeren Kinder Schaufel und Eimer weggerissen hatten.

»In Italien«, sagte Mimi, »habe ich vor vielen Jahren auf dem Rummelplatz etwas gesehen, das mir außerordentlich imponiert hat. Die Italiener hatten schon damals in ihren Boxautos vorne zwei Lenker montiert. Einer lenkte natürlich nicht, aber die Kinder drehten selig an beiden herum. In Karussellautos und -flugzeugen übrigens auch. Vielleicht solltest du künftig zwei Eimer und Schaufeln mitnehmen. Das wiegt kaum etwas mehr. Nichts ist trauriger, als wenn Kinder sich beim Amüsieren nicht amüsieren – weil nur ein Lenker da ist.«

Ein paar Tage nach ihrem Gespräch fand sie einen Brief von Singer bei der Post.

»Ich habe«, hieß es darin, »noch einmal gründlich über Deine Schwestern nachgedacht. Je enger man zusammenlebt, desto schwieriger die Ablösung. Die *Silent Twins,* von denen Du bestimmt gehört hast, waren überzeugt, es wäre nur für eine von ihnen Platz auf der Welt. Sie überredeten sich gegenseitig zum Selbstmord, eine hat es schließlich getan. Deine Schwestern waren sich fast so nah wie Zwillinge. In meinen Augen ist es gut abgegangen. In gewisser Weise hat Deïna der jüngeren Schwester den Mann sogar *abgetreten.* Gegen den eigenen bewußten Willen, dafür endgültig. Für diese Theorie spricht einiges. Vielleicht spürte Deïna, daß die Jüngere fürs Überleben dringend einen Menschen brauchte, während sie selbst mit ihrem Leben allein zurechtkam. Daß man bei einem so großen Verzicht nicht fröhlich lachend daneben stehenbleibt und zusieht, leuchtet mir ein. Dir etwa nicht? In solchen Fällen muß man sich verkrachen. Sonst wäre es zu schwer. Manchmal erlaubt das Leben nur Notlösungen.

Astrid wiederum konnte ein von ihrer geliebten Schwester *so* dargebotenes Opfer gar nicht annehmen... Was Du mir über ihre Ehe erzählt hast, läßt mich an ein Drama auf zwei Ebenen denken. Auf der einen rennt *sie* mit ausgebreiteten Armen hinter Lutz her: Sei mein Seelenkamerad! – und er rennt davon. Auf der anderen verhält es sich genau umgekehrt. *Er* rennt mit ausgebreiteten Armen hinter ihr her: Sei meine Geliebte! – und sie dreht sich um und flieht. Darin liegt eine gewisse Tragik, aber auch Symmetrie. Starke Frustrationen binden stark, hab ich kürzlich gelernt.

Deïna wollte – glaube ich – hauptsächlich ihre Freiheit. Nach anfänglichen Schwierigkeiten hat sie es verstanden, Arbeit und Vergnügen in Einklang zu bringen. Das ist, ohne Ironie gesprochen, die respektabelste Leistung der Bürger überhaupt. Du sagst, Deïna sei zufrieden, *so what*? Müssen tränenreiche Versöhnungen wirklich sein? Was kommt danach? Ist eine ehrliche Distanz nicht manchmal besser?«

Der Brief enthielt noch eine Nachschrift. Mimi lächelte, als sie sie gelesen hatte. »Wie hast *Du* es empfunden? Daß deine Göttinnen sich zankten und verkrachten, wie einst im Olymp?«

Sie nahm ihren Briefblock und schrieb an Singer: »Was erwartest Du? Erst fand ich es aufregend, dann schrecklich, dann wurde es Normalzustand. Kann sein, daß ich mich selbst auch betäubt habe. Jedenfalls haben mich andere Dinge mehr beschäftigt. Studium, Politik... Erinnerst Du Dich an den Professor? Der die gleiche Armbanduhr trug wie mein Vater? Ihr müßt eigentlich gewußt haben, daß *er* es war... Daß Edo es war, der die alten Bücher meines Vaters ausgegraben und publik gemacht hat. Zweimal wollte ich ihn besuchen, beide Male war er nicht da. Die langen Diskussionen... Mein Vater nahm sie gelassen hin. Er zitierte ein Sprichwort, das er wahrscheinlich selbst erfunden hat: ›Es sind nicht die Schlechtesten, die von den Wespen gestochen werden.‹ – Den Prüfungsvorsitz gab er freiwillig ab, kurz darauf ließ er sich mit dreiundsechzig pensionieren. Geschrieben hat er nichts mehr, ging aber viel spazieren. Dann, in den siebziger Jahren, schleppte Lutz ein trojanisches Pferd bei uns ein. Weil er in den Ferien auf seine Fußballweltmeisterschaft nicht verzichten wollte, kaufte er einen gebrauchten Schwarzweißfernseher... Mein Vater kam auf den Geschmack und entdeckte die Welt in seinen letzten Jahren noch einmal ganz neu.

Ich weiß, dies ist nicht, was Du hören willst. Du wolltest

etwas über die Schwestern hören. Es stimmt, sie waren sich so nah wie Zwillinge. Aber hauptsächlich, weil sie im selben Zimmer hausen mußten. In Wirklichkeit waren sie grundverschieden. Sie hätten sich im späteren Leben ohnehin nicht viel zu sagen gehabt. In diesem Punkt bin ich fatalistisch geworden. Alles ist gut so, wie es ist. Einen Satz in Deinem Brief fand ich besonders treffend: daß es im Leben manchmal nur Notlösungen gibt. Trotzdem bitte ich Dich, uns unverzüglich in Kenntnis zu setzen, wenn Du Dein Diplom erworben hast. Ich stelle mir vor, wir könnten Deine ersten Patientinnen werden – und sei es nur, um über die alten Zeiten zu reden –, wir, die drei Schwestern: Deïna, Astrid und Mimi.«

Bitte beachten Sie auch die folgenden Seiten

Sibylle Mulot im Diogenes Verlag

Liebeserklärungen

Roman

»An Milan Kundera erinnert *Liebeserklärungen* des öfteren – an seine Urbanität, an seine aufgeklärte Skepsis, an seine Neugierde auf die Menschen, an die welterfahrenen Melancholien seiner Erotik.
Und doch ist der Unterschied zu Kundera beträchtlich. Denn Sibylle Mulot verfügt nicht nur über die weibliche Erfahrung von heute; ihr steht auch eine besondere Art von diskretem Humor zu Gebote, ein Fluidum von eleganter Selbstverspottung, von wissender Heiterkeit.« *Sigrid Löffler/Die Woche, Hamburg*

Nachbarn

Roman

»Eine Geschichte über Verrat und politischen Mord, über verschwiegene Schuld und verschwiegene Unschuld, über eingefleischten Haß und bitter gewordene Rachelust unter alten Nachbarn, über schwärende historische Wunden, die wieder aufbrechen: eine Geschichte über Résistance und Kollaboration in Frankreich unter deutscher Okkupation.«
Sigrid Löffler/ORF, Wien

»Packend und umsichtig erzählt Sibylle Mulot eine äußerst spannende Geschichte, in der die Leserinnen und Leser die Fäden selbst knüpfen müssen.«
Tages-Anzeiger, Zürich

»Ein großes Talent.« *Rheinischer Merkur, Bonn*

»Mit *Nachbarn* dürfte Sibylle Mulot diesseits wie jenseits des Rheins Geschichte machen.«
Der Tagesspiegel, Berlin

Das Horoskop

Erzählung

Ein strahlender Herbsttag, dunstig verhangen der See, ein Zugabteil. Zwei Frauen stellen fest, daß sie dieselbe Strecke vor sich haben: Lindau—Basel—Paris. Und da sie, wie sich herausstellt, auch noch außerfahrplanmäßige Hürden zu meistern haben, bildet sich schnell eine kurzfristige Schicksalsgemeinschaft. Beim Umsteigen verlieren sich die beiden. Aber nur, um prompt wieder im selben Abteil zu landen. Und dann lösen sich auf einmal die Zungen, Geheimnisse werden preisgegeben, die man sonst nur einem Beichtvater anvertraut – oder eben einer Wildfremden. Mit ›esprit de finesse‹ und menschlicher Wärme beschreibt Sibylle Mulot eine Eigenschaft, die zu den Menschen gehört wie die Luft zum Atmen: die Kunst der Selbsttäuschung.

»Eine jener kleinen Geschichten, aus denen das Leben besteht, ein bißchen tragisch, auch komisch — und so charmant und leichthin erzählt wie auch die früheren Geschichten Sibylle Mulots.«
Annette Meyhöfer/Der Spiegel, Hamburg

»Endlich eine deutsche Autorin, die wundervoll schreiben kann und etwas zu erzählen hat.«
Annemarie Stoltenberg / NDR, Hamburg

Erich Hackl im Diogenes Verlag

Erich Hackl, geboren 1954, lebt, nach längeren Aufenthalten in Spanien und Südamerika, in Wien.

»Seine Fähigkeit, aus den zur Meldung geschrumpften Fakten wieder die Wirklichkeit der Ereignisse zu entwickeln, die Präzision und zurückgehaltene Kraft der Sprache lassen an Kleist denken.«
Süddeutsche Zeitung

Für *Auroras Anlaß*, ein »großartiges Debüt« *(Le Monde)*, erhielt Erich Hackl den Aspekte-Literaturpreis, nach *Abschied von Sidonie*, »einer meisterhaften Erzählung, ist er eine der großen Hoffnungen der deutschsprachigen Literatur« *(FAZ)*.

»Mit seinem nüchternen Stil tritt Hackl an die Stelle des Chronisten: er ermittelt, rekonstruiert, beschreibt. Auf ihn trifft García Márquez' Postulat zu, wonach ein Schriftsteller politisch Stellung beziehen, vor allem aber gut schreiben muß.« *Siempre!, Mexiko-Stadt*

Auroras Anlaß
Erzählung

Abschied von Sidonie
Erzählung

König Wamba
Ein Märchen. Mit Zeichnungen
von Paul Flora

Sara und Simón
Eine endlose Geschichte

In fester Umarmung
Geschichten und Berichte

Leon de Winter im Diogenes Verlag

»Leon de Winter gehört in die Reihe der bedeutenden Gegenwartsautoren wie John Updike, Philip Roth oder Harry Mulisch.«
Ellen Pomikalko / Brigitte, Hamburg

»Ein neuer europäischer Romancier von Rang: Leon de Winter beweist, wie man E und U spielerisch verbindet.« *Abendzeitung, München*

»Leon de Winter hat etwas zu erzählen, und er tut es so gut, daß man nicht genug davon bekommen kann.«
Rolf Brockschmidt / Der Tagesspiegel, Berlin

Hoffmans Hunger
Roman. Aus dem Niederländischen
von Sibylle Mulot

SuperTex
Roman. Deutsch von
Sibylle Mulot

Serenade
Roman. Deutsch von
Hanni Ehlers

Zionoco
Roman. Deutsch von
Hanni Ehlers

Der Himmel von Hollywood
Roman. Deutsch von
Hanni Ehlers

Doris Dörrie
im Diogenes Verlag

»Doris Dörrie ist als Erzählerin Spezialistin in diffizilen Angelegenheiten der kleinen Rache und gezielten Ohrfeigen zum Zwecke der Unterstützung des eigenen Selbstwertgefühles. Sie ist eine sehr gute Kurzgeschichten-Schreiberin mit der erforderlichen Prise Selbstironie und mit stilistischer Eleganz.«
Annemarie Stoltenberg/Die Zeit, Hamburg

»Es ist vollkommen gleichgültig, ob Sie Doris Dörrie in der Badewanne, im Intercity-Großraumwagen, im Lehnstuhl oder in der Straßenbahn lesen, nur: Lesen Sie sie!« *Deutschlandfunk, Köln*

Liebe, Schmerz und
das ganze verdammte Zeug
Vier Geschichten

»Was wollen Sie von mir?«
Erzählungen
Mit Fotos von Helge Weindler

Der Mann meiner Träume
Erzählung

Für immer und ewig
Eine Art Reigen

Love in Germany
Deutsche Paare im Gespräch mit Doris Dörrie
Unter Mitarbeit von Volker Wach. Mit 13 Fotos

Bin ich schön?
Erzählungen

Samsara
Erzählungen